Manuela Lewentz

Land-Jagd

Manuela Lewentz

Land-Jagd

Roman

Langen*Müller*

FSC
www.fsc.org
MIX
Papier aus verantwortungsvollen Quellen
FSC® C014496

Umschlaggestaltung: Wolfang Heinzel
Umschlagmotiv: mauritius images, Mittenwald
Satz: VerlagsService Dietmar Schmitz GmbH, Heimstetten
Gesetzt aus: 11,4/14,7 Adobe Garamond
Druck und Binden: GGP Media GmbH, Pößneck
Printed in Germany
ISBN 978-3-7844-3390-5

Auch als ebook

www.langen-mueller-verlag.de

Inhalt

Die Personen:

Jil Augustin: Kommissarin, 40 Jahre, ledig, ohne Kind, lebt in einer kleinen Dachwohnung mit dem Kollegen Hermann-Josef Metzger

H.-J. Metzger: Polizist, Freund der Kommissarin, Jäger

Kommissar Schuster: hat seine Trennung verarbeitet, springt für einen kranken Kollegen ein und arbeitet mit Jil Augustin zusammen

Manfred Luck: Journalist bei der Tageszeitung, Alt-68er, liebt das Leben und die Frauen

Toni Karbach: Bürgermeister von Kamp-Bornhofen, wird in wenigen Tagen 50 Jahre, Jäger

Julia von Tannenberg: verbringt seit dem Tod ihres Sohnes die meiste Zeit im Sanatorium

Ferdinand von Tannenberg: hat die Wahl zum VG Bürgermeister gewonnen, Jäger

Lydia, Mutter von Jil: Künstlerin und immer noch verliebt in Alfons Krause

Alfons Krause: Geschäftsmann, erfolgreich, ehrgeizig, Jäger

Martin Krause: Sohn von Alfons, arbeitet mit seinem Vater, Jäger

Inge und Hans Sturm: die Eltern von Anna, Besitzer eines Hofes

Anna Sturm: arbeitet bei der Tageszeitung, lebenslustig, unkonventionell

Frau Clemm: Sekretärin von Alfons Krause, ist auf ihren Vorteil bedacht

Elke: war mit Jil Augustin befreundet, die Liebe zu Manfred Luck hat die Frauen auseinandergebracht

Philipp: ist in seiner Entwicklung zurückgeblieben, liebt Farben und das Malen

Mittwoch, 17. August

Anna

Heute geht einfach alles schief, ich kann anfassen und machen, was ich will. Nichts, rein gar nichts, gelingt mir. Ich habe das Gefühl, aus der Haut zu fahren. Manfred Luck, mein Vorgesetzter in der Tageszeitung, hat mich vorhin auch schon gefragt, was los sei. Nun stehe ich an seinem Schreibtisch.

»Wir können zusammen essen gehen, Anna. Ich hab zwar nur eine Stunde Zeit, aber die reserviere ich für dich«, Manfred lächelt, als er mir den Vorschlag unterbreitet.

Mir ist gleich bewusst, dass er die Mittagspause auf seine ganz besondere Art verbringen möchte. Gut, Manfred ist ein toller Mann, ich bin schon mehr als einmal in seinen Armen schwach geworden.

Ich lächle gedankenversunken, worauf Manfred zunächst irritiert reagiert.

»Wie lautet deine Antwort?«, sieht er mich fragend an, die ich ihm noch schuldig bin.

»Zuerst die Currywurst, danach der Sex? Oder lieber umgekehrt? Mit vollem Bauch soll es nicht so gut klappen«, antworte ich ein wenig zu schnippisch und lasse ihn einfach stehen.

Im Weggehen höre ich die Tür zu seinem Büro zufallen, Manfred scheint über meine Worte nicht begeistert zu sein.

Mein Handy klingelt, als ich meinen Schreibtisch erreiche, ein Anruf von meiner Mutter, wie ich an der Nummer erkenne. Unruhig schaue ich auf mein Handy, überlege, ob ich den Anruf annehmen soll. Die Entscheidung nimmt mir die Mobilbox ab, ich bin erleichtert. Warum nur, so frage ich mich, will zurzeit jeder etwas von mir, soll ich Entscheidungen treffen, die ich nicht treffen will?

Eine halbe Stunde später steht Manfred vor mir. »Ich geh dann mal in die Pause«, er grinst, scheint keinen Groll gegen mich zu hegen. »Bin im Freibad, falls jemand dringend nach mir sucht.«

Versonnen blicke ich ihm nach, frage mich, wo nimmt der Kerl nur immer seinen Humor her? Mein Blick schweift aus dem Fenster, Manfred hat recht, heute ist es wieder einmal richtig warm, das Freibad sicherlich ideal für eine kurze Entspannung.

Ich fahre durch meine Locken, bewege meinen Kopf nach links und spüre erneut diesen Schmerz, der sich seit Tagen immer wieder meldet. Anschließend greife ich in meine Tasche, irgendwo muss noch eine Aspirin sein. Beim Gang zum Wasserhahn denke ich über das Angebot von Alfons Krause nach. Er hat für den Hof meiner Eltern die stolze Summe von 1,2 Millionen Euro geboten. Verrückt! Nein, es ist der Wahnsinn, solch eine Summe für unseren alten Hof.

Als Kind hatte ich mich geschämt, dort zu leben. Freundinnen, die zu Besuch kamen, blickten mich stets mitleidig an, kamen meist kein weiteres Mal zu mir. Meine Eltern sind anders, sie sind eigen, lieben es, einfach zu leben, achten leider nicht auf ihr Äußeres und, wie schon in meinen Kindertagen, auch nicht auf ein schönes Zuhause.

Seit ich alleine in meinem kleinen Apartment lebe, putze ich jeden zweiten Tag die Böden, das Bad wird täglich von mir gereinigt. Wenn Manfred bei mir übernachtet hat, musste ich jedes Mal innehalten, um ihn nicht durch meine Putzwut zu vergraulen. Er ist aber auch chaotisch, lässt alles liegen. Geschirr in den Spüler zu räumen, hat ihm bisher wohl auch niemand gezeigt. Wie die Jil das nur immer wieder mit ihm aushält? Ich lächle, denke an seine ganz eigene Art, mich glücklich zu machen, das wird wohl auch der Beweggrund der Kommissarin sein, Manfred immer wieder zu verzeihen.

Erst als das Wasser über meine Hände läuft, merke ich, dass mein Glas gefüllt ist, ich die Aspirin einnehmen und mit Wasser hinunterspülen kann. Seit der Alfons Krause sein Angebot für den Hof gemacht hat, bin ich nicht mehr die Gleiche. Früher war ich nicht fahrig, gereizt, nervös. Nein, ich war einfach die Lustige. Abgesehen von der Putzwut brachte mich nichts aus der Ruhe.

Ein befreundeter Psychologe sagte mir vor zwei Jahren, es könnte sein, dass meine Phobie schlimmer werde. Deshalb brauchte ich dringend professionelle Hilfe. Mir war aber nicht nach guten Ratschlägen zumute, geschadet hat mir das Putzen doch nie. Ich dachte mir sogar, der Typ ist sicher genau das Gegenteil von mir, darum wundert es einen überhaupt nicht, dass er mich nicht versteht.

Ich sitze auf der Schreibtischkante, als Manfred wieder in das Büro kommt, die Zeit scheint verflogen zu sein. Er pfeift.

»Wow, du bist gut gelaunt«, ich bin ernsthaft fasziniert, lächle zur Abwechslung.

»Willst du reden, Anna? Dich bedrückt was, das merke ich doch.«

Nach einem kurzen Anlauf berichte ich von dem Angebot, das Alfons Krause abgegeben hat.

»Wahnsinn, Anna! Jetzt seid ihr reich!« Er holt sich einen Kaffee, zieht einen Stuhl ran und blickt mich an. »Wollen deine Eltern nicht verkaufen?«

Ich nicke, um seine Frage zu beantworten.

»Das habe ich mir gedacht«, er macht eine Pause, nippt an seinem Kaffee. »So, wie ich deine Eltern kennengelernt habe …«, er hört mitten im Satz auf zu reden.

Ich weiß, was er denkt.

Eine Weile sehen wir uns schweigend an. Manfred ist braun gebrannt, sein Dreitagebart unterstreicht seine Männlichkeit. Ich fühle mich angezogen, sehne mich danach, von ihm geliebt zu werden, weggetragen in eine Welt ohne Sorgen.

»Kommst du nachher mit zu mir?«, grinse ich Manfred an.

»Der Alfons Krause …«, fängt Manfred stattdessen an zu sprechen, ohne auf meine Frage einzugehen.

Ich verziehe mein Gesicht. »Nicht jetzt, Manfred«, stoße ich launig hervor.

»Warum kommt er dich in den letzten Tagen so oft abholen? Ihr wart zusammen in Sankt Goarshausen essen, beim Gasthof zum Bären wurdet ihr gesehen.«

Meine Laune sinkt auf null. »Kontrollierst du mich? Was ist das denn für eine Seite an dir? Puh! Du bist spießig, liegt das an deinem Alter?«

Diese Bemerkung war unpassend, das wird mir sofort klar. Manfred stellt so abrupt seinen Kaffee auf meinem Schreibtisch ab, dass er überschwappt, und verschwindet in seinem Büro.

Alfons Krause

Die Zeichnungen für den Industriepark sind gelungen, ich kann meine Begeisterung kaum verbergen. Die Wahl der Architekten ist mir ebenfalls gut geglückt. Ich sprühe nur so vor Energie, begleite die Herren nach ihrer Präsentation nach draußen, kann meine Freude kaum zügeln. Meine Sekretärin fragt, ob sie einen Champagner öffnen soll, nachdem die Architekten gegangen sind.

»Nein«, töne ich versonnen, »ich habe noch eine Verabredung.«

Mein Blick fällt auf meine Armbanduhr. Warum vergeht die Zeit heute so schleppend, frage ich mich.

Ich fühle mich jung, frisch und zu allem bereit, was mich meinen Zielen näherbringen wird. Seit ich diese Frau treffe, habe ich das Gefühl, um Jahre verjüngt zu sein. Ihre Frische, diese Natürlichkeit machen mich wieder lebendig, lassen eine Seite in mir wach werden, die ich nicht mehr an mir kannte.

Manches Mal frage ich mich, was ich genau will, es geht mir doch in erster Linie um das Grundstück, dann aber wieder spüre ich die Anziehung, die von Anna ausgeht. Vom Grunde her ist mir bewusst, dass Anna keine Frau für mich zum Leben ist. Trotz aller Vernunft geht sie mir nicht aus dem Kopf.

Bisher drehen sich unsere Gespräche leider immer wieder um den Hof ihrer Eltern und den geplanten Industriepark. Doch ich kann warten. Geduld ist die Kraft der Älteren, die Jugend will immer gleich alles in die Tat umsetzen.

Mein Handy summt, eine SMS von Anna. Ich öffne diese sofort, meine Finger zittern, ich spüre eine leichte Erregung.

»Hallo Alfons, unser Treffen am Abend kann ich leider nicht einhalten, muss arbeiten. Gruß Anna.«

Das passt mir ganz und gar nicht. Die plötzlich aufkommende Unzufriedenheit lasse ich an meiner Sekretärin aus. Sie steht ungefragt mit einem Tablett in meinem Zimmer, darauf eine geöffnete Flasche Champagner und zwei Gläser.

»Sind Sie von allen guten Geistern verlassen?«, fahre ich sie an. »Für wen ist der Champagner? Habe ich vorhin nicht deutlich genug gesagt, dass ich noch eine Verabredung habe?«

Frau Clemm sieht mich erst bestürzt und dann traurig an, dreht sich um und spricht im Weggehen: »Ich habe Geburtstag, wollte mit Ihnen anstoßen.«

Die Tür fällt ins Schloss, ich fühle mich wie der allerletzte Idiot. Ausgerechnet meine Frau Clemm, die zuverlässigste Sekretärin der Welt, lasse ich so auflaufen, vergesse ihren Geburtstag. Seit einigen Jahren hält mir die Frau tagtäglich den Rücken frei. Was bin ich nur für ein Mensch? Eilig renne ich ihr nach.

»Das ist … ich bin ganz gerührt, Herr Krause«, lacht Frau Clemm.

Ich habe mich entschuldigt, sie für den Abend spontan zum Italiener eingeladen. Die Frau will ich nicht als Arbeitskraft verlieren, außerdem hasse ich es, versetzt zu werden, alleine nach der Arbeit zu Hause zu sitzen, alleine zu essen. Seitdem meine Frau tot ist, sind meine Abende oft sehr trostlos: ein oder zwei Brote, ein Glas Wein und das Fernsehprogramm.

Zurück in meinem Büro fällt mir Anna wieder ein. Ich lese noch einmal ihre Zeilen.

›Geduld, Alfons, bleibe geduldig‹, ermahne ich mich selbst. Ich atme noch ein paar Mal tief durch, ergreife das

Handy und tippe eine SMS für Anna ein. »Nur der Fleißige kommt zum Reichtum. Wir können auch morgen reden, liebste Grüße, Alfons.«

Es dauert keine zehn Sekunden, bis mein Handy piepst und ich Annas Antwort lese. »Danke, Alfons, du bist ein sehr lieber Mensch.«

Richtig zufrieden stimmt mich diese Antwort nicht, einen Grund zur Traurigkeit gibt sie mir jedoch auch nicht. Noch zweimal lese ich die kurze Nachricht, dann lösche ich alles, vertiefe mich wieder in die Vision meines Industrieparks, den ich bauen werde, koste es, was es wolle. Einen Alfons Krause hält so schnell niemand auf.

Manfred Luck

Verstehe einer die Frauen! Kaum, dass ich das Gefühl habe, es läuft mit einer, kommt es wieder anders. Mit meiner Kommissarin erlebe ich ein ständiges Auf und Ab. Trotzdem, sind wir mal wieder getrennt, vermisse ich Jil. Jetzt fängt die Anna auch noch an zu nörgeln. Frage mich, ob das mit dem Alfons Krause zusammenhängt? Ob er über die Anna an den Hof ihrer Eltern gelangen will? Komisch finde ich das jetzt schon.

Meine Jil ist inzwischen mit dem Kollegen Metzger liiert, hält schon eine Weile, die Liaison. Ob die Jil auf jüngere Männer steht? Quatsch, die ist doch Reife und Qualität gewohnt, überlege ich und versuche, mich selbst aufzumuntern.

Gegen halb sechs kommt die Anna noch einmal in mein Büro. »Wir könnten zuerst eine Pizza essen gehen«, lächelt sie. Ich mag Frauen, die lächeln, und sage zu, obgleich mir mehr nach einem Treffen in ihrem Schlafzimmer ist.

Eine halbe Stunde später packe ich auch meine Sachen ein, als das Telefon klingelt. Zögerlich nehme ich das Gespräch entgegen. »Die Anna? Nein, tut mir leid, die hat schon Feierabend. Rufen Sie bitte morgen noch einmal an! Nein, die Handynummer gebe ich Ihnen nicht. Guten Abend.«

Komisch, überlege ich beim Verlassen des Büros. Ferdinand von Tannenberg wollte unbedingt die Handynummer von Anna. Mir fällt ein, dass ich ihn in der letzten Woche zweimal hier gesehen habe. Was, so frage ich mich, hat Anna mit dem am Hut?

Auf dem Weg zu der Pizzeria philosophiere ich weiter über den Anruf und komme zu folgendem Ergebnis: Ferdinand von Tannenberg hat noch nicht Annas Handynummer, was bedeutet a) sie hat kein Interesse an ihm als Mann, b) Anna lässt sich nicht von seinem Titel bzw. dem Geld einwickeln oder c) sie steht wirklich auf mich.

Besonders Punkt c gefällt mir. Gut gelaunt betrete ich daher die Pizzeria. Gleich am ersten Tisch sehe ich Alfons Krause, er sitzt dort mit einer Frau. Ich grüße freundlich und überlege, ob ich einen Kommentar dazu abgebe, lasse es aber sein. Warum, so frage ich mich, soll ausgerechnet ich ein Spielverderber sein?

Anna betritt die Räumlichkeiten, als ich an einem kleinen Tisch mit Blick zur Tür und Alfons Krause Platz nehme. Sie wirkt verlegen, als sie Krause entdeckt. Zögerlich bleibt Anna vor dem Tisch stehen, blickt nervös rüber zu mir, dreht sich dann wieder zu Krause und redet mit ihm. Neugierig beobachte ich die Reaktion von Krause. Er öffnet seinen obersten

Knopf vom Hemd, scheint zu schwitzen. Anna lächelt er an, zeigt dann auf seine Begleitung. Anna reicht der Frau ihre Hand, dreht sich zu mir und kommt mit einem Gesichtsausdruck an meinen Tisch, der nicht auf einen entspannten Abend hoffen lässt. Vielleicht ändert sich das nach dem Essen und einem Glas Wein, überlege ich, als ich Anna aus ihrer Jacke helfe.

»Was wollte der Krause von dir?«, kann ich mir die Frage nicht verkneifen.

»Er hatte mich für heute Abend eingeladen, ich habe mich aber für dich entschieden«, antwortet sie.

Ihre Worte machen mich glücklich. »Dann zieht Geld alleine doch nicht alle Frauen in den Bann«, strahle ich und greife nach der Speisekarte.

»Es geht um den Hof meiner Eltern. Meiner Meinung nach sollten sie verkaufen. Das habe ich Alfons auch gesagt.«

»Ihr seid schon beim Du angekommen?«

Anna zieht ihre Speisekarte an sich, sagt kein Wort. Es dauert eine Weile, bis sich die Lage entspannt, wir zu anderen Themen wechseln und Alfons Krause samt seiner Begleitung vergessen können.

Eine Stunde später sind wir zwei so mit uns beschäftigt, lachen immer mal wieder, stoßen mit dem Wein an, dass ich nicht bemerke, wie Alfons Krause das Lokal verlässt. Als ich bezahlen möchte, sagte der Kellner, Herr Krause habe uns eingeladen und die Rechnung schon beglichen. Meine Stimmung sinkt, was Anna allerdings überspielt.

»Lass ihn doch! Es ist eine tolle Geste, uns einzuladen, obgleich ich ihn versetzt habe. Der Mann hat ein großes Herz, das gefällt mir.«

Ihr Lachen gefällt mir besser. Ich beschließe, dem restlichen Abend die Chance auf ein sinnliches Ende zu geben, und lasse den Namen von Alfons Krause nicht mehr über meine Lippen kommen.

In Annas Apartment fällt mir gleich der riesige Blumenstrauß auf. Lustig finde ich, dass er in einem Putzeimer steckt. Eine kleine Karte liegt daneben. Unauffällig werfe ich einen Blick darauf: »Für die tolle Frau mit den strahlend schönen Augen. Alfons Krause.«

Ich will spontan gehen. Bei dem Gedanken, dass dieser Mann es doch noch geschafft hat, mir den Abend zu verderben, steht Anna plötzlich nackt vor mir. An Krause muss ich in dieser Nacht nicht mehr denken.

Bürgermeister Toni Karbach

Auf was habe ich mich nur eingelassen? Die Einladung von Alfons Krause zu einem zünftigen Männerabend läuft anders als meine Treffen mit Manfred Luck. Wenn ich ganz ehrlich in mich hineinhorche, ich könnte den Alfons erwürgen, wünsche ihm den Tod, und das schneller, als ihm lieb sein dürfte.

Mich überfällt gerade ein Gefühl des Unwohlseins. Warum nur? Warum bin ich so prüde, verhalte mich wie ein Junge, der noch nie davon gehört hat, dass es auch Frauen gibt? Ist es meine Angst vor dem Fremden? Mir kam es gleich sonderbar vor, dass der Alfons Krause den Termin auf 21 Uhr gelegt hat. Ich habe 19 Uhr vorgeschlagen, er hat nur gelacht und mir geantwortet, um diese Uhrzeit kommt das Sandmännchen. Ich hätte gleich misstrauisch werden müssen.

Vielleicht öffnet mir der Alfons Krause gerade den Weg in eine neue Welt? Es war auch eher ein spontaner Vorschlag von ihm gewesen, gemeinsam das Bordell zu besuchen. Oder war alles geplant? Die Uhrzeit für das Treffen, das Bordell? Ich weiß es nicht.

Ich blicke zu den bildhübschen Mädels auf der Bühne, spüre, wie mir heiß wird.

Alfons ist in grandioser Stimmung, lässt Champagner servieren, klopft mir gelegentlich auf die Schulter. »Locker werden, Bürgermeister! Sie sind doch ein Mann, oder läuft da was anders bei Ihnen?«, er lacht laut. Einige andere Gäste drehen sich nach uns um. Die Aufmerksamkeit ist allerdings schnell verflogen, was sicher an den hübschen Frauen liegt, die aufreizend ihre wohlgeformten Körper an einer Stange bewegen. Jetzt lässt die erste Dame ihren BH auf den Boden fallen, die Männer um uns herum klatschen, einige Pfiffe sind zu hören. Ich rutsche unruhig auf dem Ledersessel hin und her, mein Blick wandert von dem hübschen Busen rüber zu Alfons Krause. Er sitzt grinsend mit einer dicken Zigarre im Mund auf dem Sessel neben mir. Sein Blick ruht auf dem jungen Frauenkörper, sein Gesicht ist rot angelaufen.

Warum nur kann ich den Herrenabend nicht genießen, so frage ich mich selbst. Die jungen Frauen sind wunderschön. Meine letzte Verabredung mit einem weiblichen Wesen liegt schon lange zurück. Ich sei doch frei und unabhängig, hat Alfons Krause beim Betreten des Clubs noch einmal betont

»Mensch, Karbach, zieren Sie sich nicht so! Das ist doch normal als Mann, ab und an mal in einen Puff zu gehen. Oder essen Sie zu Hause nur Hausmannskost?«, fragte er lachend.

Einen Whisky später kann ich meinen Blick auch nicht mehr von der Bühne wenden, fühle, dass sich in meinem Inneren etwas rührt, ich ein Verlangen nach Zärtlichkeit verspüre. Den zweiten Whisky will ich ablehnen, was Alfons Krause nicht zulässt.

»Wir sind doch hier nicht im Kindergarten«, prostet er mir zu. Immerhin verspricht er mir, dass wir später ein Taxi nehmen und die Autos stehen lassen.

Der Whisky wird schneller serviert und die leeren Gläser gegen volle ausgetauscht, als mir bewusst ist. Die Show und die immer wieder wechselnden jungen, hübschen Mädchen lenken mich ab, lassen meine Fantasie erwachen, meine Gedanken gehen auf Reisen. Ob Alfons Krause später noch vorhat, in die obere Etage dieses Etablissements zu gehen?

Insgeheim fange ich an, es mir zu wünschen, und warte darauf, von ihm überredet zu werden, das zu tun, was ein richtiger Mann, wenn er Lust verspürt, tun möchte: eine Frau lieben. Sex haben. Es ist jetzt wirklich schon fast drei Monate her, dass ich diese kleine Affäre hatte. Ich löse den Kragen meines Hemdes, weil es mir einfach zu warm ist. Bestimmt ist die Heizung extra so hoch gedreht wegen der Mädels, die mit ihrem leichten Outfit nicht frieren sollen. Ich grinse bei dem Gedanken. Ein Blick auf meine Uhr zeigt, wir haben fast halb zwei. Morgen, nein, schon heute habe ich Termine. Ich winke der Bedienung und frage nach einem Taxi.

»Karbach, Sie enttäuschen mich!«, meint Alfons Krause, dabei bemüht er sich, von dem Sessel aufzustehen. Doch sein Leibesumfang, der Whisky und die Schwerkraft drücken ihn unsanft in das Leder zurück. Rasch eilt ein breitschultriger Mann herbei, reicht Alfons Krause den Arm, damit er so auf die Beine kommt, hakt ihn unauffällig unter und hilft ihm in den Mantel. Ich rufe die Bedienung, damit sie mir die Rechnung bringt. Krause nuschelt was von bereits bezahlt. Na dann, denke ich mir und lege zwanzig Euro auf den Tisch. Dieses Trinkgeld ist angebracht.

Beim Verlassen der Räumlichkeiten fällt mein Blick noch einmal auf die Tanzfläche. Schade, seufze ich, jetzt ist wieder die hübsche Brünette auf der Bühne, sie war mir schon vorhin aufgefallen. Leider ist das wohl für andere auch offensichtlich.

»Die Kleine gefällt Ihrem Freund«, tönt der Breitschultrige beim Verlassen des Clubs. Krause lacht. »Dann packen wir sie dem Bürgermeister als Geschenk ein, ein Schleifchen drum und ab ins Rathaus.« Krause grölt noch, als ich mein Taxi besteige, und auch der Breitschultrige lacht schallend mit.

Erst zu Hause frage ich mich, wie Krause wohl heimgekommen ist. Es war nur ein Taxi vor dem Club zu sehen. Ob der Breitschultrige ihn gefahren hat? Woher nur kennt er den Krause so gut?

Mein Wecker holt mich gegen sechs Uhr unsanft aus dem Schlaf. Ich muss über mein Grübeln eingeschlafen sein. Mein Schädel dröhnt. Im Badezimmer kann ich dann aber lachen, denn mein Anblick ist sehr komisch. Ich habe in der Unterhose mit Socken und Hemd geschlafen. Immerhin die Hose habe ich noch in der Nacht ordentlich über die Stuhllehne im Schlafzimmer gelegt.

Im Büro verlange ich schon beim Betreten einen starken Kaffee. »Bitte auch eine Aspirin und ein Glas Wasser«, füge ich hinzu.

Meine Sekretärin hebt eine Augenbraue und schaut mich fragend an.

›Kleine graue Maus‹, denke ich mir und eile dann in mein Büro. Etwas mehr Lebendigkeit und Frische sollte sie ausstrahlen, meine Auswahlkriterien für die nächste Sekretärin werde ich überdenken.

»Hier ist eine Liste mit Personen, die Sie bitte zurückrufen möchten. Am besten, Sie fangen sofort damit an, in einer Stunde ist die erste Besprechung«, betont meine Sekretärin und legt alles vor mir auf dem Schreibtisch ab.

Ich beobachte ihren Gang beim Verlassen meines Büros. Nichts an dieser Frau ist mit den Mädels von letzter Nacht zu vergleichen. Verrückte Welt, die eine Frau ist perfekt für das Berufliche, die andere für das Bett.

Meine Gedanken schweifen wieder zur letzten Nacht, die kleine Brünette fällt mir wieder ein. Ich fühle mich plötzlich gut, beschwingt und greife voller Tatendrang zum Hörer, zuvor nehme ich aber die Aspirin.

Gegen elf kommt ein Anruf von Alfons Krause.

»Na, haben Sie unseren Männerabend gut überstanden? Das nächste Mal nehmen wir einen Freitag zum Ausgehen, mir fehlt der Schlaf«, er lacht schon wieder.

In der Tat war es ein toller Abend. Niemals wäre ich von alleine auf die Idee gekommen, in einen solchen Club zu gehen, um mir die hübschen Frauen anzusehen. Mensch, wenn der Alfons gestern nur einen Ton gesagt hätte, ich wäre mit der Brünetten aufs Zimmer gegangen.

»Na, Karbach, jetzt planen wir mal Ihren 50. Geburtstag, das wird auch ein toller Tag!« Meine Bedenken, dass er für die Party einige der jungen Frauen engagieren könne, nimmt er, ohne beleidigt zu sein, auf.

»Karbach! Ich bin kein Anfänger. Geschäfte zu machen bedeutet, immer einschätzen zu können, was gerade angebracht ist. Mal muss es konservativ und richtig seriös sein, danach wartet dann das Vergnügen, so lebt es sich gut, und man hat Erfolg. Merken Sie sich das, Karbach!«

Trotzdem ist mir bei dem Gedanken an die Geburtstagsfeier nicht wohl. Wir lassen das Thema und kommen schnell auf den geplanten Industriepark zu sprechen.

Donnerstag, 18. August

»Ich«

Die Gedanken drehen sich in meinem Kopf, mal glaube ich zu wissen, was ich tun muss, dann kommen Zweifel auf. Kann ich den Weg der Ungewissheit gehen? Bin ich bereit für einen solchen Schritt? Ich zweifle an der Umsetzung meiner innersten Wünsche.

Letzte Nacht bin ich wieder aufgewacht, hatte erneut diesen Traum. Schweißgebadet bin ich zur Toilette gegangen, die dunklen Ringe unter meinen Augen zeigen mir, ich muss handeln, etwas tun für meinen inneren Frieden.

Kann tatsächlich nur der Tod mir helfen? Mir das geben, was mein Herz sich wünscht? Ich habe einmal gelesen, dass es klug sei, nie spontan eine wichtige Angelegenheit zu entscheiden oder auszuführen. Und doch hoffe ich auf eine Fügung, ein Zeichen, dass ich handeln soll und tun kann, was mein Herz sich wünscht, um wieder zur Ruhe zu kommen.

Anna

Die Nacht mit Manfred war schön, genauso wie ich es erhofft habe. Mich wundert, dass Manfred nichts zu dem großen Blumenstrauß gesagt hat, einen Blick auf die Karte mit dem Namen von Alfons Krause hat er geworfen, das war mir nicht entgangen. Heute Morgen habe ich gemeinsam mit Manfred das Haus verlassen. Anschließend haben wir uns noch in die kleine Bäckerei um die Ecke gesetzt, um den Tag mit einem leckeren Frühstück zu beginnen.

»Anna? Was ist los mit dir? Bist du gedanklich noch bei letzter Nacht?«, Manfred kaut auf seinem Käsebrötchen, lacht mich verschmitzt an.

»Ja … also eigentlich suche ich jemanden«, blicke ich mich nervös um.

Manfred legt sein Brötchen auf den Teller. »Muss ich das jetzt verstehen? Du suchst jemanden nach dieser Nacht?« Manfred grinst über das ganze Gesicht.

»Kannst du bitte einmal ernsthaft bleiben, Manfred? Bitte, mir ist gerade nicht nach Lachen zumute«, sage ich. Dass mich etwas bedrückt, ist offensichtlich. Der Griff in meine Umhängetasche scheint sich nicht mehr vermeiden zu lassen, jedenfalls nicht, wenn ich will, dass Manfred mein Verhalten versteht. Ich schiebe einen Brief über den Tisch.

»Lies, was darin steht!«

»Anna! Seit wann bekommst du solche Schreiben?«, Manfred wird laut. Einige Gäste, die ebenfalls frühstücken, sehen zu uns rüber. Etwas leiser fügt er nach: »Das ist nicht zum Lachen, du solltest mal mit der Jil darüber reden.«

Ich schiebe meinen Teller zur Seite. »Das bringt doch alles nichts.«

Manfred nimmt einen Schluck Kaffee und sieht mir in die Augen. »Doch, Anna. Das merkst du doch selbst: Ich sehe eine eingeschüchterte junge Frau vor mir. So kenne ich dich nicht, Anna. Du bist immer die Lebenslustige, die Verrückte gewesen.« Die Sorge ist deutlich in seiner Stimme zu hören.

»Lieben Dank für diese nette Zusammenfassung.«

Manfred hakt noch einmal nach und möchte wissen, seit wann ich diese Drohbriefe erhalte.

»Richtige Drohbriefe sind es ja nicht. Es ist auch erst der zweite Brief«, bemerke ich abwehrend.

»Anna, kannst du bitte mal aufhören, dauernd nach hinten zu schauen? Ich bin doch hier, und wenn jemand kommt, dann sehe ich ihn.«

Auf dem anschließenden Weg in die Redaktion will Manfred wissen, woran ich gerade arbeite. Meine Versuche, alles banal klingen zu lassen, fruchten nicht. Ich rede über das Feuerwehrfest, den Seniorennachmittag im Altersheim, doch das alles interessiert Manfred nicht.

»Und jetzt die Wahrheit, Anna!« Er hält mir die Tür zur Redaktion auf und will eine richtige Antwort von mir.

»Es gibt nichts Relevantes, du nervst mich, Manfred!«, weiter komme ich nicht, mein Blick trifft den von Martin Krause, der in unserer Redaktion bereits auf mich wartet.

»Entschuldige mich bitte«, sage ich zu Manfred.

Der bleibt noch einen Moment stehen, beobachtet uns, dann geht auch er in sein Büro.

Ferdinand von Tannenberg

Die Wahl zum Verbandsbürgermeister ist nun schon drei Wochen her. Mit einem Ergebnis von 61 Prozent kann ich gut leben. Selbst Bürgermeister Karbach hatte mir gratuliert, einen rührenden Brief geschickt und sich und mir eine gute Zusammenarbeit gewünscht. Ich bin kein Anfänger und natürlich werde ich mit ihm Hand in Hand arbeiten, jedenfalls immer dann, wenn es mir zugutekommt.

Lachen muss ich, wenn ich an Karbach denke, den kleinen Ortsbürgermeister. Gut, ich hatte seinen Posten auch einmal gewollt, musste mich jedoch mit einem zwar guten, aber nicht befriedigenden Wahlergebnis abfinden. Vorbei! Seit meinem Einzug in die Verwaltung fühle ich mich wieder gut.

Auf meinem Schreibtisch steht ein Foto von Roman, meinem Jungen. Die Beerdigung war kaum zu ertragen. Menschen von nah und fern waren angereist, so richtig hatte ich das Ganze damals nicht mitbekommen. Ein Kind sollte nicht vor seinen Eltern sterben. Der Schmerz bleibt noch für eine lange Zeit. Meine Frau ist daran zerbrochen. Sie lebt inzwischen in einer Klinik für psychisch kranke Menschen, kommt immer mal wieder an den Wochenenden nach Hause, wenn sie sich dazu in der Lage fühlt.

Meine Sekretärin reißt mich aus meinen Gedanken, meldet mir den Besuch von einem der größten Bauunternehmer der Region an. Die Arbeit wird mir guttun, denke ich noch, als ich den Mann zusammen mit seinem Sohn begrüße.

Alfons Krause ist eine Persönlichkeit. Sein Imperium, wie ich es heimlich nenne, ist beachtlich.

»Kann ich Ihnen etwas anbieten? Kaffee, Tee, lieber ein Glas Wasser?« Mit einer Handbewegung deute ich auf die beiden freien Sessel in meinem Büro und bitte die Herren, dort Platz zu nehmen. Martin, Krauses Sohn, ist mir nicht unbekannt, ich habe ihn schon einige Male bei Jagden gesehen.

»Der Junge soll nach und nach in meine Geschäfte eingeführt werden«, erklärt mir Alfons Krause die Anwesenheit seines Sohnes und lässt sich dabei auf den Sessel fallen. Seine Leibesfülle ist nicht zu übersehen, er atmet schwer. Mein Blick wandert zu Martin, der seinem Vater durchaus ähnlich sieht.

»Kommen wir am besten gleich zum Grund unseres Besuches«, übernimmt Martin Krause das Gespräch. »Wir hatten bereits ein Treffen mit Ortsbürgermeister Karbach, es geht um den Bau eines Gewerbeparks am Rande von Kamp-Bornhofen.«

Ich nicke. »Karbach hat mich bereits informiert, wenn auch nur mit spärlichen Informationen. Ich sehe einige Probleme in der Ausführung.«

»Wir sind nicht zu Ihnen gekommen, um etwaige Probleme, die auftreten könnten, zu diskutieren. Sie sollten doch daran interessiert sein, dass wir uns hier in Ihrer Verbandsgemeinde ansiedeln! Es gibt andere Standorte, an denen öffnen die Bürgermeister uns freiwillig Tür und Tor!« Alfons Krause blickt stolz zu seinem Sohn Martin.

Mir wird warm, ich löse meine Krawatte ein Stück. »Der Sturm-Hof, ich denke, die Leute werden ihn nicht verkaufen. Das ist ein Problem, das wir nicht so einfach aus der Welt schaffen können.«

Mir fällt Anna, die Tochter der Sturms, ein. Anna ist eine so fröhliche und natürliche Persönlichkeit. Ein Lachen von ihr und ich fühle mich in meiner Haut wieder wohl. In den letzten Wochen habe ich mich öfter gefragt, wie ein Leben mit dieser jungen Frau an meiner Seite wäre. Klar, die Anna ist impulsiv, temperamentvoll, noch sehr jung und trotzdem, mit ihr kommt man sicher gut zurecht und ich könnte wieder leben. Meine Frau ist vom Kummer zerfressen. Sobald sie in meiner Nähe ist, überträgt sich dieses Gefühl auf mich. Es macht mir Angst, und das wenige, das mir vom Leben geblieben ist, ich will es genießen. Anna ist eine Frau, die nichts von Ehe und Enge hält, das hat sie mir gesagt, selbst dabei hat Anna gelacht.

»Hören Sie mir noch zu?«, die Stimme von Martin Krause dringt zu mir, »Herr von Tannenberg?«, Martin macht eine Pause, greift nach seiner Kaffeetasse. »Nehmen Sie sich doch dieser Aufgabe an!«, kommt er nun konkret auf den Punkt. »Es soll nicht zu Ihrem Schaden sein und sicherlich können wir uns erkenntlich zeigen, wenn Sie erfolgreich mit den Sturms reden. Sie sind doch ein passionierter Jäger. Vielleicht kommen Sie im November zu unserer Jagd?«

Mir ist nicht wohl bei dem Gespräch. Die Jagd von Alfons Krause ist in der Tat bekannt. Ich habe mich immer gefragt, warum ich bisher keine Einladung bekommen habe. Andererseits, so überlege ich, ist es auch meine Aufgabe als VG Bürgermeister, dafür zu sorgen, dass sich Gewerbe in unserer Region ansiedelt. Ein Gespräch mit den Sturms ist also angebracht.

»Reden kann ich mit den Leuten. Sie sind allerdings nicht einfach, die Sturms.« Meine Stimme schwankt, es ist mir unangenehm.

Martin und Alfons Krause lachen. »Das ist noch charmant ausgedrückt. Er ist ein grantiger und verbissener Alter, sie ein störrisches Weib. Für die beiden wäre ein Umzug in ein Altersheim doch geradezu ein Segen.« Alfons Krause steht mühsam auf. »Dann sehen wir uns in ein paar Tagen wieder. Auf gute Zusammenarbeit!«

Ich begleite die beiden Männer noch bis zum Ausgang. Alfons Krause reicht mir seine Hand mit den Worten: »Es gibt noch etwas, das Sie interessieren wird«, lächelnd entzieht er mir seine Hand.

Martin klopft mir auf die Schulter. Sein Vater wartet einen Augenblick, bevor er weiterspricht. »Wenn wir mal die Zeit für unsere Passion finden ...«, stoppt er seine Worte. Mir ist nicht ganz klar, warum er erneut die Jagd erwähnt. Soll er mich doch einfach zu sich einladen, denke ich mir und spüre, dass ich nervös werde. »Sie wissen doch, wo Tauben sind, fliegen Tauben hin«, lachend fällt die Tür hinter Alfons und Martin Krause in das Schloss.

Ich bin froh, von den beiden erlöst zu sein. Innerlich allerdings steigt die Freude darüber in mir auf, endlich zu dieser Jagd eingeladen worden zu sein. Mein eigenes Revier habe ich in der letzten Zeit vernachlässigt. Ich will mich auf meine neuen Aufgaben konzentrieren, kann nicht alles machen. Geld, ja, das Thema ist für mich zu einem großen Problem geworden. Hoffentlich nur vorübergehend. Die Kosten für den Klinikaufenthalt meiner Frau sind beträchtlich.

Von meiner Sekretärin verlange ich anschließend einen Lageplan von Kamp-Bornhofen sowie einen Ausschnitt des Gebietes, das für den Gewerbepark vorgesehen ist. Neben einem Baumarkt ist die Rede von einem Zeitschriftenverlag, der Arbeitsplätze für knapp 120 Leute bieten soll. Den Gartenbaumarkt hatte Martin Krause am Rande erwähnt, ebenso die Option auf einen Supermarkt. Verrückt, wo die Krauses überall ihre Finger mit im Spiel haben. Ich selbst habe weniger erreicht, was trotzdem mehr ist, als viele andere Menschen jemals erreichen werden. Wie gerne hätte ich das, was ich geschaffen habe, an meinen Roman weitergegeben. Ach, was soll das Hadern? Der Junge ist nun einmal tot. Es bringt mir ja nichts mehr, dauernd noch darüber nachzudenken.

Der Anruf aus der Klinik, in der meine Frau lebt, kommt, als ich gerade mein Telefonat mit den Sturms beendet habe. Der Arzt sagt, Julia bestehe darauf, spazieren zu gehen, alleine. Sie möchte außerdem das Gelände der Klinik verlassen, bald nach Hause fahren. Ihr Zustand ist stabil, so der Arzt und deshalb gebe ich meine Einwilligung. Die Klinik möchte sich dahingehend absichern, die Verantwortung nicht alleine tragen.

Für einen Moment reißt mich der Anruf aus der Klinik aus dem Konzept. Ich schweife mit meinen Gedanken ab, erinnere mich an schöne Zeiten, die ich mit meiner Frau verbracht habe. Meine Sekretärin kommt in mein Büro, holt mich aus meinen Gedanken heraus und fragt: »Konnten Sie etwas bei den Sturms erreichen?«

»Die Eheleute Sturm haben mir ein Treffen für heute Nachmittag um halb drei zugesagt. Sie waren zunächst überrascht, von mir persönlich angerufen zu werden. Der Alte hat aber dann schnell gewusst, was Sache ist. ›Meinen Hof verkaufe ich nicht, nur über meine Leiche!‹, warf er ein, bevor das Telefonat von ihm beendet wurde.«

Meine Sekretärin, die in Kamp-Bornhofen lebt und die Sturms kennt, hebt die Schultern. »Die Bauvorhaben würden der Gemeinde guttun.«

Ein Blick auf die Uhr zeigt mir, dass ich bis zu meinem nächsten Termin noch Zeit habe. »Verbinden Sie mich mit Bürgermeister Karbach!«

Meine Sekretärin eilt an ihren Arbeitsplatz, um meiner Aufforderung nachzukommen. Mir fällt der Geburtstag von Karbach ein. Die Einladung zu seinem 50. liegt auf meinem Schreibtisch. Lust dazu habe ich keine, wenn ich ehrlich bin, doch eine wirkliche Wahl habe ich auch nicht.

Der Tod von meinem Roman liegt mir noch immer auf der Seele. Ferdinand scheint sein Glück in der Arbeit zu suchen, vielleicht findet er da seine Ruhe. Den eigenen Sohn zu verlieren und was es für das Herz einer Mutter bedeutet, ist nicht in Worte zu fassen. Roman war nicht mein leibliches Kind, ich habe ihn aber von der ersten Stunde an in meinen Armen gehalten, aufgezogen und geliebt wie mein eigenes.

Das Leben ging nach diesem Schicksalsschlag für Ferdinand ungebrochen weiter, er stürzte sich in den Wahlkampf und konnte sich dadurch ein wenig ablenken. Das Sanatorium, in dem ich nun lebe, ist mir zu einer Heimat geworden. Hier fühle ich mich geborgen, spüre den schmerzhaften Verlust meines Kindes nicht mehr so stark, dass ich den Drang habe, meinen eigenen Tod als Erlösung zu suchen.

Die Zeit der Verarbeitung und Genesung hat Wochen gedauert, aber jetzt endlich darf ich ab und zu das Sanatorium verlassen, auch mein Zimmer, das mir inzwischen zu eng geworden ist. Mir scheint es besser zu gehen, schon seit Tagen. Das bestätigen mir auch die Ärzte. Mein Wunsch, allein in den Garten gehen zu dürfen, auch wieder Ausflüge zu machen, alleine, wurde auch erhört.

Noch vor einem Monat bekam ich Panik, ich saß nur stundenlang im Garten der Anlage. Jetzt aber zieht es mich immer mehr nach draußen, die wenigen Wochenenden, die ich zu Hause verbringen konnte, verliefen zunächst aufregend. Der kleinste Zwischenfall ließ mich in Angstzustände verfallen, einziger Ausweg für mich und Hoffnung auf Besserung war meine Flucht zurück in mein Sanatorium, in mein

Zimmer. Wie eine kleine Burg habe ich dieses Zimmer betrachtet. Fünfunddreißig Quadratmeter Raum, die mich am Leben erhalten und mir die Freude zurückgegeben haben, auf der Erde zu sein.

Am Morgen habe ich meinen Arzt aufgesucht, mich vergewissert, dass mein Zimmer auch in den nächsten Tagen für mich frei bleiben würde. Mein Arzt hat milde gelächelt, ich dürfe ab jetzt immer mal für einige Tage heimfahren, aber spätestens nach fünf Tagen müsse ich hierher zurückkommen, meine Therapiestunden einhalten, fügte er liebevoll an. Ich weiß, er hat Ferdinand angerufen, um seine Genehmigung einzuholen.

Ich bin froh, dass Ferdinand noch immer etwas für mich übrig zu haben scheint und er mich nicht auf ewig hierher verbannen möchte. Das heißt, wenn mir jetzt danach ist, das Gelände rund um das Sanatorium zu verlassen, kann ich dies jederzeit tun. Nun freue ich mich auf die spontane Heimreise.

Die frische Luft atme ich hastig ein, spüre, wie die warmen Sonnenstrahlen des Sommers meiner Seele guttun. Mein Gesicht ist trotz des seit Tagen anhaltenden Sommerwetters noch immer so blass wie meine ganze Haut. Die Zeit scheint weitergegangen zu sein, das bemerke ich beim Anblick eines neuen Gebäudes, das ich nicht kenne. Ich fühle mich nach der langen Zeit im Sanatorium gesund und blicke zuversichtlich in die Zukunft.

Die Entscheidung, sogleich für einige Tage nach Hause zu fahren, kam spontan. Meinen Mann habe ich davon nicht in Kenntnis gesetzt. Es soll eine Überraschung werden! Nur unser Hausmädchen weiß Bescheid, sie muss einiges besorgen und für meine Rückkehr nach Hause vorbereiten.

Der Arzt will vor meiner Abreise wissen, warum ich mich nicht mit dem Auto abholen lasse.

»Ich will ganz bewusst das Leben wieder spüren«, antworte ich, »und möchte mit der Bahn reisen, Menschen treffen, sehen, was sich in den letzten Wochen meiner Abwesenheit in der Umgebung getan hat. Die Fahrtzeit ist doch nur eine halbe Stunde.«

Erst, als der Schaffner kommt, mich nach meiner Fahrkarte fragt, stelle ich erschrocken fest, dass ich gar keine besitze.

»Sie sind doch Frau von Tannenberg?«, der Schaffner schaut mich prüfend an. »Das nächste Mal bitte vor der Reise einen Fahrschein ziehen!«, er putzt sich dabei die Nase. »Von dem Unfall Ihres Sohnes habe ich gelesen. Sie sollen in einem Sanato ...«, er redet nicht weiter.

»Ja, ich lebe zurzeit in einer Klinik, habe sozusagen Urlaub genommen.« Die Selbstverständlichkeit, mit der ich antworte, irritiert den Mann. Der Schaffner hebt kurz zum Gruß seine Mütze, dann kümmert er sich um meine Sitznachbarin, die neugierig unsere Unterhaltung verfolgt hat und mich im Anschluss anredet, um dann ihr Leben zu erzählen.

»Wie es den Anschein hat«, fängt sie ihr Gespräch an, »haben wir beide es im Leben nicht immer so leicht gehabt.«

Mit meinen Gedanken bin ich weit weg, ich höre der Frau nur nebenbei zu. Erst, als sie mir von ihrer beruflichen Tätigkeit berichtet, werde ich aufmerksam. Die junge, hübsche Frau arbeitet in einem Bordell, nur unweit von meinem Wohnort entfernt.

Anna ist schon eine klasse Frau. Etwas verrückt ist sie aber auch. Es gibt nicht viele Frauen, die ihr Leben so leben, wie sie möchten, frei und unabhängig. Anna hat mich erst zart gestreichelt, geküsst. Dann aber wurde sie fordernder, die Leidenschaft ergriff sie, und ich habe Anna gerne gegeben, was sie wollte und was ihr guttat.

In meinen Augen muss sie die Drohbriefe der Polizei zeigen, am besten der Jil. Anna hat mich so komisch angesehen, als ich ihr den Vorschlag machte. Ob sie ein Problem mit Jil hat? Eventuell eifersüchtig ist? Nein, die Anna ist bestimmt nicht von diesen Gefühlen beherrscht. Für mich ist sie, bis auf die letzten Tage, die reinste Lebensfreude in Person.

Morgen werde ich die Anna noch einmal auf die Briefe ansprechen, für heute, so glaube ich, ist es besser, zu diesem Thema zu schweigen. Außerdem bin ich froh, wenn ich meinen Tag gut hinter mich bringe, die letzte Nacht hat mir nicht viel Schlaf geschenkt. Ich lache spontan bei der Erinnerung und fühle mich gleichzeitig grandios, männlich.

Beim Einschenken eines weiteren Kaffees rieche ich an meinem Hemd, es gab keine Gelegenheit, es zu wechseln. Die Knitterfalten sind auch nicht zu übersehen. Ein Blick in meinen Kalender zeigt mir, dass ich am Nachmittag Feierabend machen kann. Der spontane Gedanke, anschließend auf ein Bier in die Kneipe zu gehen, gefällt mir. Der Versuch, Bürgermeister Karbach zu erreichen, bleibt ohne Erfolg, es springt nur die Mobilbox an. Ich habe aber keine Lust, eine Nachricht zu hinterlassen. Ein wenig enttäuscht beende ich das Telefonat, widme mich wieder dem Bericht über das Heimatfest.

Später kommt mir die Idee, noch einmal in das Freibad zu gehen.

Anna Sturm

Ich bin wirklich kein ängstlicher Mensch. Trotzdem habe ich seit wenigen Tagen das Gefühl, verfolgt zu werden. Oft drehe ich mich um, ganz unvermittelt, sehe jedoch niemanden. In der Redaktion habe ich mich Manfred Luck anvertraut. Er hat mir geraten, mit der Kommissarin zu reden. Das will ich aber nicht. Dann hat er mich gefragt, ob ich mal einen Tag Urlaub brauche, vielleicht für Wellness oder was Frauen sonst so mögen.

Immerhin hat mich seine Aussage zum Lächeln gebracht. Manfred! Für mehr als eine Nacht nehme ich ihn als Mann nicht mehr wahr. Tja, die Zeit mit ihm, als wir mal versucht haben, richtig zusammen zu sein, war cool, erfüllend, was den Sex betrifft. Und doch hat etwas gefehlt, was uns zusammengehalten hätte. Die Tatsache, dass Manfred und ich wieder zusammenarbeiten, hat mir von Anfang an gefallen.

Die Kommissarin macht es ihm zu leicht, wie ich finde. Einem Mann wie Manfred läuft man nicht nach. So einer braucht das Gefühl, die Frau zu erobern, nicht aber umgekehrt. Nach der kurzen Nacht mit Manfred, dem Frühstück und der Tatsache, mit einem Menschen über diese Briefe gesprochen zu haben, geht es mir besser.

»Du machst heute aber nicht zu lange!«, hat Manfred mir

befohlen. »Überleg dir auch, ob du nicht doch mit Jil reden willst, ich kann dir ihre Nummer geben.«

Meine Gedanken kann ich heute kaum auf einen Punkt bringen. Mir fällt deshalb auch schwer, Martin Krause zuzuhören. Nachdem er die Redaktion verlassen hat, sind meine Gedanken bei seinem Vater. Über die Tatsache, dass ich den Alfons Krause gestern am frühen Abend in der Pizzeria getroffen habe, war ich zunächst erschrocken, fühlte mich als Lügnerin enttarnt. Er hat aber ganz lieb reagiert, mir seine Begleiterin vorgestellt. Ich rufe sogleich in seinem Büro an. Die Sekretärin ist patzig zu mir. Meine Frage, ob sie sich nicht mehr an mich erinnere, ignoriert sie. Komische Person, überlege ich und trinke einen Schluck Kaffee. Ich warte eine halbe Stunde, rufe erneut die Sekretärin an.

»Ich verbinde«, höre ich sie launig sagen, dann habe ich auch schon Alfons in der Leitung.

Er ist offenbar blendend gelaunt. »Ich habe schon auf ein Lebenszeichen von dir gewartet«, säuselt er in den Hörer. Meine Ausrede, auch mal arbeiten zu müssen, lacht er weg.

»Anna, nimm das Leben mal leichter!«, kommt sein wohlgemeinter Ratschlag an mein Ohr.

»Ich wollte dich auch schon vor einer halben Stunde sprechen, deine Sekretärin hat mich abgewiesen«, sage ich und hole tief Luft. Alfons murmelt etwas von sie zurechtweisen, das ist mir dann doch unangenehm.

»Sie hat es sicherlich nicht böse gemeint«, füge ich rasch nach, dann komme ich zum eigentlichen Grund meines Anrufes. »Zum einen will ich dir erklären, warum ich mit Manfred Luck in der Pizzeria war und…«, an der Stelle unterbricht mich Alfons.

»Kein Problem, Anna«, sagt er betont langsam. »Und gestern war ich noch am späten Abend mit Bürgermeister Karbach zusammen, ein Männerabend.« Er lacht.

»Ein Besuch im Bordell?« Für mehrere Sekunden herrscht Funkstille.

»Was, bitte, soll diese Frage?« Alfons ist geschockt, das kann er nicht verbergen.

»Ich möchte mit dir über das Bordell reden. Können wir uns sehen?«

»Was ist mit dem Hof deiner Eltern? Reden wir auch darüber?«, hakt Alfons nach. Ich sage ihm, dass ich in erster Linie über das Bordell reden möchte. Jetzt scheint er nervös zu werden, versucht, mich davon zu überzeugen, dass wir uns sofort treffen. Ich mag den Alfons, ja, das ist die Wahrheit. Nur, ich bekomme ihn nicht eingeordnet, kann nicht durchschauen, wo genau seine Interessen liegen. Er schickt mir einen großen Blumenstrauß, lädt mich zum Essen ein. Macht er das alles nur, um an den Hof meiner Eltern zu kommen?

Es gibt Momente, da glaube ich zu ahnen, dass er in mir nicht nur die Vermittlerin, sondern vielmehr die Frau sieht. Vielleicht bilde ich mir das nur ein? Ein Alfons Krause muss nicht auf eine kleine Journalistin warten, da bin ich mir eigentlich sicher.

Mein Liebesleben ist im Augenblick turbulent genug, sinniere ich, lache bei dem Gedanken und verschütte etwas Kaffee.

»Wir treffen uns am Abend, Alfons«, beende ich das Telefonat.

Gegen eins verlasse ich etwas beruhigter die Redaktion. Aber tief in meinem Inneren weiß ich, dass ich mir das alles nicht einbilde, ich fühle mich seit Tagen verfolgt.

Ferdinand von Tannenberg hat um ein Treffen gebeten. Um halb zwei sehe ich ihn am Rheinufer. Er ist pünktlich, das gefällt mir.

»Du bist so verändert, Anna. Gibt es Probleme?«, fragt Ferdinand und umarmt mich zur Begrüßung.

Was sollte ich sagen? Die vergangene Nacht habe ich mal wieder mit Manfred verbracht, jetzt umarme ich einen verheirateten Mann. Und so nebenbei könnte ich auch noch die Briefe erwähnen, die mein Leben ebenfalls komplizieren.

»Ich brauche vielleicht einen Tapetenwechsel. Mein Leben läuft gerade etwas aus der Bahn«, sage ich stattdessen und bleibe schon recht nah an der Wahrheit.

»Belasten dich unsere Treffen? Die Heimlichkeit?« Ferdinand will mich küssen, ich löse mich aus der Umarmung.

»Gib mir etwas Zeit!«, sage ich und verabschiede mich von ihm. Mir ist bewusst, dass ich ihm gerade wehtue, es tut mir ja auch leid. Gerade kenne ich mich selbst nicht mehr richtig. Das muss als Entschuldigung für mein Gewissen ausreichen.

Meine Eltern möchte ich damit nicht belasten. Sie sind schon älter und haben mit ihrem Hof genug Arbeit und Ärger. Das ist dann auch so ein Thema, der Hof. Ich frage mich, warum sie nicht verkaufen. Die Idee, dass ich eines Tages alles erben und vor allem übernehmen soll, ist für mich völlig absurd.

Ich sehe die vorbeifahrenden Schiffe und spüre meine Sehnsucht nach der Ferne, die beim Anblick der Schiffe aufkommt und mich etwas melancholisch werden lässt. Einen kleinen Moment beobachte ich ein Kind, das am Rheinufer steht und Steine in den Rhein wirft. Wie alt mag das Kind sein, frage ich mich. Fünf oder sechs Jahre?

»Karin! Karin!«, höre ich eine energische Stimme hinter mir rufen, dann eilt auch schon eine junge Frau an mir vorbei zu dem Kind. »Du sollst nicht weglaufen! Das kann doch gefährlich sein!«, höre ich die Mutter sagen. Sie wirft einen verstohlenen Blick zu mir, zieht das Mädchen näher zu sich heran und flüstert etwas in sein Ohr.

Wie klein die Welt doch ist, klein und spießig, denke ich im Weitergehen. Und doch muss ich der Mutter in einer Hinsicht recht geben: Es gibt Menschen, die sind kleine Monster, Hyänen in einer feinen Schale zum eigenen Schutz. Was bin ich? Die Frage löst ein ungutes Gefühl in mir aus, das mag ich nicht.

»Auch auf dem Weg zum Schwimmbad? Das Wetter fordert es geradezu heraus«, werde ich angesprochen und abrupt aus meinen Gedanken gerissen.

»Elke! Welch eine Überraschung. Ich dachte, du bist in Köln zu einer Fortbildung«, gelingt es mir schnell, wieder im Hier und Jetzt zu sein.

»Die ist abgeschlossen, und wenn ich ganz ehrlich bin, dann kann ich nur sagen, die Heimat hab ich vermisst.«

»Heimat? Ist das nicht spießig? Du bist noch zu jung, um nur in einem Rahmen zu leben. Du musst raus aus der Enge und …«

»Danke, das hatte ich gerade. Nein, jetzt freue ich mich erst mal, wieder vor Ort zu sein. Du lebst doch auch ganz gut hier.« Elke lacht offen und herzlich, immerhin besänftigt mich das. Der Unmut in mir über diese unschöne Störung lässt sofort wieder nach. Ich lächle milde zurück.

»Ja, dann nichts für ungut, ich muss weiter. Viel Spaß im Schwimmbad«, beende ich unser kurzes Gespräch.

Elke sieht blendend aus, hat etwas zugenommen, steht ihr allerdings prächtig. Erst nach wenigen Schritten drehe ich mich noch einmal um und erkenne, dass Elke auf den kleinen Pfad zum Eingang des Schwimmbades abbiegt. Ob sie meine Welt für begrenzt hält? Genau gespürt habe ich, dass sie meine Situation ansprechen wollte, wie ich lebe, aber das will ich nicht hören.

Nein, meine Welt ist farbenfroh und lebendig, wie ich finde. Plötzlich sehe ich Bilder vor meinen Augen, die mich irritieren. Ich sehe mich beim Malen, sehe eine Puppe, mit der ich spielen möchte.

Pfeifend setze ich mich am Rheinufer in das Straßencafé. Der Korbstuhl quietscht und ächzt unter meinem Gewicht.

Ein älterer Herr neben mir blickt kurz rüber und meint: »Sie sollten nach einem Sofa fragen.« Dann dreht er sich aber rasch wieder um.

Ich habe seine Worte nicht ganz verstanden. Wie meint er das? Will er mit mir spielen?

»Sie möchten wieder das Biene-Maja-Eis?«, lächelt mich die Bedienung höflich an. Wenigstens hier werde ich verstanden. Die meisten Menschen sind innerlich vertrocknet, haben ihre Fantasie irgendwann vor dem Schlafengehen wie ein altes Hemd abgelegt und am nächsten Morgen vergessen, es wieder überzustreifen.

Traurige kleine Wesen sind das in meinen Augen, nur die Kinder sind noch rein und frei, eben unschuldig.

»Mama, ist das nicht ....«, mein Blick fällt zu der kleinen Karin, die eben noch Steine in das Wasser geworfen hat. Sie bleibt vor mir stehen und betrachtet mich interessiert. Ob sie auch Lust auf ein Eis hat? Nur zu gerne möchte ich das kleine Mädchen mit seiner Porzellanhaut einladen, wäre seine Mutter nicht da.

»Psst! Komm, beeil dich!«, ihre Mutter scheint auch schon ihre Fantasie abgestreift zu haben und damit gleichzeitig alle Lebensfreude.

›Das macht dich alt und hässlich‹, möchte ich schreien, doch dann kommt mein Eis, und ich vergesse für einen Moment alles, was jetzt noch wichtig ist.

Später setze ich mich auf mein Fahrrad und fahre am Rheinufer entlang. Ich liebe es, die Schiffe zu beobachten. Mein Wunsch, Steine in den Rhein zu werfen, lässt mich anhalten. Unachtsam lege ich mein Fahrrad an die Brüstung, gehe zu Fuß weiter.

Alfons Krause

Das Gespräch mit dem von Tannenberg ist besser verlaufen, als ich es erwartet habe. Der Mann war unsicher, ist mir gleich aufgefallen. In sich gefangen wirkte er. Ob er der richtige Mann für diesen Posten im Rathaus ist? Wenn er mir das Grundstück der Sturms vermitteln kann, werde ich mich erkenntlich zeigen. Für den von Tannenberg kommt wohl nur eine Einladung zum Jagen infrage. Er ist ein ganz anderer Typ als der Ortsbürgermeister Toni Karbach. Der gefällt mir immer besser. Vielleicht, so überlege ich schon seit Tagen, können wir zwei eine richtige Männerfreundschaft beginnen. Es tut doch gut, ab und zu mal gemeinsam ein Bier oder einen Whisky zu trinken, das Leben und die hübschen Frauen zu genießen. Wir sind ja beide allein.

Mir fällt Anna ein, das Gespräch mit ihr steht noch aus, sie hat wieder einmal kurzfristig abgesagt. Liegt es an ihrer Jugend, dass sie noch so sprunghaft ist? Dass Anna am Telefon das Bordell angesprochen hat, irritiert mich noch immer. Die Gedanken verdränge ich jedoch schnell wieder, ich will mich jetzt auf das Bauvorhaben konzentrieren und dazu brauche ich den Grund und Boden von Annas Eltern. Die Sache mit dem Bordell ist geklärt, warum jetzt noch einmal alles aufkochen? Ich habe es ihr erklärt und sie gebeten, sie soll unter keinen Umständen anfangen, in der Vergangenheit zu wühlen. Ob ich meinen Sohn einweihen soll?

Ich muss an das Grundstück kommen, überlege ich krampfhaft, trinke einen Schluck von meinem Kaffee, der aber mittlerweile kalt geworden ist.

Ob von Tannenberg mir helfen kann? 180 Euro pro Quadratmeter habe ich dem alten Sturm geboten. Der hat nur gelacht. Seine Frau hat neugierig den Kopf gehoben, schien in Gedanken zu rechnen. Mir scheint nur, die Frau hat nichts zu sagen.

Rackern sich tagein, tagaus auf dem Hof ab, viel Geld kommt dabei nicht raus. Das habe ich gleich gesehen. Mein Martin wollte schon beim ersten Gespräch mit den Sturms 210 Euro bieten.

»Siehste, Papa, hättest du auf mich gehört! Der Alte wäre

vielleicht auf das Angebot eingegangen«, hat er auf der Rückfahrt gejammert.

»Nein, das glaube ich kaum«, habe ich ihm dann auch gesagt. »Die Sturms bekommen wir nicht mit Geld, da müssen wir uns etwas anderes einfallen lassen.«

»Aber keine krummen Sachen!«, hatte Martin eingeworfen.

Er ist noch so jung, hat noch alles vor sich. Martin ist gerade mal zweiunddreißig. Ich glaube, er wartet auf den Tag, an dem ich mich zurückziehe und er die Fäden unseres Geschäfts in den Händen hält. Mein Zepter gebe ich aber erst aus den Händen, wenn ich nicht mehr aufrecht gehen kann. Mein Martin muss sehen, wie er damit zurechtkommt. Außerdem habe ich doch alles im Griff, die Jugend muss sich erst einmal bewähren. Diese Gelegenheit hat er ja jetzt.

Meine Aussage gegenüber Toni Karbach, dass ich, falls das Grundstück nicht zu kaufen sein sollte, eine andere Gemeinde wählen würde, ist die Wahrheit. Ortsbürgermeister Karbach war nach meinen Worten ganz blass geworden. Für die Gemeinde sind wir die Zukunft, keine Frage.

Auf meinem Weg nach Hause komme ich durch Kamp-Bornhofen. Ich sehe, dass noch etliche Menschen draußen vor den Cafés sitzen, was mich dazu verleitet, anzuhalten. Meine Lust auf eine Tasse Kaffee und ein Stück Kuchen ist geweckt. Zu meiner Freude finde ich gleich einen freien Tisch, der mir einen direkten Blick auf den Rhein bietet. Vielleicht, so überlege ich zufrieden, sollte ich in naher Zukunft doch kürzer treten, meinem Martin mehr Verantwortung übertragen?

Ich beobachte die Leute an den Nachbartischen, mir gefällt, was ich sehe und was ich anhand der wenigen Wortfetzen, die zu meinen Ohren dringen, aufnehmen kann. Die Leichtigkeit des Lebens ist zu spüren, hier am Mittelrhein lässt es sich gut leben, denke ich mir und esse ein Stück von meinem Kuchen.

Das Summen meines Handys lässt meine aufkommende, fast sentimentale Stimmung wieder verfliegen, meine Sekretärin Frau Clemm erinnert mich an den nächsten Termin. Mein Blick fällt auf meine Armbanduhr, zum Glück bleibt noch genügend Zeit für einen weiteren Kaffee. Zufrieden lehne ich mich zurück und mein Blick fällt auf eine Frau, die nur unweit von mir entfernt steht. Kann es sein, so frage ich mich, dass ich Lydia sehe?

Elke

Verrückt, wie viel diese Woche noch im Freibad los ist. Sicherlich wollen alle die herrlichen Tage des Sommers auskosten. Dachte schon, ich müsste mich langweilen, weit gefehlt! Mein Eintrittsgeld lege ich abgezählt auf den Schalter. Dann fällt mein Blick schon auf den Tisch, der neben dem Kiosk steht. Ich bin froh, meinen neuen Badeanzug eingesteckt zu haben. Manfred Luck sitzt an dem Tisch, vor ihm ein Bier. Das passt. Ich lächle, gehe gleich auf ihn zu.

»Elke!«, Manfred steht strahlend auf, gibt mir einen Kuss. Die anderen Männer sehen zu uns, mir ist es egal. »Deine Zeit in Köln ist jetzt vorbei?«, will Manfred wissen und bietet mir einen Stuhl an.

»Ich gehe mich erst mal umziehen«, sage ich und löse mich aus seiner Umarmung.

Die wenigen Schritte bis zu der Umkleidekabine spüre ich Manfreds Blicke, bin mir ganz sicher, dass er mir nachsieht. Oder bilde ich mir das nur ein, weil ich es mir wünsche? Mit einem leichten Stöhnen wechsle ich mein Outfit. Ein abschließender kritischer Blick in den Spiegel der Kabine lässt mich zusammenzucken, die kleinen Röllchen an der Hüfte scheinen neu zu sein. Warum nur bringt Manfred mich immer und immer wieder so durcheinander? Klar, die wenigen Tage mit ihm in Köln waren toll, prickelnd, verrückt. Ja, verrückt ist mit Sicherheit das richtige Wort. Es passt zu Manfred, meinem Verhalten und der Art von Beziehung, die ich mit diesem Kerl in regelmäßigen Abständen führe.

Tatsächlich habe ich mir eingebildet, Manfred würde in Köln bleiben, und gehofft, ihm seien die wenigen Tage mit mir genauso nahe gegangen. Ob es wahr ist, dass Männer und Frauen so verschieden empfinden, wenn es um Beziehungen geht? Ich habe einen Artikel gelesen, in dem es genau um dieses Problem ging. Wir Frauen bringen uns emotional viel stärker in eine Partnerschaft ein, wo hingegen ein Mann mehr an seine Befriedigung denkt. Manfred zumindest, so war mein erster Gedanke beim Lesen, entspricht genau diesem Bild, das die Redakteurin in ihrem Artikel beschrieben hat.

Kaum dass Manfred wieder zurück nach Kamp gefahren war und seine Arbeit hier aufgenommen hat, habe ich von Anna Sturm erfahren. Sie arbeite wieder in der Redaktion, hieß es. Diese Nachricht kam von Jil, sie hatte mir eine SMS gesendet. Natürlich nicht aus Nächstenliebe, es war ein Seitenhieb von ihrer Seite. Dass Jil jetzt mit dem Kollegen Metzger liiert ist, konnte ich zunächst nicht glauben.

Hermann Josef Metzger ist so … puh, mir fällt alles ein, nur keine Bezeichnung, die halbwegs männlich klingt. Nein, da ist Manfred doch anders.

Meine Überraschung ist doch sehr groß, als ich die Umkleidekabine verlasse und mit Jil zusammenstoße. Ihre Blicke wandern über meinen neuen Badeanzug.

»Soll ich dir ein Foto zukommen lassen?«, frage ich sie gereizt und weiß im gleichen Augenblick, das war nicht wirklich nett von mir, als Einstieg in die erste Begegnung seit einigen Wochen unpassend. Jil lacht, das kenne ich so gar nicht an ihr.

»Lass gut sein, Elke!«, antwortet sie und geht an mir vorbei in die Kabine, in der ich kurz zuvor noch an die gemeinsame Zeit mit Manfred Luck in Köln dachte. Unsicher bleibe ich stehen. Soll ich mich neben Manfred setzen? Jil hat ihn sicherlich auch gesehen, die Situation ist mir unangenehm, zumal Manfreds Verhalten nicht einzuschätzen ist. Vielleicht legt er jetzt keinen Wert mehr auf mich, will lieber Jil an seiner Seite wissen.

Warum nur tue ich mir das alles hier an? Trotz meiner Zweifel ärgere ich mich nun, nicht gleich neben Manfred Platz genommen zu haben. Jil wäre vor Eifersucht explodiert. Mitten in meine Gedanken kommt Jil, ich stehe immer noch im Flur zu den Kabinen.

»Bist du angewurzelt?«

»Ach, Jil. Dass du mal Zeit zum Schwimmen findest, ich wundere mich doch sehr.«

»Elke, draußen sitzt Manfred. Wenn du dich beeilst, ist der Sitz neben ihm noch frei. Oder hast du Angst vor einer Begegnung mit Anna Sturm? Sie ist um einige Jährchen jünger als du, sportlich und attraktiv.«

»Die Angst scheinst du zu kennen. Immerhin läuft Manfred in regelmäßigen Abständen weg von dir«, gifte ich zurück.

Wir sehen uns, wie zum Kampf bereit, in die Augen, stehen gerade mal einen Schritt auseinander. Jil verzieht ihr Gesicht, auf der Stirn erkenne ich eine tiefe Falte.

»Manfred ist für mich ein Teil meiner Vergangenheit, du kannst ihn haben.« Jil geht an mir vorbei, bleibt aber noch einmal stehen und dreht sich zu mir um. »Glaubst du ernsthaft, er sieht in dir die Frau für seine Zukunft?«

Ich sehe Jil nach. Zu meinem Ärger geht sie nicht in Richtung Schwimmbecken, vielmehr in Richtung Kiosk. Eine Weile noch bleibe ich unschlüssig stehen, dann jedoch verlasse ich den Bereich der Kabinen.

»Ich dachte schon, du ziehst ein Zelt an, solange warst du in der Umkleide verschwunden«, ruft Manfred mir lachend zu. Die anderen Männer grinsen. War das jetzt eine Anspielung auf meine Hüften? Nicht sehr selbstsicher steuere ich den Platz neben Manfred an. Jil kann ich nirgends sehen, gut so!

»Dann lass ihn dir mal schmecken«, schiebt Manfred einen Kaffee vor mich auf den Tisch.

Ich lächle, doch dieses kleine Hochgefühl wird jäh unterbrochen.

»Bin dann mal weg, muss noch was machen«, sagt Manfred kurz darauf, steht auf und geht. Er geht einfach, lässt mich an dem Tisch mit seinen Kumpels sitzen. Was soll das? Ohne sich noch einmal umzudrehen, verlässt Manfred das Schwimmbad.

»Ist ja super gelaufen, freue mich für dich«, höre ich zwei Minuten später die Stimme von Jil und spüre ihre Hand auf meiner Schulter. Ich blicke ihr nach und muss zugeben, Jil hat immer noch eine klasse Figur.

Lydia, Jils Mutter

Vorhin habe ich versucht, meine Tochter Jil anzurufen. Sie ist nie für mich erreichbar. Ich sollte aufhören, mich über meine Jil aufzuregen, sie hat leider viel zu viele Gene von ihrem Vater geerbt. Traurig! Eine junge Frau sollte das Leben spüren und genießen. Stattdessen umgibt sich Jil mit Leuten, die sie nicht aufmuntern, und einer Arbeit, die nun wirklich keine Freude bringt. Meine Bilder, ja, sie sind meine Freude. Auch dieses Talent hat sich leider nicht weitervererbt an meine Tochter. Beim Malen kann ich meinen Gedanken freien Lauf lassen. So wie jetzt gerade, wo meine Gedanken zu Metzger schweifen. Ihn habe ich als Schwiegersohn gesehen und mich gefreut, einen jungen Mann in die Familie zu bekommen, der mir aus den Händen frisst.

Ich seufze, es ist ungerecht, so zu denken. Metzger hat gute Manieren, sieht gepflegt aus, jedoch für mich fehlt ihm das Männliche, der letzte Reiz für eine Frau, einem Mann zu verfallen. Nein, Metzger ist mehr der Typ Traumschwiegersohn, wohingegen Manfred Luck mit seinem Dreitagebart schon eher ein Sahnehäppchen für junge Frauen ist.

Das Bild, an dem ich gerade male, soll mich ablenken, doch ich schaffe es nicht loszulassen. Jil hat sich jetzt schon seit Stunden nicht bei mir gemeldet. Ich überlege, ob ich einen Grund habe, sauer zu sein, lache aber über meine Gedanken. Ich, die das Leben liebt und selbst keine Regeln mag, warum soll ich beleidigt sein? Nein, ich beschließe stattdessen, Jil morgen in ihrer Wohnung aufzusuchen.

Meinen Pinsel lege ich ins Wasser, die Schürze lasse ich auf den Boden gleiten, mich zieht es nach draußen. Die Sonne scheint, und ich verspüre das Verlangen, einen Kaffee zu trinken.

»Wenn das keine Überraschung ist«, höre ich eine bekannte Stimme rufen, als ich gerade das Straßencafé gegenüber der Anlegestelle am Rheinufer ansteuere. Schon vor dem Umdrehen weiß ich, zu wem diese Stimme gehört. Ich setze ein Lächeln auf, mein Herz fängt an, schneller zu schlagen.

»Alfons! Was treibt dich in unser Dorf?«

Er nimmt meine Hände in die seinen. Ich fühle mich mit einem Mal um dreißig Jahre jünger, spüre, wie das Blut durch meine Adern fließt und mir die Röte auf die Wangen zaubert. Wir lachen, sehen uns in die Augen, die Zeit scheint stehen geblieben zu sein, jedenfalls für uns und in diesem Augenblick.

»Lydia! Ich habe mir gewünscht, dich zu sehen. Sag, bist du immer noch verheiratet?«

»Schon seit über vierzig Jahren«, wir lachen erneut, er hält noch immer meine Hände. Obgleich mir bewusst ist, dass wir beide, so wie wir hier vor dem Café am Rheinufer stehen, jegliche Aufmerksamkeit auf uns ziehen, kümmert es mich nicht.

»Denkst du noch manches Mal an mich? Die kleine Unterbrechung deiner Ehe? Fast hättest du dich für mich scheiden gelassen.« Alfons kommt direkt auf den Punkt, lange Reden waren noch nie seine Stärke.

Er hat noch immer so eine tolle Ausstrahlung, ich überlege, wie alt Alfons jetzt sein mag. Ende sechzig?

»Lydia«, er zieht mich etwas näher zu sich heran, »ich habe dich nie ganz vergessen.«

Wir blicken uns lange in die Augen. Ich erkenne tatsächlich den Alfons wieder, der mir damals so den Kopf verdreht hatte.

»Lass mich kurz etwas klären«, zieht Alfons sein Handy hervor und entfernt sich einige Schritte. Wenig später ist er wieder bei mir und sagt: »Ich habe mir etwas freie Zeit verschafft. Lydia, trink einen Kaffee mit mir und lass uns über alte Zeiten reden!«

Der anschließende Besuch in dem Café bringt mich ganz und gar in die Vergangenheit zurück. Alfons war in mein Leben getreten, als mir Nähe fehlte und mein Mann sie mir nicht geben konnte. Warum nur habe ich mich damals nicht getraut zu gehen? Mir fällt ein, dass auch Alfons verheiratet war und er sich ebenfalls nicht hat scheiden lassen.

»Du bist immer noch eine fantastische Erscheinung«, holt Alfons mich aus meinen Gedanken. »Ich liebe deine Art, dich zu kleiden, zu bewegen, deine Art zu lachen. Nichts, wirklich nichts an dir ist langweilig, alles einmalig und …« Schade, an dieser Stelle macht Alfons eine Pause, sein Handy klingelt. Zeit, die Vergangenheit noch einmal aufleben zu lassen, hatten wir nun. Doch was er jetzt macht, warum Alfons nach all den vielen Jahren zurückgekommen ist in unser Dorf, darüber zu sprechen, fehlt die Zeit.

»Wir sehen uns wieder, Lydia«, beendet Alfons ohne Vorankündigung unser spontanes Treffen. Seinen Blick zuvor auf seine Armbanduhr habe ich registriert. Ob ich ihn doch langweile, der Reiz der Vergangenheit verblasst ist? Kaum, dass Alfons gegangen ist, rufe ich die Bedienung.

»Ihr Gesprächspartner hat schon bezahlt«, sagt sie. Gesprächspartner, überlege ich beim Weggehen, wenn sie nur wüsste. Lächelnd zieht es mich zum Rheinufer, die Gedanken sind ganz bei Alfons und unseren heimlichen Treffen. In seinen Armen habe ich die Liebe kennengelernt, die tiefe innere Verbundenheit zu einem Menschen, den man aufrichtig liebt. Das Eintauchen in ein Meer der Gefühle, Leidenschaft ohne Druck, sich fallen lassen und nur den einen Augenblick aufzunehmen, das alles habe ich bei Alfons erfahren. Er hat mir damals immer kleine Briefe zugesteckt, wenn wir uns nach einem zärtlichen Beisammensein wieder trennen mussten.

»Mein Liebe verstärkt sich mit jeder Sekunde, in der ich dir, deinem Körper nahe sein darf.« Solche Zeilen gehörten zu meiner heimlichen Liebe wie das wunderbare Kribbeln in meinem Bauch, das Alfons erweckt hatte.

Auf der Höhe des Freibades fällt mein Blick auf das Rheinufer. Ich erkenne ein Paar, das sich umarmt. Warum auch immer, ich kann es nicht sagen, fesselt mich der Anblick, lässt mich in meine eigene Vergangenheit zurückgehen und überlegen, ob ich zu feige war, für Alfons meine kleine heile Welt aufzugeben. Tief in meinem Inneren lautet die Antwort: ja. Mir fällt wieder der Moment ein, als Alfons auf seine Uhr sah, vielleicht wartet doch noch ein Geschäftstermin auf ihn, es ist gerade mal zwanzig vor zwei. Trotzdem, eine kleine Erklärung, warum er so plötzlich aufbrechen musste, wäre mir lieb gewesen.

Tief Luft holend und etwas melancholisch gestimmt gehe ich weiter. Meine Blicke haften jedoch immer noch an dem Paar. Beim Näherkommen fällt mir das Jackett des Mannes auf. Er steht mit dem Rücken zu mir, doch das Jackett erinnert mich an Ferdinand von Tannenberg. Jedenfalls glaube ich, das Jackett auf dem Foto seiner Amtseinführung gesehen zu haben.

Keine Minute später dreht sich der Mann um, ich kann sein Gesicht vom Profil sehen und bin mir nun sicher, Ferdinand von Tannenberg zu erkennen. Er umarmt vor meinen Augen eine junge, attraktive Frau. Ihr rotes Haar leuchtet in der Sonne.

»Lydia! Alles gut?«, höre ich und stoße beim Umdrehen mit Elke zusammen. Sie hält mich gleich an meinen Armen fest. Das erinnert mich an die Begrüßung von Alfons, und doch ist alles so ganz anders, so kalt und fremd. Elke will mir von ihrem Treffen mit Jil im Schwimmbad berichten, so richtig interessiert höre ich ihr nicht zu. Ich mag keine Streitereien, finde es traurig, dass Elke und Jil nur wegen eines Mannes zerstritten sind.

Mit wenigen Worten, die mir schwer über die Lippen kommen, gehe ich Elke rasch aus dem Weg. Auf dem Rückweg denke ich erneut an meine große Liebe, an Alfons. Noch oft habe ich in den letzten Jahren an unsere Treffen gedacht. Ich habe seinen Körper geliebt, ein Verlangen in mir gespürt, das ich nie zuvor und leider auch danach nie mehr habe spüren dürfen.

Seit langer Zeit fühle ich oft eine Leere in meinem Herzen. Ich bin sehr traurig, ein Gefühl, das ich nicht mag. Zu Hause angekommen, eile ich sofort in mein Atelier, vergesse vor Aufregung, mich vor dem Eintauchen in meine Welt der Farben umzuziehen oder wenigstens meine Schürze umzubinden. Alfons … Ich denke noch eine Weile über unsere Begegnung nach, spüre fast noch einmal die Wärme, die über mich gekommen ist, als ich seine Augen sah. Nach und nach bin ich wieder entspannt, fühle mich richtig gut, bin dankbar für den wundervollen Augenblick, den ich heute dank Alfons erfahren durfte.

Anna

»Wozu habe ich eigentlich studiert? Die Arbeit in der Redaktion ist doch das, was mir Freude macht«, habe ich meinen Eltern oft genug gesagt. Es dauerte eine Weile, aber inzwischen scheinen sie meine Entscheidung zu akzeptieren. Noch ein Grund mehr, den ganzen Kram zu verkaufen und sich die letzten Jahre so richtig schön zu machen. Meine Eltern könnten sich mit dem Geld auch einmal einen Urlaub leisten, die Frage ist nur, möchten sie das überhaupt? Urlaub machen, ein Leben ohne die Verantwortung für den Hof, die Tiere?

Als ich vorhin Ferdinand verließ, habe ich einen Schatten gesehen. Das war keine Einbildung! Kaum, dass ich in meinem kleinen Apartment bin, fühle ich eine Enge in mir aufkommen. Deshalb ziehe ich meine Turnschuhe über, um eine Runde am Rheinufer zu joggen. Das Joggen hat mir schon immer geholfen, meinen Kopf frei zu bekommen.

Keine zehn Minuten später atme ich die klare Luft des Sommers ein, grüße unterwegs einige Spaziergänger und spüre, wie ich ruhiger werde. Auf der Höhe des Schwimmbads fällt mein Blick auf die Wiese und die Freibecken. Es tummeln sich immer noch etliche Besucher auf der Anlage, die mit ihrem Blick auf den Rhein einmalig ist. Meine Schritte lenke ich automatisch weiter in Richtung Bornhofen, danach will ich weiterlaufen über den Radweg bis nach Sankt Goarshausen. Mein Körper ist eingetaucht in eine Wohlfühlphase, ich bin entspannt und verspüre nicht mehr den Zwang, mich alle paar Meter umzusehen und zu vergewissern, ob mir jemand folgt. Die Spaziergänger am Rheinufer helfen mir, Ruhe zu finden. Hier, so bin ich mir ganz sicher, kann keine Gefahr lauern.

Manfred wollte am Morgen wissen, an welchem Thema ich arbeite. In meiner Arbeit sehe ich nicht den Grund für die Briefe. Vielleicht ist es wirklich nur Einbildung, dass mich jemand verfolgt, so wie Manfred es betont hat. Aber bin ich gestresst? Klar, der Ärger und die Auseinandersetzungen mit meinen Eltern haben mir zugesetzt. Drei Kilo habe ich abgenommen, bei Stress fehlt mir einfach der Appetit. Meine Affäre mit Ferdinand ist voller Geheimnisse und Lügen. In der Öffentlichkeit können wir uns nicht zusammen sehen lassen, aus Rücksicht auf seine Frau Julia. Mit Ferdinand treffe ich mich jetzt seit vier Monaten, mit Unterbrechungen, die immer von Manfred ausgefüllt wurden.

Im Grunde kann ich doch zufrieden sein, eine klassische Partnerschaft wäre doch nichts für mich. Jetzt kann ich machen, wozu ich Lust habe. Verrückt ist nur, bei Manfred, so spüre ich tief im Herzen, würde ich weich werden, mich für ihn auch ändern. Doch was ihn betrifft, habe ich es ja von Anfang an gewusst, er ist kein Mann für die Ewigkeit, nicht mal für den Zeitraum eines Jahres. Schmunzeln muss ich trotzdem, wenn ich an uns beide zurückdenke. Manfred hat viele Vorzüge, wenn auch mehr im Bett als woanders.

Einen Moment bleibe ich stehen, hole tief Luft und verbiete mir, dauernd über Manfred oder Ferdinand nachzudenken. Es ist gut so, wie alles ist, rede ich mir selbst ein und laufe langsam weiter. Nach einer Weile komme ich zu dem Schluss, dass es richtig wäre, sich von Ferdinand zu trennen, gerade jetzt in der neuen Situation. Ich bleibe einen Moment lang stehen, blicke auf den Rhein. Wie fühle ich mich? Ein Ergebnis meiner Selbstbefragung ist, sich in der Zukunft mehr zu schonen, behutsamer mit mir und meinem Körper umzugehen.

Ich laufe weiter, ohne mich anzustrengen. Ich blicke immer wieder auf den Rhein, sehe Schiffe, Passagierschiffe und andere, die Fracht transportieren. So allmählich lässt das Grübeln in meinem Kopf nach. Ich spüre mehr und mehr die herrliche Freiheit, die ich beim Laufen immer wieder spüre. Hoffentlich habe ich auch in Zukunft immer wieder die Gelegenheit, das für mich zu tun. Ich bleibe stehen. Ärgerlich schüttele ich den Kopf. Die Situation, so sage ich mir selbst, ist zwar zurzeit schwierig, jedoch wird sich eine Lösung finden.

Kamp-Bornhofen habe ich bereits hinter mir gelassen, ich nähere mich Kestert. Die knapp sechs Kilometer bis zu diesem Ort bringen mir noch mehr Entspannung.

Immer wieder fahren Fahrzeuge an mir vorbei. Klar, die Luft ist nicht die beste hier an der B42, doch ich bin nicht alleine. Kestert durchlaufe ich leichtfüßig, grüße auch hier die Passanten, die am Rheinufer unterwegs sind und mich kennen. Auf der Strecke von Kestert nach Sankt Goarshausen genieße ich die warmen Sonnenstrahlen dieses Sommertages auf meinem Gesicht. Etwas unruhig werde ich doch, wenn minutenlang kein Wagen an mir vorbeifährt. Sicher sind die Menschen bei dem schönen Wetter lieber draußen an der frischen Luft als im Auto unterwegs. Das viele Wasser, das ich vor und während des Laufens getrunken habe, macht sich jetzt bemerkbar. Ich überquere die B42 und suche mir einen geeigneten Platz hinter einigen Büschen unterhalb der Eisenbahn.

Ein plötzliches Knistern in dem offenen Gelände links neben mir lässt mich zusammenzucken. Gerade habe ich meine Jogginghose wieder hochgezogen, da steht ein Mann vor mir, wie aus dem Nichts aufgetaucht. Ich kenne ihn vom Sehen. Hat er auf mich gewartet? Was will er von mir, und warum trägt er dieses Shirt mit einem Aufdruck von Hänsel und Gretel? Er ist viel zu alt dafür, überlege ich und blicke in seine Augen. Sie sind trübe. Sein Gesicht und der Körper sind aufgedunsen. Nimmt er Tabletten? Warum fehlt mir plötzlich die Sprache? Ich spüre eine Unruhe in mir aufkommen, die Situation macht mir Angst. Alles nur Zufall?

»Ich suche eine Puppe zum Spielen«, sagt er fast tonlos und blickt mich dabei an. »Du bist doch die Anna? Ich mag deine roten Haare.«

»Hau ab!«, schreie ich ihm entgegen. Daraufhin eilt er zurück in das offene Gelände, ich sehe ihm erschrocken nach. Warum nur hat mich sein Anblick so durcheinandergebracht? Wir sind uns schon öfter begegnet, jedoch hier habe ich nicht mit ihm oder sonst einem Menschen gerechnet. Es dauert noch einige Minuten, bis ich es schaffe, weiterzulaufen. Tränen laufen über mein Gesicht.

Was, so frage ich mich, ist mit mir los? Ich bin Ende zwanzig, habe einen Job, der mir Freude macht, liebe das Leben im Allgemeinen, und bis vor einer Woche war alles noch in Ordnung. Dann kamen die Briefe und mit ihnen diese Angst. Im Weiterlaufen sage ich mir selbst, dass alles nur ein Zufall ist. Wahrscheinlich hat sich der Kerl auch erschrocken und mehr Angst vor mir verspürt als ich vor ihm. Ja, genauso wird es sein, muss es sein! Meine Schritte geraten aus dem Rhythmus. Ich habe Probleme, eine gleichmäßige Atmung zu finden, und ich spüre, wie meine Kraft schwindet, auch das ist neu.

Eigentlich, so denke ich beim Weiterlaufen, will ich nach dem Duschen am liebsten meinen Jogginganzug überstreifen und mich noch mit einem Tee auf meine Terrasse verziehen. Doch die Pflicht ruft. Am Abend ist eine Gemeinderatsitzung, über die ich schreiben muss.

Manfred kommt wieder in meinen Sinn. Ob er schon Bescheid weiß? War es richtig, ihm die Information zukommen zu lassen? Ich bin nur froh, dass ich mich die letzten zwei Wochen nicht mehr mit Ferdinand von Tannenberg eingelassen habe. Die Situation, so wie sie jetzt nun einmal ist, scheint mir doch die beste zu sein.

Die Kilometer bis nach Sankt Goarshausen ziehen sich. Als ich das Ortsschild passiere, bin ich glücklich, mein Körper fühlt sich immer noch müde an, was ich sonst nicht an mir kenne. Ob ich doch ab jetzt alles langsamer angehen lassen soll, hinterfrage ich meine fehlende Kondition. Vielleicht sollte ich wirklich mehr noch auf mich, meinen Körper und die Probleme, die mich belasten, achten?

Nach einem Wasser, das ich mir an einem Kiosk am Rhein kaufe und direkt trinke, drehe ich um und laufe die gleiche Strecke wieder zurück. Wenige Sekunden überlege ich, einen anderen Weg zu nehmen. Von der Strecke her wäre es unsinnig, weil alle Wege ungefähr die gleichen Entfernungen haben. Die einzige Alternative wäre die Bahn, aber ich will mich doch bewegen und spüren, dass ich trotz allem noch stark bin. Außerdem, so überlege ich, ist es noch Nachmittag, es ist hell, am Rhein sind Passanten unterwegs und im

Schwimmbad noch jede Menge Menschen. In Sichtweite gibt es die vorbeiziehenden Schiffe, und ab und zu kommt auch ein Autofahrer vorbei. Was also soll mir passieren?

Die Strecke von Sankt Goarshausen bis Kestert habe ich noch vor mir. Auch jetzt kämpfe ich immer wieder gegen den Gedanken an, verfolgt zu werden. Ich drehe mich nicht um, ich zwinge mich dazu. Ich will nicht wie meine Tante enden, die eines Tages in eine Nervenklinik eingeliefert wurde, weil sie unter einem krankhaften Waschzwang litt. In den vergangenen Tagen habe ich aber ständig kontrolliert, ob die Tür zu meiner Wohnung richtig verschlossen ist und ob niemand im dunklen Flur auf mich wartet. Hoffentlich sind das keine Anzeichen für das gleiche Schicksal.

Die Kilometer bis nach Kamp-Bornhofen ziehen sich in die Länge. Gerade mal einen Kilometer bin ich gelaufen. Meine Atmung habe ich jedoch wieder unter Kontrolle, die Schritte sind gleichmäßig. Ich konzentriere mich auf die Natur und erfreue mich an ihr. Ein plötzliches Rascheln und Schritte, die hinter mir zu hören sind, lassen meinen Puls höher schlagen. Dennoch verbiete ich mir immer noch, mich umzudrehen. Erneut sage ich mir, es ist heller Tag, Menschen sind noch hier am Rheinufer unterwegs, und hinter mir wird ein Jogger sein, der wie ich seinem Sport nachgeht. Das Laufen im Wald vermeide ich seit wenigen Tagen. Die Angst vor dem Alleinsein nimmt mir sonst die Luft zum Atmen.

Noch einmal rede ich mir selbst gut zu, alles sei in bester Ordnung, für mich bestehe keine Gefahr. Trotzdem versuche ich, auf die Geräusche zu achten, die hinter mir sind. Jetzt bin ich mir sicher, Schritte zu hören. Ich bemühe mich weiterhin, an einen Jogger zu denken, der die gleiche Strecke gewählt hat. Das schwere Atmen, das ich hinter mir höre, beziehe ich auf einen ungeübten Sportler. Vielleicht ein Anfänger? Er soll sich bei dem Wetter mal nicht übernehmen und an seine Gesundheit denken.

Ich schwitze mehr als sonst, wenn ich laufe. Mir ist, als spüre ich den Atem der Person hinter mir in meinem Nacken. Meine Schritte werden schneller, ich lausche und registriere, dass ich Abstand zu der Person hinter mir gewinne. Gut so! Anna, frage ich mich unvermittelt, warum tust du das? Vor wem oder was läufst du gerade davon? Manfred hatte mir geraten, zur Polizei zu gehen. Ist tatsächlich alles nur Einbildung oder soll ich seinen Rat befolgen?

Ich zwinge mich, stehen zu bleiben, stütze meine Hände auf die Oberschenkel, beuge meinen Körper nach vorn, hole tief Luft. Anschließend richte ich mich auf. Jetzt will ich es wissen. Ich muss mich umdrehen, muss sehen, was ich erahne, aber nicht wahrhaben möchte. Nichts! Absolut nichts, niemand ist zu sehen. Das kann nicht sein, so meine Gedanken, die durch meinen Kopf rasen. Meine Atmung wird schneller, der Puls ebenfalls, und das alles, obgleich ich stehe. Mir rauscht das Blut in meinem Kopf.

Mir ist nicht wohl, langsam gehe ich in Richtung Kestert weiter. Das Joggen lasse ich vorerst sein. Bin ich wirklich auf dem Weg dahin, nervlich krank zu werden? Nur wenige Schritte später vernehme ich erneut Schritte hinter mir. Meine Schultern fallen nach vorn, ich schließe meine Augen und lehne mich an die kleine Betonwand, die einen Schrebergarten zum Rheinufer abgrenzt. Oft sitzen in den Anlagen Menschen, genießen die Sonne, grillen, spielen mit den Kindern. Warum nur sehe ich heute keine Menschen hier?

Die Schritte sind jetzt ganz nah, umdrehen möchte ich mich nicht. Es ist doch Tag und noch ganz hell. Um diese

Zeit passieren keine Verbrechen. Erst, als ich erneut den warmen Atem an meinem Hals spüre, ist mir bewusst, dass ich nicht verrückt bin, dass ich mir nicht alles in den letzten Tagen nur eingebildet habe. Alles ist wahr! Die Hand auf meiner Schulter ist schwer, der Atem kommt noch näher, eine zweite Hand umfasst meine andere Schulter.

Anna, ermahne ich mich selbst, lauf, lauf, so schnell du kannst! Ich reiße mich in dem Moment los, und es gelingt mir auch, mich loszureißen. Ich darf nicht stehen bleiben. Nur so habe ich eine Chance. Ich laufe, hetze um mein Leben, und nach wenigen Metern drehe ich mich das erste Mal um, sehe hinter mir den großen Mann von vorhin. Er hat Mühe, mir zu folgen. Gut so für mich! Kestert, der nächste Ort, ist noch weit entfernt. Doch ich laufe weiter und weiß genau, wenn ich den Ort erreiche, bin ich gerettet. Ein Auto fährt an mir vorbei. Wild gestikulierend versuche ich, den Fahrer zum Anhalten zu bewegen. Vergeblich, er zeigt mir einen Vogel und denkt wahrscheinlich, ich spiele mit dem Typen hinter mir ein Wettlaufen.

Wieder erliege ich dem Zwang, mich umzudrehen, stolpere über einen Stein und falle hin. Ich will gleich wieder aufstehen. Meine Knie schmerzen, sie bluten, mein Arm tut höllisch weh. Bevor ich erneut die beiden Hände auf meinen Schultern und den feuchten Atem im Genick spüre, blicke ich auf die Straße. Warum nur, so frage ich mich, kommt jetzt kein Auto hier vorbei? Es tut nur kurz weh. Die Hände zerren anschließend meinen Körper runter an das Rheinufer, jetzt höre ich von Weitem ein Auto kommen. Warum konnte es nicht zwei Minuten früher diese Stelle passieren?

Für keinen Autofahrer mehr sichtbar, schleppt er mich über die rauen Steine des Rheinufers, meine Hände und Beine sind aufgerissen. In dem Augenblick, als der Druck seiner Hände nachlässt, registriere ich, dass der Mann sich von mir löst und vor mir steht, während ich auf den Steinen kauere. Das gibt mir erneut Hoffnung. Ich stehe auf und renne, renne, so schnell meine Beine mich noch tragen. Einen Stein, den ich zuvor mit meinen Händen umklammert habe, werfe ich im Weglaufen meinem Peiniger an den Kopf. Freudig sehe ich ihn auf die Erde sinken, genau dort, wo kurz zuvor noch ich lag.

»So nicht, meine Hübsche. Wir sollten doch etwas nachsichtiger sein«, vernehme ich eine weitere Stimme. Sie klingt hohl in meinen Ohren, dann spüre ich einen harten Schlag an meiner Stirn. Das Letzte, was ich sehe, sind ein Paar grüne Turnschuhe.

Philipp

Mir wurde gesagt, ich habe die Puppe zum Schweigen gebracht. Sind die Worte, die man mir sagte, wahr? Meine Erinnerungen sind getrübt, das erlebe ich oft. Meine Therapeutin meint, ich verdränge alles, was mich belastet, mir wehtut. Ich lasse nur die freudigen Ereignisse an mich heran. Vielleicht ist es doch wahr?

Wichtig für mich ist nur, ich fühle mich gut.

Mir kommt es vor, als würde ich eben meinen Spaziergang machen, die ganz alltägliche Runde. Nichts erinnert mich an die letzten Stunden. Vielmehr fühlt es sich so an, als hätte ich unterwegs etwas die Zeit vertrödelt, mehr nicht. Ich will nur spielen. Menschen, die nicht spielen, sind für mich wie vertrocknete Früchte.

Wenn ich wieder zu Hause bin, werde ich von dem Mädchen und seiner Mutter erzählen. Sagen, dass ich Freude empfunden habe beim Anblick des Kindes, das so verträumt die Steine gesammelt und in das Wasser geworfen hat.

Oft stelle ich mir meine Begegnungen mit Menschen wie eine Theateraufführung vor. Der Vorhang geht auf, ich stehe auf der Bühne, fange an, meine Worte zu formulieren, und erfreue mich geradezu an den Gesichtern, in die ich blicke. Noch größere Freude bereitet mir eine andere Vorstellung. Ich träume, dass ich die Größe eines Riesen habe und die anderen Menschen wie kleine Marionetten an Fäden tanzen lassen kann, so wie ich es gerade will. Ein riesengroßes Zirkuszelt würde ich bauen, jeden Tag Eis verteilen, Zuckerwatte, Limonade, und wer nicht spielen will, bekommt eine Strafe auferlegt.

Das Leben sollte jeder aus der Sichtweise eines Kindes betrachten, lachen, fröhlich sein, bevor uns der Tod ereilt und alles vorbei ist. Alle haben sie Angst vor dem Tod und ihrer damit letzten Stunde.

Was denke ich nur? Warum lasse ich mich an diesem Tag nicht treiben von der Sorglosigkeit und Freude? Mein Blick wandert erneut zu meinen Händen. Sind sie als schön zu betrachten? Mit einem Mal fällt mir mein Fahrrad wieder ein. Wo habe ich es nur abgestellt? Ich lache bei dem Gedanken. Das Fahrrad gehört mir nicht einmal, einen Führerschein besitze ich auch nicht. Egal, dann gibt es am Abend etwas Hektik, vielleicht auch laute Worte? Mir kann es doch egal sein. Ich schlucke das schon runter, werde mich später auf den Spielplatz verziehen oder malen.

Warum nur sind meine Erinnerungen verblasst? Ich sehe Farbe unter meinen Nägeln. Mir fällt ein, ich habe gemalt.

Zufrieden gehe ich weiter, pfeife das Kinderlied von Hänsel und Gretel vor mir her.

Spielchen liebe ich, wirklich! Stundenlang habe ich Geduld zu spielen. Am allerliebsten Kinderspiele. Am Morgen stand ich vor dem Kindergarten, die Tür war abgeschlossen, und auf mein Klopfen öffnete sich nur ein Fenster.

»Was möchten Sie?« Eine junge Frau schaute heraus. »Spielen, was denn sonst«, antwortete ich. Die junge Frau schüttelte den Kopf und machte das Fenster zu. Ich war traurig. Sie hat noch hinter der Scheibe zu mir gesehen und gewartet, bis ich weg war. Das habe ich natürlich bemerkt.

Meine Hände, im Weitergehen betrachte ich sie. Was ich damit getan habe? Mein Werkzeug, denke ich und bemerke nicht, dass ich nicht alleine bin.

Kommissarin Jil Augustin

Mein Leben ist eine Achterbahn, nein, es ist noch verrückter. Seitdem ich mich mit meinem Kollegen Metzger eingelassen habe, steht meine Welt auf dem Kopf. Gut sieben Monate sind wir nun ein Paar, lieben uns nach Feierabend, und in den Stunden dazwischen arbeiten wir gemeinsam Wand an Wand im Polizeipräsidium. Mir fehlt Freiraum. Dass ausgerechnet ich einmal so etwas sagen würde, ist schon verrückt! In meiner vorhergehenden Auf-und-Ab-Beziehung zu dem Journalisten Manfred Luck habe ich mir nichts sehnlicher gewünscht als Beständigkeit, Zweisamkeit und Romantik pur.

Stattdessen suchte Manfred in regelmäßigen Abständen seine Freiheit, beklagte meine Anhänglichkeit, was ich jedoch nicht nachvollziehen konnte. Habe ich mich verändert? Klar, ich bin jetzt kurz vor meinem 41. Geburtstag, doch, wo sollte darin mein Problem liegen? Lydia, also meine Mutter, wünscht sich ein Enkelkind. Mich nervt ihre permanente Einmischung in mein Privatleben. Metzger, meinen Freund, hat sie schon im Griff.

Es sind aber nicht nur meine Beziehung und meine Mutter, die mir zu schaffen machen, hinzu kommt noch Elke! Wie die sich heute im Schwimmbad verhalten hat, ich kann nur sagen: total blöd! Sie ist nach wie vor hinter Manfred her, ich scheine unwichtig geworden zu sein. Früher waren wir beste Freundinnen, fast unzertrennlich. Wir haben zusammen gejoggt, geklönt, gingen shoppen, teilten unseren Liebeskummer. Und heute?

Seit sich Elke an Manfred rangemacht hat und mit ihm im Bett war, ist alles anders. Doch damit nicht genug, sie läuft immer wieder hinter Manfred her. Meine Gedanken driften ab. Ich muss an die Zeit denken, als ich mit Manfred in meiner kleinen Dachwohnung gelebt habe. Es gibt viele schöne Erinnerungen. Sein Anblick im Schwimmbad, da habe ich schon etwas empfunden, wenn ich ehrlich bin. Nur, wie soll ich meine Gefühle deuten? Trotzdem bin ich einfach an ihm und seinen Freunden vorbeigegangen, habe kurz Hallo gesagt, mehr nicht. Manfred hat mich angestarrt, dann setzte er sein charmantestes Lächeln auf. Wie oft bin ich darauf reingefallen? Merkwürdig, ich denke seit der kurzen Begegnung schon wieder ständig an diesen Mann.

Als ich gestern nach Hause kam, saß meine Mutter Lydia mit meinem Freund in trauter Zweisamkeit auf der kleinen

Terrasse, nicht bei Kaffee und Kuchen, wie es für eine Frau über sechzig normal sein sollte, nein, Mutter trank am Nachmittag Sekt.

»Ich habe uns Pizza besorgt«, trällerte Lydia zu meiner Begrüßung.

»Pizza und Sekt?«, setzte ich mich launisch dazu. »Und du trinkst noch mit?«, fuhr ich meinen Freund an. Metzger stand dann auch direkt auf und fing an, den Tisch abzuräumen. Ich frage mich, wenn ich daran zurückdenke, erneut, was mit mir los ist.

»Den hast du gut im Griff, Jil. Jetzt fehlt nur noch ein Baby.« Meine Gedanken lassen mich die Situation noch einmal durchleben. Lydia lehnt sich genüsslich in ihrem Stuhl zurück.

»Du nervst, Mutter!«

»Nenn mich nicht Mutter, Jil! Das hört sich alt an.«

»Du bist auch nicht mehr die Jüngste.«

»Hattest du Stress im Büro? Oder klappt es bei euch beiden im Bett nicht mehr?« Meine Mutter liebt es, direkt zu sein. Warum auch nicht? Seit Jahren versuche ich selbst auch, etwas lockerer zu werden. Liegt es an meinem Job oder warum bin ich im Vergleich zu Lydia eine kleine Spießerin?

»Worüber denkst du nach?«, so schnell gibt sich meine Mutter nicht geschlagen.

Ich mache eine nichtssagende Handbewegung: »Metzger ist lieb, er ist nett, höflich und er hilft mir im Haushalt.«

»Oh, weh, Jil! Sag doch gleich langweilig!« Lydia rollt ihre Augen, trinkt den letzten Schluck Sekt aus ihrem Glas.

»Kannst du etwas leiser sprechen?«, bitte ich sie, selbst schon fast flüsternd.

Metzger ist in der Küche, ich höre das Klappern von Geschirr. Lydia stört sich wenig an meinem Einwand und fängt sogleich an, mein Verhalten zu analysieren. Betont, ich habe einen Hang zu Männern, die mich ausnutzen und es nicht ernst mit mir meinen. Da würde sich nun ein netter Mann um mich bemühen und sei auch noch bereit, mich zu heiraten und mit mir Kinder zu haben.

»Es reicht, Mutter!«, unterbreche ich sie. Und zu meiner Freude klingelt in diesem Moment mein Handy.

»Ich muss jetzt arbeiten, Mutter«, sage ich und sehe Lydia entnervt an. Ihre anschließende Bemerkung: ›Nenn mich nicht Mutter!‹ schlucke ich kommentarlos runter. Erleichtert sehe ich, dass sie ihre bunte Tasche an sich zieht, die Zigaretten einsteckt und aufsteht.

Als die Tür hinter ihr ins Schloss fällt, bin ich erleichtert. Ihre Bemerkungen, die Worte, die sie für meine Beziehung, mein momentanes Verhalten Metzger gegenüber gefunden hat, beschäftigen mich. Vom Grunde her will ich gar nicht, dass meine Beziehung mit ihm zu Ende ist, bevor sie richtig angefangen hat. Was sind schon die wenigen Wochen, in denen wir nun zusammen wohnen, gegenüber einem ganzen Leben? Warum nur bin ich so gereizt?

Das Treffen ist jetzt einen Tag her, und seitdem habe ich meine Mutter nicht gesprochen, obwohl sie einige Male auf meinem Handy angerufen hat. In mir spüre ich eine Unzufriedenheit, die ich nicht mag. Aber meine Mutter anzurufen, dazu kann ich mich auch nicht durchringen.

Lachen muss ich bei der Vorstellung der Reaktionen auf meine Worte! Worte, sie können so vieles bewegen. Gefühle auslösen, gute und böse, Freude wecken oder aber Trauer. Ich spiele so gerne mit den Worten. Erfreue mich daran, Menschen zu manipulieren, sie tanzen zu lassen, so wie ich es will! Meine Eltern sagten schon früh, ich sei intelligent, Mutter meinte, es könne aber auch eine Gefahr bedeuten. Was sie damit nur meinte?

Lesen ist mir sehr wichtig, mir ist bewusst, dass ich nur so meine Sprache erweitern und meine Ausdrucksweise verbessern kann. Daher ist von jeher die Bibliothek für mich der schönste Ort.

Ein Teil der Enge, wie ich sie in den letzten Tagen empfunden habe, ist von mir gewichen. ›Befreie dich selbst von Ballast, warte nicht darauf, dass es ein anderer für dich tut!‹, das ist mein Leitspruch. Ich musste immer kämpfen, stand immer am Rande, trotz meiner guten Noten und Zeugnisse. Was anderen Menschen leichtfiel, habe ich hart erkämpft. Nein, jammern oder klagen muss ich nicht, ich bin intelligent genug, mir die Steine selbst aus dem Weg zu räumen.

Mit einem Mal wandern meine Gedanken zu den Stunden, in denen ich Ballast beseitigt, mein Leben erleichtert habe. Bilder kommen vor meine Augen, Bilder, die widerspiegeln, was geschehen ist. Mein Kopf schmerzt. Ein Blick in den Himmel, ich liebe dieses satte Blau, die warmen Sonnenstrahlen dieses Sommers. Alles ist doch geradezu perfekt. Wo also liegt mein Problem? Bleib ganz ruhig, heute bist du auf der Gewinnerseite, sage ich zu mir selbst. Die Kopfschmerzen lassen sich leider nicht von dem, was ich mir selbst einrede, vertreiben. Trotzdem weiß ich beim Weitergehen, dass sich ab heute das Blatt zu meinen Gunsten wenden wird, ich eine Zukunft habe, die mir gefallen wird.

Ein kleiner Schmetterling fliegt an meinem Gesicht vorbei, ich lächle. Dann denke ich, ja, ich lebe und ich habe ein Anrecht darauf, glücklich zu sein! Beschwingt gehe ich weiter, mein Ziel ist die kleine Apotheke am Rheinufer.

Auf der Höhe der Anlegestelle halte ich inne, einen vorbeirasenden Polizeiwagen mit Blaulicht höre ich kaum. Erst, als ich den ihm folgenden Leichenwagen sehe, weiß ich, es ist kein Geheimnis mehr, der Tod ist bereits in aller Munde. Ob sie schon wissen, wer mein Opfer ist?

Bürgermeister Karbach

Mit den Eheleuten Sturm will der von Tannenberg jetzt am Nachmittag reden. Grinsen muss ich bei dem Gedanken. Die sind nicht leicht zu überzeugen, da wird sich der feine Mann aber überwinden und richtig anstrengen müssen, vor allem, wenn die Frau Sturm ihm einen Kaffee anbietet. Frisches Wasser zum Spülen ist Luxus, was die Sturms auch noch betonen. Richtig schütteln könnte ich mich noch immer, wenn ich an meinen letzten Besuch bei den beiden denke. Nun gut, wenn von Tannenberg die Leute zum Verkauf überreden kann, mir ist es nur recht. Von dem Hof bekommt die Gemeinde keine Einnahmen, die Sturms leben davon gerade so recht und schlecht.

Ein Gewerbepark hingegen würde uns große Einnahmen bringen. Ich sehe schon den Neubau unseres Fußballplatzes vor Augen, die Feuerwehr braucht ein neues Gebäude und … mir fällt noch einiges an Investitionen ein, die dringend getätigt werden müssen.

Von Tannenberg hat sein Kommen zu meinem Geburtstag zugesagt. Eigentlich hatte ich mit seiner Absage gerechnet. Die Sitzordnung muss ich gewissenhaft machen, auf keinen Fall soll es Unruhen geben. Die Idee, auf einem Schiff zu feiern, kam von Alfons Krause. Frage mich, ob er den Vorschlag absichtlich gemacht hat? Jeder hier in der Umgebung weiß, dass ich nicht schwimmen kann. Ein Aufenthalt auf einer Fähre ist der Horror für mich. Der Gedanke, freiwillig stundenlang auf einem Schiff zu sitzen, ist ein Gräuel.

Alfons Krause hat bei seinem Vorschlag so gegrinst, sprach dann auch gleich den Standort für den Gewerbepark an und wie gut die Gemeinde doch dastehen wird. Stutzig wurde ich erst, als ich von dem Kauf des Hauses oben auf dem Berg erfahren habe. Der Krause hat sich hier im Ort also ein Haus gekauft. Frage mich, was der Mann damit bezwecken will. Sollte er bei der nächsten Wahl gegen mich antreten, würde ich verlieren.

Einem Krause trauen die Menschen viel zu. Der Baulöwe kann doch für Arbeitsplätze sorgen, steht für Stärke und Verlässlichkeit. Der Mann hat für mich zwei Gesichter. Als wir den Männerabend gemeinsam verbrachten, hatte ich anschließend das Gefühl, wir könnten Freunde werden. Wenn es aber um geschäftliche Angelegenheiten geht, ist er ganz anders. Die Zeit wird zeigen, wie wir miteinander zurechtkommen.

»Was ist, Karbach? Nehmen Sie mein Geschenk an?«, die Frage von Krause bezüglich des Geburtstagsfestes habe ich mit einem Nicken beantwortet. Der Mann war zufrieden und ich wenige Minuten später wieder alleine in meinem Büro. Wenige Tage ist das Gespräch nun her, trotzdem gibt es keinen Tag, an dem ich mich nicht über mein Verhalten ärgere. Eigentlich wollte ich ihn in dem Club darauf ansprechen, die Mädels hatten mich aber abgelenkt.

Vier Stunden wird die Feier auf dem Rhein dauern, erst dann legt das Schiff wieder an.

Im Internet habe ich mich über Alfons und Martin Krause informiert, außer dem beruflichen Werdegang ist nicht viel Neues zum Vorschein gekommen. Alfons ist Witwer. Martin genießt die schönen Frauen, doch an eine feste Beziehung denkt er nicht. Mit seinem Alter von zweiunddreißig Jahren auch sonderbar. Diesen Gedanken habe ich noch nicht zu Ende geführt, da fällt mir meine eigene Situation ein. Nein, einen Grund zum Lästern habe ich nun wirklich nicht. Mein Leben verläuft ebenfalls nach einem ganz eigenen Muster, was auch gut so ist. Meine Ex fällt mir ein. Sie habe ich auch zu meinem Geburtstag eingeladen. Mal sehen, neben wen ich sie setzen werde.

Ein erneuter Anruf von von Tannenberg lässt mich meinen Geburtstag erst einmal wieder vergessen. Er bittet mich, ihn zu den Sturms zu begleiten.

»Haben die Leute Kontakt mit jemandem aus dem Dorf, der für uns vermitteln kann?«, will er noch wissen.

Ich berichte von der Tochter, der Anna. »Die arbeitet hier bei der Lokalredaktion, müsste so Ende zwanzig sein.«

Es dauert mehrere Sekunden, bis von Tannenberg mir antwortet. »Die Anna lassen wir aus den Verhandlungen raus, bitte.«

»Vielleicht kommen wir über die Tochter an die Eltern«, versuche ich ihn zu überzeugen.

Von Tannenberg bleibt stur. »Nein, auf keinen Fall will ich, dass Anna in die Angelegenheit mit reingezogen wird«, beendet er das Telefonat.

Noch während ich mich der Unterschriftenmappe widme, schweifen meine Gedanken ab. Manfred Luck, so weiß ich, ist der Anna näher gekommen. Ich schiebe die Unterschriftenmappe zur Seite und greife zum Telefonhörer. Luck erwische ich in der Redaktion, ich will mit ihm über Anna und den Hausverkauf sprechen.

»Die Eltern von der Anna verkaufen nicht. Das angebotene Geld lässt sie kalt. Die sind halt anders«, betont Manfred Luck.

Ich höre im Hintergrund Stimmen. »Und über die Tochter sind die Eltern nicht umzustimmen? Mit dem Geld könnten sie sich und Anna ein schickes Häuschen kaufen, vielleicht in eine Seniorenresidenz ziehen?«

Meine Worte werden mit lautem Lachen beantwortet. »Oh, Toni! In eine Seniorenresidenz die Eheleute Sturm? Ich könnte mich krümmen vor Lachen. Stell dir die zwei mitten unter frisch frisierten und gepflegten Senioren vor, so viel Fantasie hätte ich dir gar nicht zugetraut.«

Irgendwo hat er recht, der Manfred. So wie ich die Eheleute kennengelernt habe, die passen in der Tat nicht in eine Residenz.

»Trotzdem, irgendwelche Wünsche haben die doch auch.«

Manfred geht nicht mehr auf meine Worte ein. »Ich habe versucht, dich über dein Handy zu erreichen«, wechselt er das Thema. »Wir können mal wieder auf ein Bier in die Kneipe gehen.«

Innerlich lächele ich, denke an meinen Besuch mit Alfons Krause im Bordell. Ausgerechnet mit ihm erlebe ich das ganz

Verrückte, und mit Manfred Luck, dem Frauenschwarm schlechthin, gehe ich in die Dorfkneipe.

»Was gibt's zu lachen?«, will Manfred wissen.

»Das«, so betone ich, »erkläre ich dir mal bei einem Bier.«

Damit beende ich das Telefonat.

Frau Clemm, Sekretärin von Alfons Krause

Jetzt will mein Chef nach Kamp-Bornhofen ziehen, hat sich ein Haus dort gekauft. Seine Frage, ob ich ihm beim Umbau helfe, habe ich bejaht. Den spontanen Ausruf: ›Das mache ich sehr gerne‹, konnte ich mir gerade noch verkneifen. Seit drei Jahren ist er nun Witwer, frei für eine neue Liebe, eine Frau, die ihn unterstützt und ihm zur Seite steht. Im letzten Sommer habe ich mich dazu durchgerungen, meine Haare zu kürzen, habe mich auch in puncto Kleiderstil beraten lassen. Beides blieb nicht ohne Erfolg. Alfons Krause hat es gleich lobend registriert, sprach von einer überdurchschnittlichen Veränderung und fragte, ob ich verliebt sei. Da habe ich gelächelt, jedoch die Frage nicht beantwortet.

»Das Leben ist zu kurz, um es nicht zu leben«, waren seine Worte.

An dem Mann ist einfach alles perfekt, bis auf ... naja, die Sache mit dem Bordell. Nein, was war ich entsetzt, als ich die ersten Abrechnungen bekam, ich mache ja auch die Bankgeschäfte für ihn.

»Hier hat jemand Ihre Kreditkartendaten geklaut. Wir müssen die Karte sperren lassen.« Ich war sofort und in Sorge in sein Büro geeilt. Nicht wirklich erfreut war der

Krause über meinen Auftritt, zumal er gerade Besuch im Büro hatte.

»Ich habe ein Anrecht auf eine gewisse Privatsphäre«, stand er später vor meinem Schreibtisch. »Außerdem sind es geschäftliche Angelegenheiten. Das Bordell ist mein Eigentum«, fügte er kühl an. Im Weggehen fragte er: »Sie haben doch kein Problem damit?«

Warum habe ich bis zu diesem Tag von diesen geschäftlichen Angelegenheiten nichts bemerkt und nichts mitbekommen, fragte ich mich anschließend.

Nach Feierabend, als Alfons Krause das Büro verlassen hatte, begann also meine Recherche. Der Kauf fand lange vor meiner Zeit statt, die monatlichen Abrechnungen laufen über ein Unterkonto, zu dem ich keinen Zugang habe. Die aktuelle Rechnung war eine Fehlbuchung. Allem Anschein nach will mein Chef verhindern, dass die Menschen der Region erfahren, wem das Bordell gehört.

In den nächsten Tagen beobachtete ich meinen Chef, versuchte etwas zu sehen, von dessen Existenz ich bisher nichts ahnte und worüber ich nicht alles wissen sollte. Selbstverständlich blieben diese Versuche ohne Erfolg. Mit der Zeit habe ich das Bordell vergessen, mir gesagt, der Mann ist Geschäftsmann, sicherlich war die Investition lohnend für ihn. Warum soll auch ein Mann wie Alfons Krause es nötig haben, Frauen zu kaufen? Er kann an jedem Finger eine haben, sofern er will.

Erst in der letzten Woche kamen diese Erinnerungen zurück, gemeinsam mit diesem Schreiben. Alfons Krause war entrüstet, sprach davon, dass ich in seinen privaten Unterlagen schnüffle, regte sich fürchterlich auf, lief sogar rot an. Weit entfernt von einem Herzinfarkt war er vermutlich nicht. Später kam er zu mir, war wieder ganz die Ruhe selbst, fragte mich, ob wir zwei einen Kaffee zusammen trinken gehen wollen?

Ob er tatsächlich ein Mann ist für eine gemeinsame Zukunft? Mit mir an seiner Seite hätte er Erfolge, die er alleine nicht hat, davon bin ich überzeugt. Diese kleinen Mädchen sind doch nur für das Bett, kein Mann will so eine heiraten! Ja, ich habe mich kundig gemacht. Ich bin zu dem Bordell gegangen und habe mich wie eine betrogene Ehefrau auf die Lauer gelegt, beobachtet, wer ein- und ausgeht. Die Frauen, die dort arbeiten, sind sehr hübsch, sehr jung und haben alle eine super Figur. Laut lachend haben sie vor der Tür geraucht. Der Job scheint ihnen Freude zu bereiten.

Das Schreiben, welches an Alfons gerichtet war, hat mich bewogen, noch einmal zu dem Bordell zu fahren. Ob die Frauen wirklich so jung sind, ich will es herausfinden. Erneut sehe ich einige vor der großen Türe rauchen, leicht bekleidet, wieder lachend und gut gelaunt. Neid steigt in mir auf und die Frage, warum ich nicht so locker sein kann, das Leben mal von der leichten Seite nehme.

Die Frage nach dem Alter der Frauen bleibt ungelöst. Es ist sehr schwer zu beurteilen, ob sie erst 17 Jahre oder doch schon 20 Jahre alt sind. Ein leichter Zweifel keimt auf, hat der Verfasser des Briefes am Ende recht mit seinen Vorwürfen gegen Alfons Krause? Ob mein Chef ein Faible für junge Mädchen hat? Er war doch viele Jahre verheiratet. Miriam und er hatten sich vor Jahren getrennt. Sie kam ab und zu noch vorbei im Büro und hat ihn zum Essen abgeholt. Das habe ich auch nie verstanden. Komisch, sein Verhalten. Als Miriam dann gestorben ist, war er lange Zeit traurig. Scheiden hat er sich nie lassen, bei großen Terminen war Miriam immer noch an seiner Seite. Vielleicht, so überlege ich mir, hat er doch ein sexuelles Geheimnis und deshalb dieses Arrangement mit Miriam getroffen.

In meine Überlegungen kommt ein Anruf von einer Lydia. Der Stimme nach zu urteilen ist sie nicht mehr die Jüngste. Ohne dass Alfons es merkt, heimlich nenne ich ihn beim Vornamen, höre ich das Gespräch mit. Dieses Geplänkel! Wie ein Teenager benimmt sich diese Lydia, die ist nichts für meinen Chef. Ob sie mit der Erpressung zu tun hat? Nein, dann würde er niemals so locker mit ihr reden, so unbekümmert.

Martin Krause

Für die Gemeinde, die ganze Verbandsgemeinde, was sage ich nur, für die gesamte Region ist eine Investition, wie Vater und ich sie planen, ein Segen. Es ist doch allgemein bekannt, dass die Gemeinden nur marode Kassen haben, von der Hand in den Mund leben, Investitionen immer wieder verschieben und Anträge auf Zuschüsse stellen müssen. Mit unserem Projekt wäre das passé, die Zukunft von Kamp-Bornhofen wäre gesichert, fast schon als rosig zu bezeichnen.

Vater hat mir von dem Telefonat mit Ortsbürgermeister Karbach berichtet. Am Nachmittag ist das Treffen auf dem Hof der Sturms. Ich will versuchen, vorher noch einmal mit der Tochter, der Anna, zu sprechen. Sie ist eine ganz Hübsche. Erst am Morgen war ich in der Redaktion, und zu meiner Freude hat sie sich gleich für mich Zeit genommen. Die Frage, die mir noch immer am meisten auf der Seele brennt, ob sie in dem Gespräch mit den Eltern vermitteln kann, habe ich nicht gestellt. Dumm von mir.

Ich muss noch einmal mit der Anna reden. Sie hat mich gleich geduzt, scheint im Umgang mit Menschen locker zu sein. Dieser Chef von ihr, der Manfred Luck, hat mich komisch angesehen. Anna hat auf ihrem Schreibtisch alles penibel sortiert, Bleistifte liegen ordentlich nebeneinander, ein Füller, ebenso ein Radiergummi, das war mir gleich ins Auge gefallen. Ihr war auch mein Blick über den Schreibtisch nicht entgangen, sie sprach etwas verlegen von Ordnungsliebe. Auf einem Blatt stand der Name meines Vaters. Bevor ich das Blatt näher ansehen konnte, hat Anna eine Mappe darübergelegt. Was nur hat Anna mit meinem Vater zu tun? Meine Überlegungen wurden schnell zerschlagen, Anna schafft es mit ihrer ganz eigenen Art, das Thema zu wechseln, sie ist eine sehr interessante Persönlichkeit.

Meine Enttäuschung kann ich bei meiner erneuten Ankunft in der Lokalredaktion nicht verbergen, Frau Sturm sei unterwegs nach Kamp-Bornhofen, so eine Kollegin. Ob Anna zu ihren Eltern fährt, um bei dem Termin am Nachmittag anwesend zu sein? Ob sie uns von ganz alleine unterstützen will? Diese Fragen bleiben unbeantwortet. Ich entschließe mich, kurz noch einige Erledigungen zu tätigen. Mir ist eine grandiose Idee gekommen. Meine Fahrt führt mich am Rheinufer vorbei, ich bemerke eine Frau beim Joggen. Sollte auch mal wieder Sport treiben, geht mir der Gedanke durch den Kopf.

Es dauert nicht lange, und meine Gedanken sind wieder bei dem Gespräch mit von Tannenberg. Ich hoffe doch, er kann uns helfen, das Grundstück der Sturms zu kaufen. Mir ist es vom Grunde her nicht so wichtig, dass unsere neuen

Firmen genau an diesem Standort angesiedelt werden. Vater jedoch besteht vehement darauf. Er hat sich in diese Region, in der er vor gut dreißig Jahren schon einmal lebte, neu verliebt.

Augenblicklich leben wir in einer alten Villa bei Koblenz. Gestern jedoch hat Vater mir mitgeteilt, sich ein Haus in Kamp-Bornhofen gekauft zu haben. Hier, so hob Vater seine Stimme, wolle er alt werden. Mich zieht es eher immer wieder in die Ferne. Ich brauche Freiheiten, die ich in einem Dorf nicht habe. Dass wir zurzeit in Koblenz leben, bedeutet für mich einen Kompromiss. Frankfurt wäre mir lieber, viel lieber. Doch jeden Morgen die Fahrt ins Büro, dazu habe ich keine Lust. Erneut wird mein Blick auf einen Jogger gelenkt, das Wetter ist geradezu ideal für sportliche Aktivitäten.

Eigentlich bin ich froh, dass mein Vater nun nach Kamp-Bornhofen zieht und ich das Haus in Koblenz alleine bewohnen kann. Endlich kann ich leben, wie ich will. Vater ist mit den Jahren anstrengend geworden. Seine Selbstdisziplin, sein Arbeitspensum, all das versucht er täglich auf mich zu übertragen. Luft holen und frei durchatmen werde ich an dem Tag, an dem er endlich auszieht. Mit 32 Jahren sollte man auch ein Recht auf eine gewisse Freiheit haben. Seit Mutters Tod vor drei Jahren fühle ich mich verpflichtet, mich um Vater zu kümmern, obgleich die beiden schon lange getrennt gelebt haben.

Mutter hat trotzdem noch alle Fäden im Hintergrund gezogen, Personal eingestellt, sich um das Haus gekümmert. So ganz habe ich die Trennung meiner Eltern nie verstanden. Seit Mutters Tod hat Vater noch verbissener gearbeitet. Eigentlich, so dachte ich damals, war er doch schon lange von Mutter getrennt, und ich dachte, der Verlust durch ihren

Tod berühre ihn nicht in einem solchen Ausmaß. Doch da hatte ich falsch gelegen.

Wir haben Geld genug. Deshalb, so denke ich des Öfteren, könnten wir uns das Leben leichter machen. Vater spreche ich auf diese Gedanken aber nicht an, er reagiert dann schroff. Was reden wir von den Sturms? Sprechen davon, wie eigen sie in ihrem Verhalten sind. Vater ist nicht weniger eigen. So sehr ich ihn liebe, oft ist er ein Rätsel für mich. Unser Bordell zum Beispiel. Vater hat mir ein Verbot auferlegt, das Gebäude zu betreten. Hält er mich noch für einen kleinen Jungen? Den Wunsch habe ich nur respektiert, da ich kein Interesse an käuflicher Liebe habe, bisher keine Probleme bestanden, auch so eine Frau zu finden.

Wenn wir das Grundstück von den Sturms in Kamp-Bornhofen bekommen, dann kann ich ihm beweisen, dass es an der Zeit ist, mir die Führung zu überlassen. Nur eines weiß ich ganz genau, die Sekretärin von ihm, die Clemm, die kann gehen. Eine Gouvernante setze ich mir nicht in mein Vorzimmer. Dass Vater diese Frau in seiner Nähe verträgt, ist für mich unverständlich. Ich denke, es gibt viele gute Kräfte, und sie ist schnell ersetzbar.

Kommissarin Jil

Erneut klingelt mein Handy. Ich erkenne gleich auf dem Display die Nummer von meinem Kollegen Schuster aus Sankt Goarshausen. Heute scheinen alle Kollegen meine Nähe zu suchen. Will er nur mal hören, wie es mir geht, frage ich mich und nehme das Telefonat an.

»Das ist nicht wahr! Schuster, sind Sie sich da ganz sicher?« Meine Stimme ist etwas laut geworden, vielleicht auch grell. Auf jeden Fall steht Hermann Josef Metzger mit meiner Schürze um seinen Bauch gewickelt und einem Handtuch in seinen Händen plötzlich neben mir. Der Anblick stört mich, warum auch immer. In den letzten Tagen erlebe ich meinen Freund mehr als Mutterersatz denn als meinen Liebhaber.

Metzger redet in das Telefonat rein, will wissen, was los sei. »Ich spreche mit dem Kollegen Schuster«, drehe ich mich um, mustere ihn zuvor noch einmal von oben bis unten, mein nicht gerade freundlicher Blick entgeht ihm hoffentlich auch nicht.

Ich traue mich nicht, ihm zu sagen, dass ich es unmännlich finde, wenn er meine Schürze trägt. Ich seufze, höre dem Kollegen Schuster allerdings direkt wieder konzentriert zu. Was er mir sagt, klingt erschreckend. Es geht um eine junge Frau.

»Dann werde ich zu Ihnen kommen«, beende ich das Telefonat. Kurz bleibe ich in mich gekehrt stehen. Erst als mein Freund seine Hand auf meine Schulter legt, finde ich meine Worte wieder und setze mich gleichzeitig in Bewegung. »Wir haben die Leiche einer Frau. Schuster meint, wir kennen die Frau, hat sich aber gewunden, einen Namen zu sagen. Er meinte, zu hundert Prozent sei er sich dann doch nicht sicher«, ich eile in mein Bad. Als ich wieder im Flur stehe, ist mein Freund bereit, mich zu begleiten, zu meiner Freude ohne die Schürze um seine Hüften.

»Alles in Ordnung, Jil?« Metzger nimmt mich in den Arm. Er riecht richtig gut, sieht auch klasse aus. Was fehlt mir? Und was soll das alles immer mit der Männlichkeit?

Seit ich mit Metzger zusammen bin, trage ich meine

Haare wieder etwas länger. Manfred mochte keine langen Haare an mir. Er fand, Frauen mit langen Haaren blockieren das Bad morgens zu lange.

»Kollege Schuster sucht doch absichtlich immer deine Nähe. Ich glaube ihm nicht, dass wir die Frau kennen. Das ist nur Taktik, um dich mit einzubeziehen. Außerdem«, mein Freund holt hörbar Luft, »er hat Eheprobleme.«

Mein Blick fällt aus dem Fenster. »Schuster wird wissen, was er sagt. Eheprobleme sind inzwischen normal.«

»Du verteidigst ihn auch noch? Er läuft inzwischen genauso aufgedonnert und affig herum wie unser lieber Pathologe Doktor Gemmel. Bunte Polohemden bei Männern in dem Alter, das geht überhaupt nicht.«

Die Ausdrucksweise meines Freundes lässt mich aufhören, seine Wortwahl gefällt mir nicht, zumindest nicht in diesem Tonfall. Das Autotelefon klingelt. Ich höre nicht richtig zu, es ist ein Gespräch für Metzger. Ich hänge meinen Gedanken nach, erinnere mich an die letzten Begegnungen mit Schuster. Unsere Zusammenarbeit war immer gut.

Das letzte Mal habe ich ihn auf der Beerdigung von Roman von Tannenberg gesehen. Das ist nun auch schon einige Monate her, die Zeit verfliegt. Romans Unfall, noch einmal gehe ich gedanklich zu dem Tag zurück, als ich ihn und seine Eltern aufsuchen und befragen wollte. Die B42 war gesperrt, wegen eines Autounfalls, wie sich später herausstellte, der von Roman.

Roman verstarb einen Tag später an den Folgen des Unfalls. Er war noch jung, hatte das Leben noch vor sich.

Metzger lenkt den Wagen, beendet gerade sein Gespräch, als ich mich wieder aus meiner Gedankenwelt befreie. Von seinem Telefonat habe ich nichts mitbekommen. Ich muss mich mehr konzentrieren, ermahne ich mich selbst. Ich blicke Metzger von der Seite an und alles, was ich sehe, ist gut. Trotzdem fehlt mir das Kribbeln. Sollte alles schon nach wenigen Wochen vorbei sein? Oder liegt es an der SMS, die Manfred mir gesendet hat? Er schrieb, er habe nachgedacht und wisse erst jetzt, was er an mir hatte. Die immer wieder aufkeimende Beziehung zu Anna Sturm, seiner Mitarbeiterin in der Redaktion, sei nichts Ernstes. Anna sei noch zu jung und wolle permanent ausgehen, was erleben. Elke sei auf Dauer zu stressig, nörgele zu viel herum.

Ich will das alles nicht wissen, war mein erster Gedanke, nachdem ich die SMS gelesen hatte. Manfred, so ist mir bewusst, rennt immer wieder zu Anna zurück. Trotzdem schwirrt Manfred mir seit der kurzen Begegnung im Schwimmbad und seiner Nachricht in meinem Kopf herum. Hat Manfred es mit nur einer SMS fertiggebracht, meine Gefühlswelt ins Wanken zu bringen?

Das Handy von Metzger meldet sich und signalisiert den Eingang einer Mail.

»Das werden die Angaben von der Leiche sein«, hebt er seine Stimme. »Wir sind aber auch gleich vor Ort, können uns dann selbst ein Bild machen.«

Jetzt ist seine Stimme ganz mitfühlend, so mag ich ihn. Die nächsten Meter schweigen wir. Die Mail von Metzger öffne ich mit dem festen Vorsatz, mich jetzt ganz und gar auf die Arbeit zu konzentrieren. Die Kollegen haben uns die ersten Erkenntnisse sowie ein Foto der Frauenleiche geschickt.

»Das Bild ist undeutlich, die Frau hat Ähnlichkeit mit …«, mir stockt der Atem. Ich erschrecke mich bei meinem ersten Gedanken, wer die Frauenleiche sein kann.

Das merkt wohl auch Metzger neben mir.

»Was meinst du, Jil? Hast du die Frau erkannt? Hat Schuster doch die Wahrheit gesagt?«

»Ich bin mir nicht ganz sicher«, versuche ich das Bild in Ausschnitten zu vergrößern. »Es könnte die Anna Sturm sein.« Meine Stimme schwankt.

»Die kleine Rothaarige? Die Freundin von Manfred?« Ich nicke, das soll als Antwort genügen. »Dann kommt Manfred bald wieder bei dir angekrochen und versucht sicher, dich wieder um den Finger zu wickeln, jedenfalls so lange, bis er eine neue Kurzzeitliebe findet.«

Auf die Worte von Metzger kann ich in diesem Moment nicht antworten. Fühle mich gerade meilenweit von meinem Freund entfernt, erkenne auch nicht mehr den Mann, den ich noch vor Kurzem geliebt und begehrt habe. Wie kann er nur so reden? Ja, gut, mein Ex Manfred hat es nicht so mit der Treue, trotzdem muss Metzger mich hier und jetzt nicht so von der Seite anmachen.

»Ich bin erwachsen genug, um zu wissen, was los ist, und laufe gewiss mit offenen Augen durch die Gegend«, formuliere ich doch noch meine Antwort.

»Wenn du dich irrst?«, muss Metzger noch anfügen.

Ich reagiere entnervt. »Kann es dir nicht egal sein? Was soll das Theater?«

Ich versuche, meine Wut zu bremsen. Metzger lenkt den Wagen gerade an der Absperrung vorbei. Dutzende Kollegen der Spurensicherung sind bereits im Einsatz. Beim Parken fällt mein Blick auf den Kollegen Schuster. Er hebt seine Hand zum Gruß und kommt uns sofort entgegen.

»Schau dir nur sein Hemd an! Dachte, Männer in dem Alter sollten nicht mehr in der Kinderabteilung einkaufen«, giftet Metzger weiter.

Ich beiße mir auf die Lippen, steige aus und freue mich ehrlich, den Kollegen Schuster zu sehen. Er wirkt aufgeräumt, leicht gebräunt und um Jahre jünger als bei unserem letzten Fall.

»Schuster, Sie sehen gut aus! Liegt das an Ihrer Freundin?«, ich gebe dem Kollegen die Hand.

Er strahlt. »Mir geht es bestens, sicherlich spielt die Liebe auch eine Rolle.«

Schuster zwinkert mir kurz zu und beendet an der Stelle die allgemeine Begrüßung. Er winkt Metzger zu, der endlich auch den Wagen verlässt und auf uns zukommt.

»Wir sollten zu der Leiche gehen. Ich bin mir sicher ...«, Schuster unterbricht sich selbst, greift nach meinem Arm und spricht leiser weiter, »es ist Anna Sturm, die junge Rothaarige aus der Lokalredaktion.«

Ohne auf seine Worte äußerlich zu reagieren, gehe ich auf die Stelle zu, wo die Leiche liegt.

Das Tuch zieht unser Pathologe Gemmel zur Seite, als ich gerade in die Hocke gehe. »Sie war noch so jung. Tragisch, wenn ich daran denke, was sie noch alles vor sich hatte.«

Gemmel mal rührselig zu erleben, ist eine Ausnahme. Daher sehe ich ihn verwundert an. Er macht eine Kopfbewegung in Richtung der Leiche, und jetzt erkenne ich ganz deutlich Anna Sturm. Mich durchfährt ein Schauer. Richtig beschreiben kann ich meine Gefühle nicht. Anna Sturm hat mir viel Kummer bereitet. Sobald sie auftauchte, war Manfred wieder auf Abwegen. Anna und meine langjährige Freundin Elke haben in regelmäßigen Abständen mein Privatleben durcheinandergebracht.

»Sie denken an den Journalisten? Manfred Luck? War der

nicht gerade mit der jungen Frau liiert? Dann sollten Sie ihn informieren.« Gemmel zieht die Decke, die über Annas Körper liegt, noch ein Stück weg. »Sie hat einen Schlag an die Schläfe erhalten, ist anschließend auf den Stein gefallen«, er zeigt mit seiner Hand auf einen dicken Stein. »Sehen Sie das Blut? Noch kann ich nicht sagen, ob die Anna bereits durch den Schlag gegen die Schläfe oder erst durch den Sturz gestorben ist.«

Ich sehe den Pathologen an. »Der Schlag gegen die Schläfe, haben Sie eine Vermutung hinsichtlich der Tatwaffe?«

Gemmel blickt sich um, hebt eine Augenbraue. »Ich vermute, sie wurde mit einem der hier herumliegenden Steine niedergeschlagen«, Gemmel macht eine kurze Pause. »Das ist aber noch nicht alles«, dreht er die zarte Frauenleiche um. »Schauen Sie sich den Rücken erst einmal an!«

»Das ist ja!«, mir fehlen die Worte bei dem, was ich sehe.

»Pervers, wenn Sie meine Meinung hören wollen«, bringt Gemmel sich ein.

»Wurde sie vergewaltigt?« Vorsichtig stehe ich auf, Gemmel ebenfalls. Normalerweise bleibt er über seiner jeweiligen Leiche knien und hat kaum einen Blick für mich. Mir fällt auf, dass seine Augen wässrig wirken. Ob er Probleme hat?

»Meine erste Vermutung lautet nein. Es gibt keine Hinweise auf eine Vergewaltigung, doch bitte lassen Sie mir bis morgen Zeit, die Leiche zu untersuchen, um Genaueres zu sagen.«

Metzger und Schuster stehen hinter mir, Metzger ist sichtlich geschockt. »Musst du jetzt den Manfred Luck informieren?«

»Kann mich mal jemand damit in Ruhe lassen?«, ich bin etwas zu laut geworden, fahre mir durch mein Haar.

»Den Rücken müssen wir uns genauer ansehen«, versucht Schuster die Situation zu entschärfen.

Geduldig dreht Gemmel die Frauenleiche noch einmal zur Seite, sodass wir ihren Rücken sehen können.

»Kannst du den Fotoapparat aus dem Auto holen?«, bitte ich Metzger nun in einem versöhnlichen Ton.

Er eilt sogleich los, einen Moment sehe ich ihm nach.

»So etwas habe ich noch nicht gesehen«, kommentiert Schuster das Gemälde auf dem Rücken der Leiche. »Es erinnert mich an ein Kindermärchen, Hänsel und Gretel.«

»Die Figur hier«, zeige ich auf die Mitte ihres Rückens, »soll bestimmt die Hexe sein.« Meine Stimme zittert.

Anna Sturm liegt vor mir, tot. Oft habe ich der jungen Frau nichts Gutes gewünscht, aber den Tod auch nicht. Tränen versuche ich zu unterdrücken, fange an zu überlegen, wie sie hier an das Rheinufer kommen konnte. Anna Sturm ist mit einer Sporthose und Turnschuhen bekleidet, das Oberteil fehlt, ein BH ebenfalls.

Gemmel bemerkt meine Blicke, die über die Leiche wandern. »So dünn, wie die junge Frau ist, kann es gut sein, dass sie keinen BH getragen hat.«

Ich erschrecke, mein Kollege hat ausgesprochen, was ich gerade denke. »Wurde das Shirt gefunden?«

Kollege Schuster verneint meine Frage. Deutet aber auf die Kollegen der Spurensicherung, die gerade das Rheinufer absuchen. Das Bild auf Annas Rücken wirkt wie eine Kinderzeichnung. Soll Anna die Hexe sein? Ich erschrecke kurz, in meinen Gedanken habe ich sie wegen ihrer roten Haare oft eine Hexe genannt. Mein Blick wandert noch einmal über ihren Körper, er ist makellos, durchtrainiert, anders als mein Körper.

Mein Telefon klingelt, ich gehe einige Schritte von der Leiche weg. Am Telefon höre ich eine aufgeregte männliche Stimme und ich verstehe zunächst kaum, was sie sagt. »Beruhigen Sie sich, bitte! Es ist nicht gesagt, dass der Anrufer die Wahrheit gesagt hat. Haben Sie versucht, Ihren Sohn telefonisch zu erreichen? Nein? Warum nicht?«

Ich schüttele meinen Kopf. Alfons Krause ist am anderen Ende der Leitung. Er berichtet von einem anonymen Anruf, den er erhalten hat. Man sagte ihm, sein Sohn sei entführt worden.

»Geben Sie mir die Handynummer von Martin, ich kann das Handy notfalls orten lassen.« Alfons Krause ist so nervös, ihm fällt gerade die Handynummer nicht mehr ein.

»Das ist normal, versuchen Sie, ruhig zu werden«, will ich ihn trösten.

Alfons Krause aber reagiert barsch, schimpft und beendet das Telefonat. Für einen Moment noch hält mich der soeben geführte Anruf gefangen, ich überlege, wie ich Krause helfen kann. Mir kommt die Idee, in seinem Büro nach Martins Nummer zu fragen, jedoch fehlt mir gerade die Zeit, mich jetzt selbst darum zu kümmern.

Ich rufe stattdessen eine Kollegin von mir an und bitte sie, dies zu erledigen. »Senden Sie mir die Handynummer von Martin Krause als SMS auf mein Handy.«

Ich atme tief durch, so richtig ernst kann ich den Anruf von Alfons Krause nicht nehmen, bin noch verwundert, dass er nicht selbst auf die Idee kam, seinen Sohn anzurufen.

Die Stimme meines Kollegen holt mich aus meinen Überlegungen. »Wir haben es sicherlich mit einem Verrückten zu tun, wer malt schon ein Kinderbild auf den Rücken einer Leiche?« Schuster geht, ohne auf eine Regung von mir zu warten, rüber zu den Kollegen der Spurensicherung.

Metzger steht inzwischen, so beobachte ich, neben Gemmel und fotografiert Annas Rücken.

Elke

Heute scheinen meine lieben Mitmenschen alle etwas neben sich zu stehen. Hoffe, das färbt nicht auf mich ab. Zuerst war Manfred so komisch während der kurzen Begegnung im Schwimmbad. Sein Verhalten konnte ich so nicht im Raum stehen lassen. Auf Baden hatte ich dann auch keine Lust mehr, bin mich wieder umziehen gegangen und nach Hause gefahren.

Manfred geht mir nicht aus dem Kopf. Mein Entschluss, ihn anzurufen und zu fragen, warum er im Schwimmbad das Weite gesucht hat, kommt erst einige Zeit später. Zu meiner Freude erreiche ich ihn sofort. Manfred ist wie ausgewechselt, fragt, ob wir uns in zwanzig Minuten auf einen Kaffee in dem kleinen Bistro vor der Redaktion treffen.

Mit einem Kuss auf meine Wange werde ich kurz darauf von ihm begrüßt. Dieser Anfang gefällt mir. Wir reden über Gott und die Welt. Das eigentliche Thema, seine Flucht im Schwimmbad, spreche ich nicht an.

Als sein Handy klingelt, reagiert Manfred zunächst zögerlich, er scheint die Nummer zu kennen. »Es ist Jil. Sorry, Elke, ich muss kurz das Gespräch annehmen.«

Er steht auf, geht einige Schritte von unserem Tisch weg. Ich fühle mich nicht gut, spüre Zorn, der in mir aufkommt.

Mit mir und meinen Gedanken beschäftigt, verliere ich Manfred aus dem Blick. Erst als die Bedienung mein Stück Kuchen bringt, schaue ich mich nach Manfred um, kann ihn jedoch nirgends sehen. Schlecht gelaunt stochere ich in dem Käsekuchen herum und lasse rasch die Gabel auf den Teller fallen. Der Appetit ist mir vergangen, Manfred scheint mich wieder einmal sitzen gelassen zu haben. Danke dann auch, Jil!

Der Bedienung lege ich Geld auf den Tisch. Ich will nicht nach Manfreds Verbleib gefragt werden, deshalb will ich so schnell wie möglich hier weg. Für heute habe ich genug an Demütigung eingesteckt.

Manfred hat seine Zigaretten liegen lassen, das sehe ich beim Verlassen des Straßencafés. Es muss etwas Wichtiges passiert sein, überlege ich sogleich. Ob Jil wieder eine Szene gemacht hat? Aber warum? Und ich weiß inzwischen auch, das macht Manfred nichts mehr aus. Kurz zögere ich, dann stecke ich Manfreds Zigaretten ein und verlasse das Café.

Alfons Krause

Dass ich die Lydia wiedergetroffen habe, Zufälle gibt es! Dann kam der Anruf und unterbrach abrupt unser erstes Treffen seit so vielen Jahren.

Dieser Anruf warf mich aus der Bahn, jegliche Besonnenheit, die ich sonst besitze, schien verloren. Soll ich überhaupt die Polizei informieren, war mein erster Gedanke. Warum habe ich mich nicht gleich Lydia anvertraut? Habe sie so einfach im Café sitzen gelassen. Was soll ich tun? Der Anrufer sprach davon, meinen Sohn Martin entführt zu haben, wollte Lösegeld in Höhe von einer Million Euro.

Mir läuft Schweiß über meine Stirn. Ich denke an den Tod meiner Frau, Martins Mutter. Nein, meinen Martin kann ich nicht auch noch verlieren. Ich zittere heftig.

In meinem Büro angekommen, bemerkt meine Sekretärin sogleich, dass etwas passiert sein muss. Wir kennen uns lange genug. So kann und will ich wenigstens ihr gegenüber ehrlich sein und erzähle, was geschehen ist.

»Dieser Anruf, Herr Krause, Sie müssen zur Polizei gehen! Soll ich ein Gespräch für Sie einleiten?« Meine Sekretärin Frau Clemm redet unaufhörlich auf mich ein, verwischt fast meine Bedenken hinsichtlich der Warnung des Erpressers, nicht die Polizei zu informieren.

»Nein, Sie rufen bei der Bank an, lassen sich mit dem Direktor verbinden. Ich werde ihn aufsuchen und das Geld abholen, so wie es von mir verlangt wird.«

Meine Sekretärin, Frau Clemm, hat vor Sorge und Angst eine ganz zittrige Stimme. Sie nickt und verlässt mein Büro. Minuten später bekomme ich die Rückmeldung, der Direktor der Bank warte auf mich. Dann entscheide ich mich doch anders und rufe bei der Polizei an. Man sagt mir, ein Gespräch mit der Kommissarin Jil Augustin sei nur möglich, wenn ich sie auf dem Mobiltelefon anrufe, sie sei unterwegs.

Frau Clemm gibt mir beim Verlassen des Büros die Handynummer von Frau Augustin, säuberlich auf einem Blatt Papier notiert. »Soll ich Sie begleiten?«, eilt sie mir bis in den Flur nach.

Im Auto denke ich über die Clemm nach und frage mich, was für ein Mensch sie außerhalb des Büros wohl sein mag. Ihre Besorgnis gefällt mir. Glaube, sie fühlt sich in die Mutterrolle für Martin hinein. Hoffe, sie macht sich keine falschen Hoffnungen, was mich anbetrifft.

Vom Autotelefon aus rufe ich die Kommissarin an. Unser Telefonat hilft mir nicht wirklich weiter, enttäuscht und ärgerlich über mich selbst beende ich die Unterhaltung.

Kommissar Schuster

Frau Augustin kam mit dem jungen Kollegen Metzger. Habe schon gehört, dass die beiden sich mehr als gut verstehen und nun ein Paar sind. Die Kollegin sieht aber nicht wirklich glücklich aus. Gut, in der Zeit, als sie noch mit dem Journalisten liiert war, hat sie meist auch nicht fröhlicher ausgesehen. Vielleicht ist es ihre Art, etwas introvertiert zu sein, wie ich finde.

Es war für uns alle eine schlimme Situation, Anna Sturm ermordet am Rheinufer liegen zu sehen. Jil hat es sehr berührt. Zunächst wollte Jil nicht selbst den Journalisten über Annas Tod informieren, dann aber sah ich, wie sie ihr Handy rausholte und telefonierte. Ich denke mir, es war besser so.

Manfred Luck kommt gerade zum Tatort, als gleichzeitig der Leichenwagen erscheint. Das ist nicht sehr glücklich, wie ich finde. Er parkt seinen Wagen quer über der B42 und läuft die wenigen Stufen runter zum Rheinufer. Warum nur die Eile? Meine Gedanken behalte ich für mich.

Jil Augustin geht von der Leiche zurück, sieht Manfred Luck, und ich bin mir sicher zu erkennen, wie sie gegen ihre Tränen ankämpft. Metzger geht zu ihr und fährt Manfred

Luck an, was ich völlig unpassend finde. Habe ich so nicht von Metzger erwartet. Der Journalist bricht regelrecht über der Leiche von Anna zusammen, stammelt vor sich hin, hebt ihren Kopf, küsst sie, zieht sie an seine Brust, dann lässt er ihren leblosen Körper wieder zurück auf die Decke gleiten, die bereits zum Abtransport unter dem Körper liegt. Man muss auch als erfahrener Polizist ein Herz aus Stein haben, wenn einem so eine Situation nicht nahegeht. Stumm beobachten wir, wie die beiden Männer Anna Sturm anschließend in einen Zinksarg legen, um sie zur Obduktion in die Gerichtsmedizin zu bringen.

Manfred Lucks Frage nach dem Warum bleibt unbeantwortet. Metzger, der inzwischen seinen Arm besitzergreifend um Jil Augustin gelegt hat, kommt mir wie ein Pennäler vor. Ich sehe ihn an, schüttele nur meinen Kopf.

»Ich kann sehr gut alleine auf meinen Füßen stehen«, reißt sich Frau Augustin aus Metzgers Umarmung los. Sie wirkt patzig. Dieses Verhalten ist mir nur allzu vertraut, doch gerade jetzt gefällt mir diese Seite an ihr.

Metzger steht wie ein Schuljunge da und tut mir irgendwie auch schon wieder leid. Ich reiße mich von der Situation los. Jetzt gerade ist es nicht an der Zeit, über ihn und seine Beziehung zu der Kommissarin nachzudenken.

»Schauen Sie sich etwas am Rheinufer um!«, Kollege Metzger bekommt einen freundschaftlichen Klaps auf den Rücken und einen kleinen Tipp: »Sie haben sich aber auch sonderbar verhalten, für den Journalisten war das kein leichter Gang. Jil und der Manfred Luck haben nun mal eine Vergangenheit, die Sie akzeptieren müssen.«

Frau Augustin bringt den Journalisten zu seinem Wagen. Sie umarmen sich, weinend blickt Manfred Luck dem Leichenwagen nach. Die Situation ist bizarr, doch auch das ist das wahre Leben.

Metzger blickt sich am Rheinufer um, ebenso die Kollegen der Spurensicherung. Ich beobachte, wie er mit einem von ihnen spricht und etwas in einen Plastikbeutel legt. Was in ihm vorgeht, ich kann es nicht deuten.

»Metzger scheint was entdeckt zu haben.« Ich winke Frau Augustin zu mir, nachdem Manfred Luck gefahren ist.

»Es könnte dem Mörder gehören«, sagt Metzger und hält uns eine Uhr entgegen.

»Oder aber irgendwem«, kommt die launische Bemerkung von Frau Augustin.

»Schau mal, hier ist ein Name eingraviert. Miriam«, liest Metzger laut vor.

»Es scheint doch noch Frauen zu geben, die ihre Männer verwöhnen«, meint er, und ich nehme die Uhr von Metzger entgegen. Er lacht.

Frau Augustin rümpft ihre Nase. »Die Uhr kann ein Geschenk von einem Mann an seine Angebetete gewesen sein. Für mich ist es ein Unisex-Modell.« Anschließend dreht sie sich um und geht noch einmal zu Gemmel. »Alles in Ordnung bei Ihnen beiden?«, geht meine Frage an Metzger. Er blickt sich verstohlen um, seine Kommissarin steht inzwischen bei Gemmel.

»Geht so. Am Anfang lief alles besser. Ich fühle mich so unter Druck. Immerzu frage ich mich, wie sich Manfred Luck verhalten hat, wenn es intimer wurde, Sie verstehen? Wenn ich mit Jil zusammen bin, denke ich unentwegt an diesen Journalisten.«

Ich blicke überrascht zu Metzger. »Daher auch Ihr komisches Verhalten vorhin. Das würde ich mir nicht antun. Sie brauchen sich auch nicht hinter dem Manfred Luck zu verstecken. Er ist anders als Sie«, sage ich und möchte damit dem jungen Kollegen Mut machen.

»Genau, das meine ich doch. Das ist mein Problem. Wir zwei sind so verschieden, und ich frage mich, ob die Jil mit mir glücklich ist.«

»Lassen Sie das Grübeln, Metzger! Sie sind jung, dynamisch und ...«, weiter komme ich nicht.

Gemmel ruft uns zu sich. Jil Augustin sieht uns misstrauisch an, als wir näher kommen. »Ich fahre jetzt gleich zum Präsidium.« Sie blickt sich kurz um. »Wir müssen klären, wie Anna Sturm hier ans Rheinufer kam, und versuchen, Zeugen zu finden. Der Mörder hätte sie doch auch ins Wasser werfen und somit auf einige Tage Vorsprung rechnen können.«

Die Bemerkung von Frau Augustin bleibt ohne Kommentar. Im Moment ändert sie nichts an der Tatsache, dass Anna tot ist und wir den Mörder finden müssen, bevor es vielleicht einen zweiten Mord gibt.

»Abgesehen von dem Kinderbild auf ihrem Rücken sollten wir auch die gefundene Uhr nicht außer Acht lassen.«

Metzger wirkt wieder taff, scheint sich gefangen zu haben.

»Vielleicht hat der Mörder uns beobachtet und schon darauf gewartet, dass sein Opfer gefunden wird.«

Frau Augustin holt hörbar Luft, sieht mich missbilligend an. »Sie glauben, er hat die Uhr mit Absicht in der Nähe der Frauenleiche abgelegt? Damit wir sie finden? Gerade so wie in einem Spiel? Das ist Unsinn, Schuster!«

»Denken Sie nur an das Bild auf Annas Rücken! Wir könnten es mit einem Menschen zu tun haben, der geistig zurückgeblieben ist, der immer noch auf der geistigen Entwicklungsstufe eines Kindes steht.«

»Herr Schuster, wirklich! Jetzt machen Sie auch noch einen auf Psychologen!«

Ehrlich gesagt war ich dann froh, als Frau Augustin und Metzger wieder fuhren. Wie zickig und überheblich sie sein kann. Dabei hatte ich mich schon auf eine erneute Zusammenarbeit mit der Kollegin gefreut. Immerhin übernimmt sie das Gespräch mit Annas Mutter, gemeinsam mit Metzger.

Elke

Der Anruf von Manfred kommt, bevor ich meine Wohnung aufschließe. Er stammelt. Es dauert eine Weile, bis ich verstehe, was geschehen ist und was ihn so aus der Fassung bringt. Anna Sturm ist tot. Manfred weint in sein Handy hinein. Die Nachricht wühlt mich auf. Anna, so überlege ich, ist mir oft in den Weg gekommen bei meinen Bemühungen, Manfred näherzukommen. Anna war so jung, hübsch, schlank, sportlich, eben so ganz anders als ich. Klar, ich gehe auch ab und zu joggen, nur leider nicht regelmäßig. Ich bin nicht dick, aber auf keinen Fall ist meine Figur perfekt, im Gegensatz zu Annas. Alles an ihr war schön. Ihre roten Locken, die sie meist offen trug und die bei jedem Schritt wippten, die strahlenden Augen. Anna war so eine Frohnatur, eigentlich die ideale Freundin.

»Hörst du mir zu, Elke? Die Anna ist tot. Ich habe sie am Rheinufer liegen sehen, ermordet«, die Stimme von Manfred zittert.

Ich biete ihm an, zu mir zu kommen. Er betont, erst einmal alleine sein zu wollen, will sich später wieder melden.

Mir ist es lieb so. Später, so denke ich, habe ich Manfred für mich alleine. Die Anna war eben auch ein kleines Biest. Sind jetzt nicht nett meine Gedanken, aber es ist das, was ich gerade empfinde. Natürlich werde ich zu Annas Beerdigung gehen, alleine schon Manfred zuliebe.

Nach dem Telefonat bin ich trotzdem aufgewühlt, frage mich, wer für den Tod von Anna verantwortlich sein kann. Meine Gefühle schwanken zwischen Mitleid und Erleichterung. Ja, jetzt kommt sie mir nicht mehr in den Weg, denke ich, als ich mir einen Kaffee mache. Ein Stück Schokolade stecke ich mir noch in den Mund, Nervennahrung, sage ich zu mir selbst, das muss jetzt sein.

Inge Sturm, Annas Mutter

Mein Kopf, er tut mir so weh, und gleichzeitig bin ich froh, überhaupt einen Schmerz zu spüren. Als Anna um vier Uhr noch nicht zu Hause war, da überkam mich schon eine Unruhe. Sie ist immer pünktlich, richtig gewissenhaft. Wir wollten nach ihrem Joggen zusammen einen Kaffee trinken. Ich hatte doch extra ihren Lieblingskuchen gebacken, Kirschstreusel. Ich blicke auf den gedeckten Tisch, der immer noch auf ihr Kommen wartet. Anna hatte ihrem Vater und mir versprochen, an dem Gespräch mit von Tannenberg, dem neuen VG-Bürgermeister, teilzunehmen. Sie würde sich ein wenig verspäten, wir sollten schon einmal die ersten Details anhören, und dann würde sie dazukommen und uns unterstützen.

Als es an unserer Hoftür klingelt, da weiß ich sofort, dass etwas Schlimmes geschehen ist.

»Es tut uns sehr leid.« Die Worte der Kommissarin sind wie Schläge auf meinen Kopf. »Ihre Tochter Anna ist tot.« Mein Mann sitzt wie versteinert am Tisch, und von Tannenberg, der schon eine Weile bei uns ist, steht beklommen auf, seine Augen sind mit einem Mal rot. Plötzlich begreife ich, was die Kommissarin mir gerade mitgeteilt hat. Meine Anna ist tot.

»Sie wurde ermordet?«, schreie ich und ahne, damit ganz nah an der Wahrheit zu sein. Frau Augustin nickt. Ich sehe mir zu, wie ich zum Tisch gehe und mit einer Handbewegung das Tischtuch herunterreiße, samt dem Geschirr und dem Kuchen, der darauf steht.

Unser Hausarzt wird gerufen. Als er mich kurze Zeit später untersucht, spricht er davon, dass ich mich hinlegen soll. Er habe eine Spritze vorbereitet, die er mir zur Beruhigung geben möchte.

»Nein, ich will erst wissen, wer meine Anna auf dem Gewissen hat!« Meine Stimme überschlägt sich und dann reiße ich mich von ihm los und renne zu Metzger, der in der Küche steht. Mein Verhalten irritiert ihn, doch er bleibt ruhig, auch dann noch, als ich mit meinen Fäusten auf seine Brust hämmere und nach Anna schreie.

»Nein, lass die Inge sich ruhig abreagieren!«, hält er den Hausarzt davon ab, mir die Spritze gleich in der Küche zu verabreichen. Ich sinke später erschöpft und kraftlos auf einen Stuhl, Metzger reicht mir eine Tasse mit Kaffee und fragt, ob ich ein Brot dazu möchte. Ich schüttele meinen Kopf. Hunger habe ich keinen. Alles hat sich in meinem Körper zusammengezogen, die quälende Wahrheit ist nicht mehr zu ertragen. Ich frage nach der Spritze.

Meinen Mann habe ich die letzten Minuten vergessen,

erst als ich die Spritze bekomme, suche ich nach ihm und entdecke ihn immer noch auf seinem Stuhl am Küchentisch, stumm, ohne Worte. Er ist einfach sitzen geblieben, als ich das Tischtuch heruntergerissen habe, und hat sich seitdem offenbar nicht mehr bewegt.

Es läutet nochmals. Ortsbürgermeister Karbach steht in der Tür und entschuldigt sein Zuspätkommen. Ich bemerke trotz der Beruhigungsmittel noch seinen irritierten Blick. Er geht langsam durch die Küche, weil auch ihm die Worte fehlen. Und dann kann ich nicht mehr länger wach bleiben, die Spritze zeigt ihre Wirkung.

»Ich«

Der Schmerz könnte inzwischen verbreitet sein, die Nachricht über Annas Tod ebenso. Ich lache laut, es ist ein gequältes Lachen, so richtig freuen kann ich mich nicht. Ärgerlich gehe ich auf und ab, warte auf meine innere Zufriedenheit, die ich doch für wenige Augenblicke habe empfinden können. Warum nur, so frage ich mich selbst, ist das Gefühl nicht beständig? Jetzt, da die Anna aus meinem Leben heraus ist und ich agieren kann, wie ich es für richtig halte, ohne in meinem Lebensplan gestört zu werden. Anna, die Frau mit den roten Locken, ist Vergangenheit. Bald schon liegt sie unter der Erde, alles ist für sie vorbei. Wieder lache ich. Jetzt hat keiner mehr etwas von ihrem schönen Körper!

Ein Blick auf die Wanduhr zeigt, dass ich mich umziehen sollte. Wie die Zeit vergangen ist, mir kommt es vor, als seien die letzten Stunden wie in einem Zeitraffer verstrichen.

Beim Öffnen des Kleiderschrankes fällt mein Blick auf eine blaue Krawatte, blau mit roten Punkten, so etwas Affiges, denke ich spontan. Die Krawatte reiße ich mit einem Griff aus dem Schrank, schleudere sie auf das Bett. Ich hole anschließend tief Luft, besinne mich meiner nächsten Aufgabe und ziehe mich um.

Toni Karbach, Bürgermeister

Die Nachricht von Annas Tod, der Anblick der Eltern, ich bin immer noch geschockt. Zurück in meinem Büro suche ich Ablenkung, hole den Ordner hervor mit den Vorbereitungen zu meinem 50. Geburtstag. Alles läuft klasse, ich bin inzwischen schon richtig aufgeregt. Der Landrat kommt, will auch einige Worte sagen. Ist mir vom Grunde her unangenehm, aber was soll's, man hat nicht jeden Tag einen runden Geburtstag. Vorhin hat sich Jil Augustin noch mal gemeldet. Meine Sekretärin hat mir schon ausgerichtet, dass sie mich sprechen wolle. Es ginge um die Anna Sturm.

»Meine Geburtstagsfeier vergisst du aber nicht?«, spreche ich Jil nun eben darauf an, vielleicht nicht ganz taktvoll, wie ich mir selbst unmittelbar vorwerfe.

»Am Samstag auf dem Schiff? Nein, das vergesse ich nicht, den Termin habe ich fest in meinem Kalender stehen.« Diese Aussage von Jil beruhigt mich. »Wir haben uns vorhin bei den Eltern von Anna so schnell aus den Augen verloren«, kommt Jil zum eigentlichen Grund ihres Anrufs.

»Wie meinst du das jetzt? Gibt es auch ein Interesse an mir als Mann?«, ich lache ein wenig. Ich freue mich immer, wenn ich Jil Augustin treffe oder mit ihr spreche. Dass sie jetzt mit dem Kollegen Metzger zusammen ist, dafür finde ich keine Worte. Eigentlich, so dachte ich immer, kommt die Frau niemals von dem Manfred Luck los, doch wenn … naja, dann sollte sie in meine Arme finden.

»Toni, es ist nicht der Zeitpunkt zum Flirten. Warum bist du so schnell von dem Hof verschwunden?«

»Ich fühlte mich fehl am Platz. Die Mutter tut mir so leid, der Vater natürlich auch«, gebe ich meine Empfindungen wieder.

»Ja, es ist auch keine schöne Aufgabe, solche Nachrichten zu übermitteln«, höre ich Jil seufzen. Ich bemerke, dass Jil über die Freisprechanlage anruft.

»Toni, ging es bei dem Besuch um den Hof der Sturms? Ich habe von einem geplanten Industriepark gehört.«

Ich erzähle Jil von den Interessenten rund um den Hof. »Für die Gemeinde ist das nicht schlecht.«

»Hoffen wir mal, der Tod von Anna hat nichts damit zu tun«, diese Aussage passt zu Jil. Bevor ich das Telefonat beende, meint sie noch: »Ich brauche dringend die Namen der Investoren. Warum war von Tannenberg dabei?« Ich gebe ihr eine Erklärung dazu und nenne die Anschrift von Alfons Krause und seinem Sohn Martin.

»Alfons Krause?«, die Stimme der Kommissarin überschlägt sich. »Verdammt! Das habe ich fast vergessen«, dann ist das Telefonat beendet. Ich kenne die Jil und wundere mich daher nicht wirklich über ihre spontane Reaktion.

Meine Gedanken kann ich nicht mehr in Richtung meines Geburtstags richten. Der Mord an Anna Sturm steht im Vordergrund. Mir ist nicht wohl bei dem Gedanken, dass eine junge Frau aus dem Dorf ermordet wurde. Anna Sturm hat mir im Wahlkampf geholfen, ich hab viel von ihr gehalten, sah für sie eine gute Karriere voraus.

Jil konnte oder wollte mir meine Frage, ob der Mörder Anna vergewaltigt hat, nicht beantworten. Meine Gedanken gehen zu Annas Eltern. Für sie ändert sich nun das ganze Leben. Ob sie hier wohnen bleiben werden?

»Bringen Sie mir bitte die Anfrage von dem Bauunternehmer Alfons Krause«, rufe ich meiner Sekretärin zu, kaum dass mein Telefonat mit Jil Augustin beendet ist.

Der Alfons Krause ist eine Nummer hier in der Gegend. Keiner weiß genau, was ihm alles gehört und wo er seine Hände im Spiel hat. Eher leichter ist es, das aufzuzählen, was ihm nicht gehört. Hier bei uns im Dorf hat er bereits auf der grünen Wiese ein riesiges Einrichtungshaus mit Designmöbeln erbaut, ›Schöner Wohnen auf dem Land‹ ist sein Werbeslogan.

Da fällt mir noch unser gemeinsamer Besuch im Bordell ein. Immer wieder denke ich an diesen Abend zurück. Alfons Krause ist schon ein Mensch, der nicht so leicht in eine Schublade zu stecken ist. Man kann aber auch nichts Schlechtes über den Alfons oder seinen Sohn, den Martin, sagen. Er hat schon zwei Betriebe hier am Rande des Ortes angesiedelt. Die Menschen sind über jede Arbeitsstelle ebenso froh wie die Gemeindekasse über Steuereinnahmen, und die bezahlt er, das kann ich bestätigen. Seine Betriebe laufen. Er erreicht immer, was er will.

Nun ja, bei der Familie Sturm hat er auf Granit gebissen, die ist nicht auf seine Angebote eingegangen. Zwei Ortschaften weiter gehören ihm ein Autohaus und ein Supermarkt. Wenn ich bedenke, was der Alfons schon in meinem Alter alles auf die Beine gestellt hatte. Wahnsinn, da kann man neidisch werden. Trotzdem, nur Lorbeeren will ich nicht über ihn schütten. Alfons ist auch ein Mensch, dem man nicht in den Weg kommen darf. Solange alles so läuft, wie er es sich wünscht und plant, ist alles gut, ansonsten kann er ziemlich unangenehm werden.

Das ist ja auch der Grund, warum ausgerechnet meine Geburtstagsfeier auf einem Schiff stattfindet. Dass ich nicht schwimmen kann, weiß hier in der Gemeinde jeder, auch der Alfons. Was soll's? Niemand kann alles. In den letzten Jahren habe ich kaum einen Geburtstag von mir gefeiert. Warum sollte ich das jetzt ändern?

»Die Menschen erwarten das von dir, Toni«, hat der Alfons auf mich eingeredet. »Außerdem willst du doch nicht mein Geschenk ausschlagen, oder?«

Klar, bewusst war mir schon, dass es ein viel zu großzügiges Angebot war, meine ganze Feier auf einem von Alfons Krause gechartertem Schiff auszurichten.

»Um Essen und Trinken kümmere ich mich«, hat der Alfons noch hinzugefügt. Eine Nacht Bedenkzeit hatte ich mir erbeten. In dieser Nacht habe ich kaum ein Auge zubekommen. Ich dachte darüber nach, ob der Alfons das Geschenk absichtlich ausgesucht hat, weil ich nicht schwimmen kann, oder ob er mir tatsächlich etwas Gutes tun will.

Gleich am nächsten Morgen hat der Alfons Krause wieder nachgefragt. Ich habe dann dankend sein Angebot angenommen und angefangen, mir Gedanken über die Gästeliste zu machen. Selbstverständlich sitzen der Alfons und sein Sohn Martin an meinem Tisch.

Ferdinand von Tannenberg werde ich auch dazusetzen. Seine Frau ist seit dem tödlichen Autounfall des einzigen Kindes im Sanatorium. Tragisch, so eine hübsche und nette

Frau, richtig zerbrochen ist sie an diesem Schicksal. Ich habe aber auch Julia von Tannenberg eingeladen, vielleicht geht es ihr inzwischen besser, das wäre ihr zu wünschen. Meine Exfrau wird auch kommen. Sie wird neben mir sitzen, warum auch nicht? Werden sich wieder einige Leute ihre Münder zerreißen, aber wen interessiert das Gerede schon? Die sollten mal vor ihrer eigenen Haustüre kehren. Das denke ich mir jedenfalls.

Jil Augustin muss ich nun neben den Herrn Metzger platzieren. Den Journalisten Manfred Luck, mit dem ich ab und zu ein Bierchen trinken gehe, setze ich am besten weiter von der Kommissarin weg. Einen Streit will ich an meinem Geburtstag nicht haben. Manfred betonte vor wenigen Tagen, als wir zusammen in unserem Bierkeller saßen, ich solle auf eine Tischordnung verzichten. Die Leute, die zusammenpassen, würden sich schon finden. Wie locker der Mann das Leben sieht. Bei dem Gedanken schüttele ich meinen Kopf.

Trotzdem bewundere ich Manfred für seine Art, die Dinge zu sehen, so zu leben, wie er es für richtig hält. Und das passt auch zu seinem Aussehen: Dreitagebart und schulterlanges Haar, Jeans, Shirt und eine Jacke, die mich an Schimanski erinnert. Selten, wirklich nur zu ganz besonderen Anlässen, trägt er ein Sakko über dem Shirt. Wenn ich mich daneben in meinen Anzügen mit Hemd und Krawatte sehe, fühle ich mich alt. Dabei ist Manfred der Ältere von uns beiden, wenn auch nur mit einem geringen Abstand.

Alfons Krause hat mir auch versprochen, sich um die Musik zu kümmern. Hoffe, er vergisst es nicht. Ich kann mich bei dem Gedanken amüsieren, dass er mir ebenso eine Feier in seinem Bordell anstelle auf dem Schiff geschenkt hätte. Es war aber auch ein traumhaft schöner Abend, an den ich immer noch mit Freuden denke. Am Abend vor meiner Feier werde ich noch einmal dorthin gehen, mir sozusagen mein eigenes Geburtstagsgeschenk machen und mir selbst in die Hände klatschen. Anschließend werde ich mich ermahnen müssen, wieder die Geburtstagsfeier, die Sitzordnung und alles, was ich geregelt haben will, im Auge zu behalten.

Mir fällt bei der Planung der Sitzordnung Harald Nuss ein, unser Vorsitzender vom Sportverein. Harald Nuss hat doch tatsächlich einen Scheck in Höhe von 20 000 Euro von Alfons abgeschlagen. Er wolle das Geld einfach nicht annehmen. Einen Grund hat er nicht genannt. Die Leute waren verärgert. Es fehlte nicht viel, und Harald wäre als Vorsitzender Geschichte gewesen.

Dann hat er am Ende noch eingelenkt, gute Miene zum bösen Spiel gemacht und den Scheck offiziell beim Fußballfest entgegengenommen. Das hat die Wogen wieder geglättet. Der Harald kommt mit seiner Frau. Die beiden muss ich aber weit von dem Alfons wegsetzen. Vielleicht passen die beiden an den Tisch der Kommissarin?

»Ich«

Dieser kleine Trottel, muss sich immer an Plätzen herumtreiben, wo man ihn nicht vermutet. Nun gut, er ist eine arme kleine gefangene Seele in dem Körper eines Erwachsenen. Lachen kann ich bei dem Gedanken, wie leicht er zu manipulieren ist. Ein Kind ist er geblieben, naiv und verträumt zugleich. Gemalt hat er schon immer sehr gerne, das weiß ich noch von früheren Begegnungen. Die Zeit, sie läuft so schnell. Unsinn! Wer den Tag genießt, hat ihn gelebt, aber ist das wirklich so leicht? Schaffe ich es, die Tage, die mir vergönnt sind, zu genießen?

Launisch knalle ich eine Tür hinter mir zu, komme zu dem Resultat, nicht wirklich zu leben. Jedenfalls nicht so, wie ich es immer wollte. Ja, ich habe große Pläne für die Zukunft gemacht. Ist das verwerflich? Nein! Jeder soll Ziele haben, fest vor seinen Augen, nur so kommt auch der Erfolg.

Ob nun eine Gefahr für mich besteht? Wieder denke ich an ihn, seine Augen, er hat mich so taxiert. Zögerlich ist er meiner Anweisung gefolgt, hat mir letztlich geglaubt, dass alles nur ein Spiel ist und die Anna nur schläft.

Seine Frage, ob Anna am Abend zu dem Spielplatz kommen würde, habe ich mit einem Nicken beantwortet. Innerlich koche ich vor Wut, diesem Dummkopf in die Hände gefallen zu sein. Doch die Gelegenheit, sie war zu gut, geradezu perfekt. Ich konnte in diesen Minuten keine Rücksicht auf den Jungen nehmen.

Am geöffneten Fenster hole ich tief Luft. Meine Gedanken ordnen sich allmählich wieder, ich fühle mich gut. Ja, so weiß ich nun, es war alles richtig, mein Handeln wird mir die Zukunft erleichtern. Eventuell sollte ich auch das Leben mit den Augen eines Kindes betrachten, nicht immer alles so ernst nehmen und verbissen versuchen, perfekt zu sein. Liegt der Reiz nicht gerade in den Dingen, die nicht vollkommen sind?

Mir fällt eine Situation ein, sie liegt Jahre zurück, da hatte ich mich bewusst entschieden, nicht vernünftig zu sein. Ein einziges Mal habe ich vom Honigtopf genascht und mich an dem Verbotenen erfreut. Es hat mir gutgetan, ich kann immer noch lächeln in der Erinnerung an jene Zeit. Den Mut allerdings, den Honig ganz zu naschen, den habe ich nie aufgebracht.

Ich liebe das Perfekte, hasse die Unordnung. Die Leichtigkeit einiger Menschen ist mir fremd. Anna war auch so eine Leichte, so eine Frohnatur, die immer wippenden Schrittes durch die Gegend lief, laut lachte und mit ihren roten Haaren stets die Aufmerksamkeit auf sich zog. Nur in den letzten Tagen hatte ich es geschafft, ihr das Lachen zu nehmen. Ich bin grandios, einmalig gut. Jedoch kann ich nur so gut sein, wie ich mich vorbereite. Das Leben planen ist die halbe Miete. Wie oft laufen Menschen kopflos herum, landen in Situationen, die hätten vermieden werden können. Ich wäre geradezu geeignet dazu, die Welt zu revolutionieren, sie neu zu ordnen.

Die Luft ist angenehm, trotzdem schließe ich das Fenster und nehme mir ein Buch zur Hand. Von Weitem höre ich die Kirchenglocken läuten, ich fühle mich entspannt.

Kommissar Schuster

Der Anruf von Jil Augustin kommt, als ich gerade meine Tasche gepackt habe und nach Hause fahren möchte.

»Wie war gleich die Gravur auf der Uhr, die in der Nähe von Anna Sturms Leiche gefunden wurde?«

»Ihnen auch einen schönen guten Tag, Frau Kollegin.«

»Ach, Schuster, was soll das?«, holt meine Kollegin hörbar Luft. »Sie haben aber dennoch recht. Ich kann unser Telefonat etwas unverfänglicher beginnen. Darf ich mich nach

Ihrem Seelenleben erkundigen? Alles gut bei meinem Kollegen?«

Ich fange an zu lachen. Meine Kollegin passt in keine Schublade. Ich bin aber froh, dass sie mal einen Scherz auf der Zunge hat. »Miriam«, wiederhole ich, wie die Gravur hieß. Jil Augustin, so kann ich hören, trommelt mit den Fingern auf ihren Tisch. »Es ist nur so eine Vermutung … also …«, sie druckst herum. Ich warte, ohne ein Wort zu sagen. »Die Frau von unserem Baulöwen, Alfons Krause, sie hieß Miriam«, sagt sie schließlich.

»Gibt es eine Verbindung zwischen diesem Alfons Krause und Anna Sturm?« Meine Frage bleibt nicht lange unbeantwortet. »Alfons Krause und sein Sohn Martin sind auf Grundstücksjagd, wenn ich es mal so nennen darf. Erfolgreicher Unternehmer, der alles bekommt, was er will, letztlich aber an dem Hof und Grund von Anna Sturms Eltern kapitulieren muss, wie es scheint.«

»Diese Miriam ist tot? Oder sind die Krauses geschieden? Sie sagten, die Frau hieß Miriam.«

»Sehr aufmerksam, Kollege Schuster!«, Jils Stimme kann ich nicht einordnen. Höre ich da eine Portion Arroganz heraus? »Miriam ist seit drei Jahren tot, zuvor lebten die Krauses getrennt. Allerdings«, meine Kollegin hebt ihre Stimme, »Miriam war nach wie vor mit zu allen öffentlichen Terminen gegangen.«

Jetzt hole ich hörbar Luft. »Seit drei Jahren ist sie also tot. Frau Augustin, das ist jetzt als Verbindung weit hergeholt, wenn Sie meine Meinung interessiert.«

»Sie interessiert mich sehr wohl, Herr Schuster, sonst hätte ich nicht angerufen. Natürlich kann es ein großer Zufall sein, dass die Frau vom Baulöwen Krause Miriam hieß. Mein

Gespür sagt mir aber, dass an der Geschichte etwas dran ist. Zumal …«, sie macht erneut eine Pause, ich warte. »Alfons Krause hat einen Drohanruf erhalten. Nein, ich habe mich falsch ausgedrückt. Er hat einen anonymen Anruf erhalten, dass sein Sohn entführt worden sei.«

»Wurde Lösegeld gefordert? Seit wann wissen Sie davon?«

»Es wird eine Million Euro Lösegeld verlangt. Alfons Krause hat schon Kontakt zu dem Direktor seiner Bank aufgenommen. Seiner Sekretärin haben wir es zu verdanken, dass er sich bei mir gemeldet hat. Dummerweise kam sein Anruf, als ich am Tatort war, mein Rückruf kam mit leichter Verzögerung.«

»Sie üben Selbstkritik?«, ich lache laut. »Dann muss etwas dran sein. Was muss ich noch wissen?«

»Schuster, ich habe mich bereits bei Alfons Krause entschuldigt, ihn inzwischen gesprochen und werde ihn nach seinem Termin in der Bank aufsuchen.« Frau Augustin macht wieder eine Pause, sie schämt sich allem Anschein nach doch.

»Passt in Ihren Augen die Entführung von Krauses Sohn in einen Zusammenhang mit dem Mord an Anna Sturm?«, bemühe ich mich, sachlich zu sein.

»Keine Ahnung, Schuster. Können wir uns sehen? Hansen liegt noch in der Klinik, fällt also die nächsten Tage noch aus, und mein … also der Kollege Metzger kümmert sich um die Aufklärung der letzten Stunden vor Anna Sturms Tod.«

Meine Mitarbeit sage ich erneut zu, dachte, das sei schon geklärt. Rasch lenke ich das Gespräch noch einmal auf die Uhr. »Die Uhr ist ein kleines Vermögen wert. Schätze mal, unter 40 000 Euro war sie nicht zu kaufen.«

»Oh, das engt den Kreis der Verdächtigen natürlich ein.

Wer kann sich schon so eine Uhr erlauben, ich jedenfalls nicht.«

»Die kann doch Ihr Verehrer erwerben. Für immer dein … Tja, den Namen lasse ich mal lieber offen.« Diesen kleinen Seitenhieb kann ich mir nicht verkneifen.

»Ihre bissigen Kommentare können Sie lassen, Schuster!«, beendet Jil Augustin das Gespräch.

Sie ist aber auch so empfindlich, wenn es um ihr Privatleben geht.

Lydia, Mutter von Jil

Auch am Abend ist Alfons wieder in meinem Kopf, ebenso wie zahlreiche schöne Erinnerungen an damals von unseren heimlichen Treffen. Ich lache beim Kochen, blicke versonnen aus dem Fenster, erfreue mich an der Abendsonne. Im Radio kommt die Nachricht, eine junge Joggerin sei überfallen und ermordet worden. Rasch stelle ich das Radio aus. Mein nächster Gedanke gilt meiner Jil. Wie kann sie nur einen solchen Beruf ausüben, der immer mit dem Tod zu tun hat.

Beim Zubereiten meines Abendessens denke ich an Ferdinand von Tannenberg. Ich kann ihn verstehen, diese junge Frau mag für ihn wie ein Jungbrunnen sein und Gefühle in ihm wecken, die er von seiner Julia nicht mehr erwartet. Mir ist bekannt, dass Julia von Tannenberg seit dem tödlichen Unfall des Sohnes in einem Sanatorium lebt. Ich seufze, wieder nur traurige Gedanken. Die Tomatensoße, die ich vergessen habe umzurühren, spritzt über den Rand des Topfes, und mein Kleid gleicht sekundenschnell einem

Kunstwerk. Ich lache, das Leben steckt doch voller Überraschungen.

Mein Mann ist auch um einundzwanzig Uhr noch nicht zu Hause. Ich beschließe daher, alleine zu essen, gönne mir ein Glas Wein dazu und genehmige mir erneut eine Erinnerung an meine heimliche Affäre mit Alfons. Es waren schöne Monate, die uns vergönnt waren. Alfons ist ein toller Liebhaber gewesen. Seine Art, mich anzufassen, mich zu küssen, zu streicheln ist mir nie ganz aus dem Sinn gegangen. Seine strahlend blauen Augen, es lag immer etwas Schelmisches darin verborgen. Unser erstes heimliches Treffen, genau kann ich noch heute jede Minute davon vor meinem geistigen Auge sehen. Schade, jetzt sind die besten Jahre für mich vorüber.

Mein Blick wandert über meine Figur, sie ist in den letzten Jahren üppiger geworden, ich bin inzwischen eine reife Frau geworden. Wie oft habe ich mich damals gefragt, ob sich Alfons von seiner Frau trennen würde, wenn ich frei wäre. Meine große Angst war, alleine zu sein, mit Kind, ohne richtige Arbeit. All diese Sorgen haben mich den Entschluss fassen lassen, doch die Affäre mit Alfons zu beenden. Er war geschockt, traurig, hatte geweint.

Die Erinnerungen an unsere Treffen haben mir geholfen, mich wieder in meinem alten Leben zurechtzufinden. Wann immer etwas nicht so gut lief, dachte ich an ihn. Daraus schöpfte ich Kraft. Ich war richtig verliebt in diesen Mann. Wir beide hätten sicherlich ein wunderschönes und liebevolles Leben geteilt, nur der nötige Mut, den letzten Schritt zu gehen, er hat uns beiden gefehlt. Warum er nun wieder hier in Kamp-Bornhofen unterwegs ist, ob ihn am Ende auch die alten Erinnerungen treiben?

Das Glas Wein ist ausgetrunken, über meine Fantasie

kann ich nur lächeln. Alfons ist bestimmt nicht wegen mir hier, sage ich mir. Doch, so fühle ich in meinem Inneren, ein kleiner Funke Hoffnung, dass es doch so sein könnte, bleibt.

Nie zuvor hat mich ein Mann so berührt, das meine ich in zweifacher Hinsicht: emotional wie auch körperlich. Seine Küsse, wenn ich daran zurückdenke, bekomme ich einen Anflug von Wehmut. Ja, es war für eine kurze Zeit perfekt, mein Leben hatte mit einem Mal wieder einen Sinn. Ich spürte tief in mir eine Leichtigkeit, die ich sehr vermisst hatte. Leben bedeutet doch auch genießen, sich geborgen zu fühlen, Nähe zuzulassen und sich fallen lassen, eintauchen in den Rausch der Gefühle.

Als ich mich damals von Alfons getrennt habe, aus Rücksicht auf meine Familie, aus Angst vor seinen Gefühlen, ja, ich hatte auch immer ein wenig Angst, dass Alfons es nicht wirklich ernst mit mir meinen könnte. Nächtelang habe ich gegrübelt, was gewesen wäre, wenn wir auffliegen, wenn jemand unser Geheimnis gelüftet hätte. Hätte Alfons dann zu mir gehalten? Oder aber wäre er wieder seiner Frau nähergekommen?

Die Wochen nach unserer Trennung waren sehr hart. Zu Beginn hat Alfons noch versucht, mich zu treffen. Ich blieb konsequent. Als ich hörte, dass er aus Kamp-Bornhofen weggezogen sei, habe ich tagelang geweint. Irgendwie habe ich mich irgendwann dann wieder in meinem Leben zurechtgefunden und einfach funktioniert. Jil hat mich abgelenkt, ebenso die Malerei. Was nur würde ich ohne meine Malerei tun? Das Abtauchen in meine eigene Welt ist mein Seelenpflaster für die Stunden der inneren Einsamkeit.

Ob ich jemals mit Alfons darüber sprechen werde? Jetzt, nach all den Jahren, die vergangen und glücklos an mir vorbeigezogen sind? Ausgemalt habe ich mir damals, wie ein Leben mit Alfons hätte aussehen können. In Gedanken habe ich unser Haus schon gesehen, die Einrichtung modern und hell. Der Alltag? Hätten wir ihn bewältigt? Tief in meinem Inneren weiß ich, dass alles sehr schön und harmonisch verlaufen wäre, hätte ich nur den Mut gehabt zu gehen – oder aber hätte er den Mut aufgebracht, seine Frau zu verlassen, mir zu zeigen, ich warte auf dich.

Julia von Tannenberg

Wie überrascht ist Ferdinand, als er nach Hause kommt und ich, anstelle des Dienstmädchens, die Tür öffne. »Julia, du?«, seine Worte waren schon einmal gewählter.

Mir fällt sogleich sein Kleidungsstil auf, so ungepflegt. Es ist Zeit, hier wieder für Ordnung zu sorgen.

»Die Anna Sturm ist tot«, teilt Ferdinand mir im Flur mit.

Ich beobachte, wie er seine geöffnete Krawatte vom Hals löst.

»Die junge Frau aus der Redaktion?«, ich sehe ihn erschrocken an. »Warum nur? Was ist passiert?«

Mit wenigen Worten klärt mein Mann mich über die ersten Erkenntnisse auf. »Für mich war es schrecklich. Gerade saß ich bei den Eltern am Kaffeetisch, da erschien die Kommissarin.«

Mein Mann wirkt nervös, übersieht zunächst den Kuchen, den ich auf den Tisch gestellt habe. Als er ihn entdeckt, sieht er auffallend auf seine Uhr. »Ist es nicht zu spät für Kaffee und Kuchen?«

Ich kann ihn überreden, sich an den Tisch zu setzen.

Wir trinken dann doch noch zusammen Kaffee. Er lobt auch den Kuchen, obgleich er nicht viel davon isst.

»Warte etwas, und die Sturms geben ihren Hof auf, jetzt, wo die einzige Tochter tot ist. Es kann deine Karriere nur fördern.«

Mein Mann blickt erschrocken auf. »Julia!«

»Ich dachte, du willst Karriere machen?«, mein Lächeln ist eisig, warum nur freut sich Ferdinand nicht? Wie sehr er sich im Wahlkampf eingebracht und sein Ziel, VG-Bürgermeister zu werden, verfolgt hat, ich habe es noch vor Augen.

»Doch nicht um jeden Preis!« Ferdinand zieht seine Krawatte aus. Ich erkenne Ränder unter seinen Augen, die neu für mich sind. Seine Hände zittern leicht, als er doch noch ein kleines Stück Käsekuchen in den Mund schiebt.

»Der Kuchen ist nicht vergiftet. Du hast ihn doch sonst so geliebt«, ich bin enttäuscht, habe mir meine Heimkehr anders ausgemalt.

»Julia! Gerade war ich dabei, als die Sturms vom Tod ihrer geliebten Tochter erfahren haben. Erinnerst du dich nicht mehr an Roman und wie sein Tod für dich war?«

Ich senke meinen Blick. Die Erinnerung geht zurück zu jenem Tag, als ich über den viel zu frühen Tod meines Kindes informiert wurde. Roman war nur wenige Jahre älter als Anna, als er starb.

»Ich habe die Einladung zum Geburtstag von Bürgermeister Karbach auf deinem Schreibtisch gesehen.« Mir liegt nun daran, das Thema zu wechseln. »Es ist lieb, dass er auch ausdrücklich mich mit eingeladen hat.«

»Ich habe bereits mein Kommen zugesagt.« Mein Mann stochert erneut mit seiner Gabel in dem Kuchenstück herum.

Diese Angewohnheit ist mir fremd. Es hat sich doch einiges verändert, seit ich in der Klinik war.

»Ich möchte dich zu der Feier von Karbach begleiten«, betone ich und schenke uns beiden Kaffee nach. Unser Dienstmädchen hat den Nachmittag frei. Ich will einmal wieder mit meinem Mann alleine sein.

»Musst du nicht zurück in die Klinik? Wird es nicht zu viel für dich, unter all den lachenden Menschen zu sein? Karbach wird ein rauschendes Fest feiern«, argumentiert Ferdinand. Ich merke, wie er sich windet, und in mir entsteht der Eindruck, dass er etwas vor mir verbirgt.

»Sicherlich kann ich mich noch spontan entscheiden. Karbach wird Verständnis haben«, beende ich auch dieses Thema, obgleich nicht alles ausgesprochen und entschieden ist. Eine Weile betrachte ich noch das Gesicht meines Mannes. Er weicht meinen Blicken aus, greift nach einem Bündel mit Privatpost und fängt an, diese am Tisch zu lesen.

Mir ist nach Nähe. Mein Mann hat mir in den letzten Wochen gefehlt, kam mich nicht oft besuchen. Er hat den aufreibenden Wahlkampf vorgeschoben.

Mein Blick bleibt an seinem Gesicht haften. Ich versuche, etwas zu erkennen, weiß aber gleichzeitig nicht einmal, wonach ich suche. Plötzlich legt er die Post zur Seite. Sein plötzliches Aufstehen vom Stuhl und die wenigen, aber hektisch gesprochenen Worte, mit denen er sich aus dem Haus macht, lassen mich traurig zurück. Meine Ankunft hier in unserem Haus hatte ich mir anders vorgestellt. Soll ich vorzeitig zurück in die Klinik? Ich habe doch so sehr gehofft, es zu schaffen, die Tage zu Hause zu genießen und bald für immer hier zu bleiben.

In Gedanken blicke ich aus dem Fenster, das zur Einfahrt

liegt. Ich sehe dorthin, wo immer der Wagen meines Sohnes stand, jedenfalls bis zu dem Tag seines Unfalls. Mir fehlt unser Roman. Mein Therapeut meint, er fehle auch meinem Mann, nur könne Ferdinand seine Gefühle nicht so zeigen wie ich. Als ich die Tränen mit meinem Taschentuch abwische, erkenne ich mein Spiegelbild in der Glasscheibe. Und wieder gehen meine Gedanken zurück in die Vergangenheit.

Etwas später fällt mir die Begegnung mit der jungen Frau in der Eisenbahn wieder ein. Ihre Aussage, glücklich mit der Wahl ihres Berufes zu sein, beschäftigt mich. Vielleicht soll ich lieber sagen, sie fesselt mich?

Meine Erfahrungen mit Männern sind nicht groß, darüber hat sie gelächelt. »Jeder soll leben, wie es gut für ihn ist«, gab sie mir als Antwort. Sie erzählte aus ihrem Leben, den unglücklichen Beziehungen. Ich hörte nur nebenbei zu.

Schräg uns gegenüber saßen zwei Frauen, deren Gespräch mein Interesse anzog. Eine Frau namens Elke sprach von ihrem Besuch beim Frauenarzt, über eine junge Frau, die gerade erst erfahren habe, schwanger zu sein. Diese Elke war giftig, als verletzend empfand ich ihre Worte über diese Schwangere, die sie unter anderem als rothaariges Biest beschimpfte.

Alfons Krause

»So eine Unverschämtheit!«, ich koche vor Wut. Die Kommissarin hat meinen Rückruf vergessen. In dem Moment, als ich endlich die Gelegenheit habe, mit ihr zu sprechen, drei Stunden nach meinem Anruf, fühle ich mich nicht wohl in meiner Haut, mache mir Vorwürfe, überhaupt die Polizei eingeschaltet zu haben. Als ich das Telefonat mit Jil Augustin, die wegen des Mordes an der jungen Anna Sturm die Zeit und mich vergessen hatte, beendet habe, lasse ich mich auf das Sofa fallen. Meine Gedanken sind bei Martin.

Etwas später laufe ich durch unser Haus, öffne die Tür zu seinem Apartment, sehe mir die Briefe auf seinem Schreibtisch an in der vagen Hoffnung auf einen Hinweis zu seinem Entführer. Mein Magen knurrt. Mir ist nicht nach Essen, trotzdem sehe ich in den Kühlschrank, nehme die Fleischwurst heraus, schneide mir ein großes Stück ab und gebe einen Klacks Senf darüber. Mein Blick fällt immer wieder aus den Fenstern, gerade so, als hoffe ich, meinen Martin zu entdecken.

Erschöpft lasse ich mich wieder auf das Sofa fallen, mein Kopf schmerzt. Die Kommissarin hat sich nicht mehr gemeldet, wollte doch zu mir kommen, sobald ich mit der Bank alles geregelt habe. Das ist schon Stunden her. Frau Clemm fällt mir wieder ein. Sie loszuwerden, war nicht so leicht. Die Frau wollte unbedingt hier im Haus bleiben. Ich solle nicht alleine sein, sagte sie hartnäckig. Ob ich ungerecht bin? Sie kennt meinen Martin seit Jahren, liebt ihn wie einen Sohn, den sie nie bekommen hat. Ich weiß eigentlich nicht viel von dieser Frau, war nie in ihrer Wohnung. Ob sie mit einem Mann zusammenlebt?

Mitten in mein Grübeln öffnet sich die Tür zum Wohnzimmer, und Martin steht vor mir. Zunächst glaube ich an eine Einbildung, einen Traum.

»Vater? Du liegst auf dem Sofa? Das ist neu. Ich habe dich an deinem Schreibtisch erwartet.« Martin lacht. »Oder bist du krank? Muss ich mich sorgen?«

»Alles gut, Martin«, stehe ich langsam auf, gehe auf ihn zu. Ich spüre spontan eine Erleichterung, auf die ich nicht mehr zu hoffen gewagt habe. Tränen steigen in mir auf, ich umarme Martin. Mein Sohn ist wieder bei mir, gesund und munter. Die Nachricht von Annas Tod, die angebliche Entführung meines Sohnes, ich bin aufgewühlt und nervös.

»Vater? Was ist los?«, sieht Martin mich nach meiner Begrüßung verwundert an. Mit stockenden Worten und immer noch aufgeregt, berichte ich ihm von dem Drohanruf, meiner Angst, ihn zu verlieren.

»Wer hat dich angerufen, Vater?« Martin öffnet eine Flasche Rotwein, schenkt zwei Gläser ein.

»Ich kann es dir nicht sagen, Junge. Die Stimme, es war eine Männerstimme. Alles ging so schnell. Die Sorgen um dich, ich dachte, ich werde verrückt! Dein Handy, Junge, ich habe versucht, dich anzurufen.«

»Ich war in der Sauna, da geht niemand mit Handy rein.«

Martin setzt sich in den Sessel am Fenster, mit Blick auf den Rhein, er wirkt nachdenklich. »Ich möchte Frau Augustin anrufen«, greift er nach seinem Handy. »Die Nummer, Vater, du hast sie doch?«

Ich nicke, stehe langsam auf. »Es ist spät, Martin. Du bist wieder zu Hause, alles ist gut.« Mit stockenden Worten und immer noch aufgeregt berichte ich ihm alles seit dem Drohanruf, meinen Versuch, bei der Polizei Hilfe zu bekommen, meine Sorgen, ihn zu verlieren.

»Nein, Vater, wir dürfen das nicht so hinnehmen. Man kann jederzeit herausfinden, wer der Anrufer war. Außerdem hat die Kommissarin noch etwas bei dir gutzumachen.«

»Da muss ich dir zustimmen. Es waren qualvolle Stunden, Martin, in denen ich mich um dich gesorgt habe.«

»Ein Blick in meinen Kalender hätte dir und auch unserer Sekretärin die Augen öffnen müssen. Ich war wie immer einmal in der Woche in der Sauna. Seit über einem Jahr habe ich den Termin fest in meinem Kalender stehen.«

Er schüttelt den Kopf. Die Nummer von Frau Augustin lege ich vor ihm auf den Tisch.

Als mein Handy klingelt, bin ich verwundert, ich erkenne die Nummer von meiner Sekretärin. Sicherlich, so denke ich mir, macht sie sich Sorgen um Martin. Das Gespräch bringt mir eine positive Nachricht, trotzdem fühle ich mich anschließend aufgewühlt. Der heutige Tag hat mich viel Kraft gekostet. Martin bringe ich kurz auf den neusten Stand, er nickt mich zufrieden an, scheint aber im Augenblick nicht den Kopf für diese Neuigkeiten frei zu haben.

Martin nimmt einen kleinen Schluck von seinem Rotwein, wählt anschließend die Nummer der Kommissarin.

»Gerne, Frau Augustin. Ich bringe Ihnen das Handy meines Vaters morgen ins Büro. Ihre Entschuldigung können Sie meinem Vater gegenüber gerne noch einmal persönlich überbringen, gute Nacht.« Martin lässt sein Handy in die Hosentasche gleiten, nimmt erneut einen Schluck Rotwein. Ich fühle mich erschöpft und müde, aber unendlich zufrieden und glücklich, meinen Martin wieder bei mir zu wissen. Der letzte Gedanke vor dem Einschlafen gilt aber Lydia. Morgen, so nehme ich mir fest vor, rufe ich sie an und erkläre ihr mein Verhalten im Café.

Ich falle in einen unruhigen Schlaf. Martin, Anna und Lydia tauchen in einem wirren Traum auf. Immer wieder werde ich kurz wach, laufe durch mein Zimmer, schlafe dann wieder unruhig ein.

Mein Chef wird sich freuen. Er wird den heutigen Tag dafür nutzen zu feiern. Der Anruf der Familie Sturm, genauer gesagt von Hans Sturm, kam gegen 19 Uhr. Ich war gerade dabei, meine Tasche für den Feierabend zu packen.

»Für 1,3 Millionen kann Herr Krause unseren Grund und Boden kaufen«, der alte Sturm sprach abgehackt. »Morgen will ich alles beim Notar unterschreiben, gleich am Morgen. Sagen Sie das Ihrem Chef!«

Ich bekomme im Anschluss den Auftrag, meinen Chef darüber zu informieren, er solle alles Weitere regeln, den Termin beim Notar vereinbaren und den Sturms Bescheid geben.

»Über den Preis wird nicht mehr verhandelt. Entweder Herr Krause zahlt die 1,3 Millionen oder er braucht sich nicht mehr zu melden«, beendet der alte Sturm das Gespräch.

Mir ist bewusst, dass mein Chef erfreut sein wird, wenngleich ihn noch die Sorgen um seinen Sohn quälen. Die Kaufsumme ist gut, er wird sie gerne bezahlen. Eigentlich hätte die Familie Sturm auch 200 000 Euro mehr verlangen können. Mir kommt spontan eine Idee in den Kopf. Warum soll ich nicht etwas mitverdienen an dem Deal?

Die Handynummer von meinem Chef habe ich immer griffbereit, rufe ihn direkt an. Ich stehe noch immer, als mein Chef sich meldet. Ich bin zu aufgeregt, um mich hinzusetzen.

»Ja, genau. Der alte Sturm hat gesagt, er verlangt 1,3 Millionen für den Hof. Sie sollen alles mit dem Notar regeln und«, ich hole kurz Luft, »er verlangt in einem Umschlag zusätzlich 200 000 Euro, die ich ihm bringen soll. Davon darf niemand erfahren. Er möchte ausdrücklich niemals auf das Geld angesprochen werden.«

Meine Hände zittern, mein Hals fühlt sich trocken an. Plötzlich habe ich ein schlechtes Gewissen, erkundige mich beflissen nach Martin.

»Mein Sohn ist wieder zu Hause, gesund«, teilt er mir mit. Ich spüre, dass eine große Last von ihm abgefallen ist. Auch ich bin wahrhaft erleichtert, in jeder Hinsicht.

»Das ist wie ein Wunder«, teile ich mit zitternder Stimme mit.

»Ich erkläre Ihnen alles Morgen«, mein Chef ist zufrieden, lädt mich spontan auf ein Essen ein.

Rasch nutze ich die Gelegenheit und lenke das Telefonat noch einmal auf den alten Sturm.

»Sie bereiten alles vor? Ich werde den Notar auch noch anrufen, einige Details besprechen.« Mein Chef ist wieder ganz der Geschäftsmann.

»Sie denken aber an den Umschlag mit den 200 000 Euro? Ich soll das Geld übergeben und …«

Er unterbricht mich. »Danke, liebe Frau Clemm, ich bin ja so dankbar. Mir ist es auch angenehmer, dass Sie den Umschlag weiterleiten. So gerne bin ich privat nicht mit dem alten Sturm zusammen.«

Meine Erleichterung und die Aussicht auf 200 000 Euro lassen mich fast vor Glück jubeln.

»Bestellen Sie bitte für morgen einen Tisch beim Italiener für zwei Personen!«, höre ich Alfons Krause sagen, dann ist das Telefonat beendet. Ich hoffe, es kommt nicht noch etwas dazwischen. Ich wünsche es mir für ihn, jedoch auch für mich.

Ich schwebe wie auf Wolken. Alfons Krause will mit mir essen gehen, Wahnsinn. Die Aussicht auf 200 000 Euro ist ebenfalls nicht zu verachten. Damit werde ich meine Eigentumswohnung abbezahlen und mich neu einkleiden. Wenn ich dann erst einmal mit Alfons Krause verheiratet bin, kann ich das Geld nach und nach zurücküberweisen. Es ist sozusagen nur ein Vorschuss, ich lache, nicht nur vor Freude, auch um mich selbst zu beruhigen.

Plötzlich überfällt mich Panik. Ich muss noch vor morgen Abend zum Friseur, für sieben Uhr will ich den Tisch bestellen. Etwas romantischer hätte mein Chef mich schon einladen können und auch fragen, ob er mich abholen darf. Ich werde ihm noch viel beibringen müssen, er kann noch einiges von mir lernen. Dann schließe ich das Büro ab.

Als ich draußen bin, denke ich erneut an Martin und schäme mich, so egoistisch zu sein. Sein Vater hat gerade die Hölle durchgemacht, schade nur, er wollte nicht, dass ich zu ihm nach Hause komme, ihm beistehe. Meine Gedanken sind ganz bei Alfons Krause, als ich fast mit einer Frau in einem auffallend bunten Kleid zusammenstoße.

»Ich möchte Herrn Krause sprechen, persönlich.«

Dass ich sie überrascht anschaue, scheint die Frau bemerkt zu haben, denn sie folgt mit ihren Augen meinem Blick auf ihr Kleid. Sie sieht darin wirklich aus wie ein Paradiesvogel, denke ich.

»Ich liebe Farben, stört es Sie?«, kommt auch prompt eine Frage.

»Alfons Krause ist schon zu Hause«, gebe ich der Frau wahrheitsgemäß Auskunft. »Es ist auch heute nicht der geeignete Tag, um ihn zu stören. Melden Sie sich morgen wieder bei mir im Büro.«

Ohne mich weiter zu beachten, dreht sich der Paradiesvogel um und eilt über den Hof zu seinem Wagen.

Was, so frage ich mich, wollen die ganzen Frauen von meinem Chef? Erst diese junge Anna, der Rotschopf. Frech war diese Person, so selbstbewusst und hochnäsig. Mich hat die Reaktion von Krause auf diese Frau gewundert. Wie ein Gockel war er ihr nachgeeilt. Einmal hat er ihr Blumen geschickt. Ich musste das auch noch arrangieren. Später war ich dann mal aus Neugier zu der Anschrift gefahren, die ich dem Blumenhaus durchgegeben habe. Da stand auch der Wagen von meinem Chef vor der Tür. Nun gut, über die Toten soll keiner schlecht reden. Diese kleine Maus ist ja nicht mehr gefährlich, und der Farbtupfer von vorhin wird mir auch nicht den Belag vom Brot nehmen können. Notfalls wehre ich mich!

In der Stadt ist viel Verkehr. Ich bin froh, einen Parkplatz zu finden. Mein Weg führt mich zunächst zu meinem Friseur, der heute bis 20 Uhr geöffnet hat. Die Zeit bis zu meinem Date mit Krause läuft nur so davon. Ich bin aufgeregt, freudig gestimmt, bekomme auch gleich einen Termin für morgen in der Mittagspause. Ich bin zufrieden. Die Aussicht auf ein Essen mit meinem Chef und die 200 000 Euro sind wie Adrenalin für mich.

Donnerstag auf Freitag

Philipp

Heute Nacht habe ich mich noch einmal aus dem Haus geschlichen. Bin zum Rheinufer gelaufen und wollte mit der Anna spielen. Habe ihr auch eine Schokolade eingepackt, aber sie war nicht mehr da, ist einfach davongelaufen. Meine Hände betrachte ich immer und immer wieder. Dann tauchen so komische Bilder vor meinen Augen auf und ich sehe die Anna, wie sie leblos am Rheinufer liegt, tot. Mit beiden Händen habe ich meinen Kopf umfasst, ihn geschüttelt, diese Bilder mag ich nicht sehen, nein! Meine Schreie sind laut, irgendwo geht ein Fenster auf und jemand schreit zurück in die Nacht: »Ruhe!«

Traurig laufe ich anschließend zum Spielplatz weiter. Die Schokolade für Anna habe ich inzwischen selbst gegessen. Schade ist es aber schon, dass sie nicht zum Spielen gekommen ist, die Anna. Ich mag sie doch so sehr. Anna habe ich beobachtet. Ihre roten Locken mag ich, die leuchten in der Sonne. Sie lacht so herrlich, und das kleine Grübchen über der Lippe macht sie noch hübscher. Anna ist für mich die hübscheste Frau, die ich je gesehen habe. Ich will sie heiraten und jeden Tag mit Anna spielen. Wir gehen dann zusammen auf den Spielplatz und teilen die Schokolade.

Ich denke immerzu an die Anna. Plötzlich sehe ich Anna wieder tot am Rheinufer liegen. Mein Kopf spielt verrückt.

Ich laufe auf dem Spielplatz herum, schreie, will diese Bilder nicht mehr sehen. Erneut ruft jemand: »Ruhe!« Ich kauere in einer Ecke, weine leise vor mich hin. »Anna, wo bist du nur? Meine kleine, süße Anna?«

Ein Schauer läuft über meinen Rücken, die Hexe, so überlege ich, hat sie meiner Anna wehgetan? Erneut erinnere ich mich und sehe Bilder vor mir, die ich nicht sehen will. Die Anna war so schön anzusehen. Wenn ich sie im Dorf zufällig getroffen habe, hat sie mich angelacht. Einmal hat sie ein Stück Schokolade von mir genommen. Sie hätte mich eines Tages geliebt, da bin ich mir sicher. Warum war sie nur am Rheinufer so abweisend zu mir? Das war nicht gut, das hat mir überhaupt nicht gefallen.

Mein Vater ist auch lieb zu mir, er ist aber oft zu ernst. Hat schon richtig viele Sorgenfalten auf der Stirn. Mir kommt es nicht in den Sinn, dass die Menschen sich so verhalten, so stur und engstirnig. Die Alten in unserem Dorf warten doch nur noch auf den Tod, kreisen jeden Tag einmal um den Friedhof. Mir scheint, sie warten regelrecht auf die letzte Stunde. Verrückte Alte!

Ich will das Leben genießen, spielen, tanzen, Süßigkeiten essen und Dinge machen, die man nicht tun sollte. Darin bin ich klasse! Erwischt werde ich nur selten, ich bin zu schlau für die meisten Menschen, obgleich sie mich für dumm halten und zurückgeblieben. Genau darin aber liegt mein Vorsprung. Ich kann schreiben und lesen, bin auch die ersten zwei Jahre auf die Grundschule im Dorf gegangen. Später musste ich die Schule wechseln.

Wieder kommen Erinnerungen in meinen Kopf, die ich nicht mehr haben möchte. Die Büschel mit Haaren habe ich der kleinen Sofie nur ausgerissen, weil sie mich nicht abschreiben lassen wollte. Der Hund meiner Lehrerin ist rein zufällig im Rhein zu Tode gekommen. Sie sagten damals, ich sei unberechenbar, eine Zumutung für die anderen Kinder in meiner Grundschule. Traurig stehe ich auf, trockne meine Tränen mit dem Pullover ab.

Das Klettergerüst auf dem Spielplatz ist feucht, es hat geregnet. Einen Moment stehe ich zögernd vor der Rutsche, dann aber ist es mir egal, ob mein Hintern nach dem Rutschen nass sein wird. Ich klettere die Stufen empor und rutsche mit Freude hinunter in den Sand. Meine Hände stecke ich tief in den feuchten Sand, es tut so gut, ihn zu spüren.

Ein Rascheln lässt mich erschrecken, ich drehe mich hastig um. Das Licht der Straßenlaterne ist in der Nacht gedimmt. Eigentlich liebe ich es so, kann ungesehen durch die Straßen eilen und meine Streiche machen. Ab und an ist es mir vergönnt, in die Häuser zu sehen. Das liebe ich noch mehr!

Mir ist es nicht möglich, das Geräusch einzuordnen. Ich bekomme Angst. »Anna? Anna, bist du hier? Komm doch zu mir, wir spielen zusammen.«

Freitag, 19. August

Metzger

Jil parkt den Wagen direkt vor Inges Haus. Heute fällt mir erst auf, wie baufällig es ist. Alles sieht grau und runtergekommen aus. Ich an ihrer Stelle würde den Hof verkaufen. In meinen Augen können die Sturms mit dem vorliegenden Angebot mehr als zufrieden sein.

Die Gardine der Küche bewegt sich. Flüchtig meine ich, den Kopf von Inge Sturm gesehen zu haben.

»Dann nehmen wir unsere Aufgabe in Angriff«, betont Jil und steigt aus dem Wagen.

Ich sehe ihr hinterher, denke über ihre Worte nach. Für mich ist das hier nicht nur eine Aufgabe. Erst als Jil mich ruft, löse ich mich aus meiner Gedankenwelt und verlasse den Wagen. Bevor wir die Haustüre erreichen, macht Inge uns schon auf. Sie sieht noch blasser als gestern aus. Ihr Blick bleibt an mir haften. Im Haus treffen wir auf den Hausarzt, sein Gesicht ist mir noch von gestern bekannt. Er bittet uns, im Flur zu warten, er wolle Inge noch eine Spritze geben.

Ich nutze die Gelegenheit und hauche Jil einen Kuss auf die Wange, ziehe sie sanft an mich. Jil löst sich abrupt aus meiner Umarmung, was mich traurig macht. Vom Flur aus höre ich, dass Inge laut wird, schreit. Sie ruft immer wieder den Namen von Anna, dann wird es leise, und ich vernehme nur noch ein Wimmern.

»Die arme Familie«, sage ich und gehe auf und ab.

Als Jil wieder neben mir steht, macht sie mir Vorwürfe. »Du bist zu weich, das hier ist nun mal unser Job.«

»Du wirst mir langsam fremd, Jil.« Ich lasse sie stehen und gehe in die Küche. Der Doktor scheint seine Arbeit beendet zu haben. Inge hat erneut eine Beruhigungsspritze bekommen. Ich frage mich, wie es weitergehen soll. Inge kann nicht täglich ruhig gestellt werden. Sie muss ihre Trauer ausleben, was ich dem Doktor auch sage.

»Wenn Sie die Zeit haben, sich um Inge zu kümmern, bitte, tun Sie es! Ich für meinen Teil habe noch mehr Patienten.«

Jil kommt gerade in die Küche, als der Doktor sich verabschiedet.

Sie reden kurz, dann steht Jil neben mir. »Du hast dem Doktor Vorwürfe gemacht, was sollte das?«

Mein Blick in Jils Augen zeigt mir eine Frau, die ich nicht verstehe, die mit einem Mal so viel Kälte ausstrahlt. Ohne auf Jil einzugehen, suche ich Hans Sturm. Annas Vater finde ich erst im Stall, er kümmert sich gerade um die Kühe. Mein Erscheinen beeindruckt ihn nicht, er lässt sich nicht von seiner Arbeit ablenken.

»Warum musste die Anna sterben?«

Die Frage kommt kaum hörbar, als ich mich schon wieder zum Gehen entschieden habe.

»Wir werden es herausfinden.«

Jetzt dreht sich der Alte um, ich sehe seine roten Augen. Verweint und traurig blicken sie mich an.

»Hat es mit dem Grundstück zu tun, wo unser Hof draufsteht? Die hätten doch warten können, bis wir Alten tot sind«, er dreht sich wieder um und versorgt das Vieh. Einen

Moment bleibe ich noch und beobachte ihn, dann gehe ich zurück in die Küche, da ich keine tröstenden Worte für ihn finde.

»Wir kommen hier nicht weiter«, empfängt mich Jil und sieht mich nachdenklich an. »Mit Inge kann ich zurzeit nicht reden«, sagt sie, als ich eintrete. Ich berichte von der kurzen Unterhaltung mit dem alten Sturm.

»Na, prima!«, seufzt Jil, »Jetzt müssen wir uns eine andere Strategie suchen. Für mich hat Annas Tod entweder mit dem Hof zu tun oder aber mit ihrer Arbeit in der Redaktion.«

»Was, wenn beide Theorien nicht stimmen?«, will ich wissen.

»Ich fahre in die Redaktion, spreche mit Manfred. Deine Recherchen haben auch nicht viel Neues gebracht. Zumindest muss ich wissen, an welchen Themen Anna zuletzt mitgearbeitet hat. Begleitest du mich?«

Ich kann den Blick von Jil nicht deuten, nicke nur stumm zur Beantwortung ihrer Frage.

»Aber mach mir bitte keine Szene vor Manfred«, betont sie noch. Dann fahren wir los.

Ein Kollege von Manfred öffnet uns die Tür in der Redaktion und begrüßt uns freundlich: »Manfred kommt gleich, Sie können in seinem Büro warten.«

»Der Herr Journalist scheint es nicht so genau mit den Arbeitszeiten zu nehmen«, töne ich, als wir vor Manfreds fast leerem Schreibtisch stehen und greife nach einem Schriftstück.

»Ich möchte nicht in Manfreds Sachen stöbern. Lass uns fahren!«, keift Jil. Sie reißt mir das Schriftstück aus der Hand und legt es auf den Schreibtisch zurück.

»Mit Manfred versuche ich später zu telefonieren«, erklärt

Jil mir im Wagen. Wieso hat Manfred immer noch oder nach allem, was passiert ist, Pluspunkte in ihrem Leben? Meine Sorgen und Fragen behalte ich für mich. Mein Handy vibriert, zeigt den Eingang einer SMS: »Hallo Hermann Josef, nicht vergessen, wir treffen uns um 17.00 Uhr für die Ansitzjagd, Gruß, FvT.«

Das habe ich total vergessen. Für heute hat Ferdinand von Tannenberg alle Jäger, die einen Begehungsschein bei ihm haben, sowie auch Freunde von ihm, zur Ansitzjagd eingeladen. Ob ich das zeitlich schaffe? Ich bezweifle es, hole erst einmal tief Luft. Schade, das Treffen mit den anderen Jägern würde mir guttun.

Ich schicke eine SMS zurück: »Stecke leider bis über beide Ohren in Arbeit, der Mord an Anna muss aufgeklärt werden. Waidmannsheil, HJM.«

Meine Absage muss von Tannenberg hinnehmen, ich bin schließlich nicht selbstständig und kann meine Arbeitszeiten gestalten, wie ich möchte. Zu meiner Überraschung kommt sogleich eine Antwort von ihm: »Das kann ich gut verstehen. Hatte überlegt, die Jagd zu verschieben, doch das macht Anna nicht mehr lebendig. Findet den Mörder, Gruß, FvT.«

»Ich«

Anna ist tot, diese Nachricht ist Hauptthema heute Morgen. Mich langweilt das Verhalten meiner Mitmenschen. Nichts ist so alt wie die Zeitung von gestern, für die Nachricht von Annas Tod gilt das Gleiche. Meine Einkäufe möchte ich rasch erledigen, dies wiederum ist heute fast unmöglich.

»Haben Sie schon von dem Schicksal der armen Familie Sturm gehört?« Überall die gleiche Frage. Tratsch, nichts als Tratsch. Ich lächle lieb, nicke brav, mache ab und an ein trauriges Gesicht, lasse mich dazu verleiten, mit trauriger Miene zu sagen: »Furchtbar, so mitten aus dem Leben gerissen, die arme junge Frau!«

Anna, sie hat viel Unheil gebracht. Nicht nur mir, nein, Anna liebte es, anders zu sein. Ihr Äußeres, die langen roten Locken passten perfekt zu ihr. Wo immer die Anna auftauchte, niemand kam umhin, diese Frau nicht zu registrieren. Es gibt Menschen, die leben so unscheinbar unter uns, wir können uns nicht mal an ihren Namen erinnern oder an die Kleidung, die sie bei der Begegnung trugen, an nichts.

Ganz das Gegenteil war die Anna. Wie ein Wirbelsturm zog sie die Aufmerksamkeit auf sich, lachte laut, ganz ohne Hemmungen. Ihre Bewegungen waren provokant, frei von jeglichen Zwängen. Sie war auf der einen Seite wie ein Vamp, andererseits hat sie immer noch etwas Kindliches ausgestrahlt, bis zu ihrem Tod. Ich konnte die Angst in ihren Augen sehen. Die Frage nach dem Warum stand sprichwörtlich auf ihren Lippen. Mir war nicht danach, mit Anna zu reden, zu diskutieren oder mein Verhalten zu erklären. Warum auch? Sie sollte weg, sterben, aus meinem Leben verschwinden.

Sogar an meinen eigenen Tod habe ich gedacht, ihn mehr als nur einmal in Erwägung gezogen. Und dann, in dem Moment, als ich vor der Anna stand, zitterte meine Hand. Nein, es war eigentlich ein Unglück, ihr Tod. Ich habe nur etwas nachgeholfen, den Auslöser gedrückt, um es so zu formulieren. Mich trifft keine Schuld.

Mir ist das Leben zu wichtig, zu schön und prickelnd in seiner Vielfalt. Mal bringt es einem rote Rosen, dann wiederum zeigt es sich dunkel und hässlich, lässt Schmerz und Sorgen über uns kommen. Ja, ich hadere ab und zu mit mir und der Art, wie ich lebe. Oft wünsche ich mir mehr Leichtigkeit in meinem Leben. Einmal nur möchte ich so locker und lustig sein, wie die Anna es war. Laut lachen in einem Restaurant, tanzen mit Männern, die ich zuvor niemals gesehen habe, Wein und Bier trinken, solange es mir schmeckt, nicht an den nächsten Morgen und die Kopfschmerzen denken.

Es gelingt mir nicht, leider! Ich gehöre zu den Menschen, die alles sorgfältig planen. Spontanität ist ein Fremdwort für mich. Annas Tod war auch lange geplant, aber nicht so, wie er letztlich stattgefunden hat. Die Gelegenheit, sie loszuwerden, kam rascher als erwartet. Somit bin ich doch spontan?

Ich kann nur lachen über die Sorgen, die ich mir noch mache. Anna ist tot. Ich sollte jetzt ruhig und gelassen werden, mich endlich einmal am Leben richtig erfreuen.

Gegen Nachmittag habe ich immer noch die Anna im Kopf, sehe die Bilder ihrer letzten Minuten vor mir.

Ihr viel zu früher Tod hätte nicht sein müssen. Warum nur hat sie ihr Verhalten nicht verändert? Sie hat mich einfach verletzt und ausgelacht, als ich mit ihr redete. Menschen verletzen ständig einander. Auch ich bin schon viel zu oft ohne Rücksicht auf andere durch die Welt gegangen, auf der Suche nach meinem Glück.

Habe ich mein Glück nun gefunden? Ja! Ja, ich fühle mich gut, wenngleich Blut an meinen Händen klebt.

Unser Nachbarjunge will nicht erwachsen werden. Er liebt es, Streiche zu spielen, lacht gerne und ebenfalls mit Vorliebe laut, so wie die Anna. Letzte Weihnachten hat er von mir ein Puzzle bekommen. Für mich ist das ganze Leben ein Puzzle. Es gibt die Begegnungen, die uns weiterbringen, sei es in der Liebe oder im Beruf. Nur wer seine Augen aufmacht und richtig hinsieht, gewinnt auch, so wie ich!

Hass ist ein Gefühl. Wer sagt, nur die Liebe tut gut? Gerade die Liebenden werden häufig verletzt, leiden unter Abweisung, unbeantworteten Gefühlen. Ich kann wenigstens darüber lachen, für mich ist nur der Hass mein Begleiter. Menschen zu täuschen, zu verletzen, darin bin ich großartig. Leise wie eine Schlange gehe ich vor. Daher lieben mich meine Mitmenschen immer noch und ahnen nicht, welches Gift ich in mir trage.

Natürlich werde ich zu Annas Beerdigung gehen. Oder kann das ein Fehler sein? Ich überlege schon seit einer Stunde, was für mich besser ist. Die Polizei schaut sich doch immer gerne die Trauergemeinde an und hofft dort auf eine Eingebung, den Mörder zu finden. Nein, ich brauche nichts zu fürchten und entschließe mich aus diesem Grund, zu der Beerdigung zu gehen. Ich sehe mich innerlich lächelnd, nach außen hin traurig, mitfühlend, vom Schmerz heimgesucht der Trauerfeier beiwohnen.

In mir brodelt es noch immer. Die von mir gesuchte Ruhe ist nicht ganz eingekehrt. Noch immer gibt es Menschen, die mir im Weg stehen und meine kleine Welt bedrohen. Ich muss nachdenken, was ich jetzt weiter tue. Müdigkeit überkommt mich. Ich fühle mich plötzlich nicht mehr in der Lage, über die Zukunft nachzudenken. Ob das Ende sich auch so anfühlt? So friedlich? Es wäre doch schön.

Die Nachricht, dass Kollege Hansen sich noch immer nicht erholt hat und noch längere Zeit ausfällt, kam von Jil Augustin telefonisch.

»Sie können jederzeit auch weiterhin auf meine Mithilfe vertrauen«, biete ich ihr an.

Ich denke mal, sie hat diese Reaktion auch erwartet. Meine Gedanken kreisen ununterbrochen um den viel zu frühen Tod von Anna. Gerade sitze ich über einem Blatt Papier mit Notizen, die ich aufgeschrieben habe, als meine Kollegin erneut anruft.

»Ich war bei den Eheleuten Sturm«, Frau Augustin macht eine Pause, ich habe den Eindruck, sie zieht an einer Zigarette.

»Rauchen Sie neuerdings?«, will ich wissen.

»Ach, Schuster, ich bin nervös und unausgeglichen. Mir fehlt der Sport.«

Ich überlege einige Sekunden. »Und privat? In der Zeit, als ich Stress mit meiner Frau hatte, ging es mir auch richtig schlecht.«

Jil Augustin antwortet nicht direkt. Denke mir, sie ist mal wieder eingeschnappt.

»Kann sein, Schuster, Sie haben den Nagel auf den Kopf getroffen. Trotzdem, lassen Sie uns bitte wieder über Anna Sturm reden.«

Dankbar nehme ich die Worte auf, auch und gerade weil sich die Kommissarin mal ein klein wenig menschlich zeigt, sich öffnet. Das ist eine neue Seite an ihr.

Sie berichtet mir anschließend von dem Ehepaar Sturm und dem Zusammenbruch der Frau. »Von dem alten Sturm können wir auch keine Unterstützung erwarten«, höre ich die Kollegin schniefen. »Ich habe mir einen Schnupfen zugezogen, mitten im Sommer«, kommt eine Erklärung.

»Ich habe vorhin mit Doktor Gemmel telefoniert«, informiere ich die Kommissarin.

Frau Augustin holt für mich hörbar Luft und fällt mir gleich ins Wort: »Unser Gerichtsmediziner scheint mich mal wieder zu vernachlässigen.«

Ich lache, die Reaktion meiner Kollegin ist mir nicht fremd, und ich erzähle ruhig weiter: »Anna wurde nicht vergewaltigt. Gemmel hat DNA an ihrem Rücken gefunden und, das ist jetzt richtig interessant, noch eine zweite DNA im Bereich des Halses.«

»Eine Unverschämtheit, er hätte mich informieren müssen.« Das Gesicht meiner Kollegin kann ich mir bildlich vorstellen, immerhin ist dies nicht unsere erste gemeinsame Zusammenarbeit.

»Ich hatte Gemmel angerufen, Frau Kollegin. Er hat mir gegenüber erwähnt, Sie gleich kontaktieren zu wollen.« Ich höre, wie sie schwer atmet. Ich grinse und denke mir, gut, dass Frau Augustin es nicht sieht. Ich fasse mich und spreche weiter: »Die zwei DNA-Spuren, die Gemmel gefunden hat, und die Tatsache, dass Anna nicht vergewaltigt wurde, lassen mich vermuten, es kann doch mit ihrem Beruf zusammenhängen.«

»Nein, Schuster. Ich habe mit Manfred telefoniert, werde ihn gleich in der Redaktion aufsuchen. Er hat sich bereits alle Themen aus Annas Dienst-Computer gezogen, an denen sie in den letzten Tagen gearbeitet hat. Nichts ist dabei, was relevant ist. Ein Bericht über den Sportverein, eine Preisverleihung der Skatbrüder, der neue Feuerwehrwagen, in all diesen Themen sehe ich keinen Grund für Annas Tod.«

»Bitte haken Sie noch einmal genauer nach! Wir sollten uns den privaten Computer von Anna Sturm ansehen«, räume ich ein.

»Gut, das habe ich bisher außer Acht gelassen«, Jil Augustin macht eine kurze Pause, ich schweige. »Ich fahre zu Annas Apartment und nehme gleich einen IT-Beauftragten mit. Anna wird ein Passwort verwendet haben.«

Ich gebe der Kommissarin recht. Das mit dem Passwort wird stimmen.

»Kommen Sie doch mit in die Redaktion. Ich habe Manfred mein Kommen für in einer Stunde angekündigt. Bis dahin müsste ich auch Einblick in den privaten Computer von Anna haben. Ein Telefonat mit Martin Krause möchte ich auch noch zuvor führen«, die Stimme von Frau Augustin klingt genervt. Ich höre sie erneut an der Zigarette ziehen. Ein Blick auf meine Uhr genügt, und ich sage das Treffen zu.

Die verbleibende Stunde nutze ich, um mir Gedanken über den Ablauf kurz vor Annas Tod zu machen. Kollege Metzger hat einen Aufruf im Radio gestartet, um Zeugen für die Tat ausfindig zu machen. Einige Passanten haben sich gemeldet und ausgesagt, die junge Frau in Sankt Goarshausen zuvor gesehen zu haben. Sie habe sich ein Wasser gekauft, habe verschlossen gewirkt. Trotz ihrer schönen roten Locken, die allen aufgefallen waren, habe ihr junges Gesicht ernst gewirkt.

Für mich steht fest, Anna hat zu diesem Zeitpunkt schon vor etwas oder jemandem Angst gehabt, sich gefürchtet. Die von ihr gewählte Route zum Joggen, am Rheinufer entlang, bestätigt meine Theorie. Eine sportliche junge Frau, wie Anna es war, hätte zu jedem anderen Zeitpunkt den Wald vorgezogen und die Abgase der Autos gemieden. Anna wollte nicht alleine sein, davon bin ich überzeugt.

Bevor ich zu dem Treffen mit Frau Augustin losfahre, denke ich noch einmal an die Uhr, die Metzger in der Nähe von Annas Leiche gefunden hat. Ob Frau Augustin schon mit Alfons Krause gesprochen und sich nach der Uhr erkundigt hat? Ich werde sie gleich in der Redaktion diesbezüglich ansprechen.

Martin Krause

Als die Kommissarin bei mir anruft, bin ich verwundert. »Wir haben herausgefunden, wer Ihren Vater angerufen und von der angeblichen Entführung gesprochen hat.« Frau Augustin spricht, ohne diese Worte groß zu betonen. Ich fühle Nervosität in mir aufkommen, habe in den letzten Stunden immer wieder überlegt, wer Vater und mir so übel mitgespielt hat und eventuell einen Nutzen davon haben könnte.

»Harald Nuss war der Anrufer. Sagt der Name Ihnen etwas?«

»Natürlich, das ist der Vorsitzende des Sportvereins, ein kleiner Wichtigtuer«, ich fühle Wut in mir aufsteigen. »Warum nur? Warum macht der Mann so etwas?«

Frau Augustin spricht von verletzten Gefühlen, Vater habe ihn einmal gedemütigt.

»Kann man das miteinander vergleichen? Er zieht mich mit in seine Auseinandersetzung mit Vater. Wie billig ist dieses Verhalten?« Ich werde richtig zornig am Telefon, doch

Frau Augustin berichtet ruhig weiter. »Er sprach davon, Alkohol getrunken zu haben, hätte Probleme auf der Arbeit …«

An der Stelle unterbreche ich Frau Augustin. »Alles keine Entschuldigung für mich.« Ihre anschließende Frage, ob ich glaube, mein Vater möchte eine Anzeige erstatten, bejahe ich. »Ein Krause lässt sich nichts gefallen!«, antworte ich spontan.

»Gut, dann kommen wir zu dem zweiten Anliegen meines Anrufs bei Ihnen. Ich möchte wissen, wo Sie zum Zeitpunkt von Anna Sturms Ermordung waren.«

»Ihre Frage überrascht mich«, gebe ich wahrheitsgemäß zu. Mein Alibi, im Auto unterwegs gewesen zu sein, missfällt ihr.

»Kannten Sie die Anna näher?«

»Natürlich hatte ich mich über die Sturms informiert. Ich war und bin immer noch an dem Grundstück interessiert, also mein Vater und ich, um es genauer zu sagen. Ich hatte deshalb Erkundigungen eingeholt, dabei bin ich auch über die Anna, sozusagen, gestolpert. Sie ist, nein, sie war eine tolle Frau. Ihre grünen Augen passten perfekt zu den roten Haaren. Anna habe ich auch einmal beim Joggen getroffen. Es war reiner Zufall. Ich war joggen, genau wie die Anna, habe sie dann angesprochen und versucht, ein Gespräch anzufangen, jedoch ohne wirklichen Erfolg. Sie ist wahrhaft eine auffallende Person gewesen. Jeder Mann hätte sich eine solche Freundin an seiner Seite gewünscht«, das gebe ich auch offen gegenüber der Kommissarin zu.

Ich höre, wie sie tief atmet, sie scheint meine lobenden Worte nicht unbedingt zu teilen. Absichtlich setze ich nach: »Herr Luck hat auch immer von der Anna und ihrer Anziehungskraft auf Männer gesprochen.«

Innerlich lache ich über meine Worte. Natürlich habe ich von dem Beziehungschaos der Kommissarin und Manfred Luck gehört, so etwas spricht sich schnell herum. Für einen Moment herrscht Schweigen am anderen Ende der Leitung.

»Haben Sie Anna auf den Verkauf des Hofes angesprochen?«, Jil Augustin scheint konsequenter zu sein, als ich vermutet habe, geht nicht auf meine Worte ein.

»Ich hatte mir überlegt, die Anna auf den Verkauf des Hofes anzusprechen, mich aber nicht getraut. In den nächsten Tagen nach unserer zufälligen Begegnung hatte ich immer wieder beim Joggen die gleiche Route gewählt, in der Hoffnung, die Anna noch einmal zu treffen. Aber ohne Erfolg.«

»Ihnen war an einer Freundschaft mit Anna gelegen?« Die Kommissarin, so denke ich mir, scheint etwas weltfremd zu sein oder aber sie hört nicht richtig zu.

Mir ist jetzt gerade jedenfalls nicht daran gelegen, noch länger Small Talk mit ihr zu halten, daher setze ich mit meiner Art von Angriff nach: »Die Anna soll mit dem Journalisten Manfred Luck, wie Sie es nennen, befreundet gewesen sein, das wird jedenfalls so erzählt. Wieso sollte ich mir da große Hoffnungen machen?«

Meine Frage wird von der Kommissarin nicht beantwortet. Sie ist mir nicht sympathisch, in meinen Augen keine richtige Frau. Vielleicht liegt es an ihrem Beruf, viel zu hart, wenn man mich fragt.

»Kommen Sie bitte zu einem persönlichen Gespräch in mein Büro!« Jetzt muss ich auch noch auf das Kommissariat, die Kommissarin will eine Speichelprobe von mir. Außerdem hat der Journalist von meinem Besuch in der Redaktion berichtet.

Frau Augustin ist sauer, dass ich nicht davon erzählt habe. »Sie hatten das also vergessen?«, ihre Stimme klingt zweifelnd, was ich aber auch verstehen kann. Es war ein dummer Fehler zu glauben, die Kommissarin würde nicht überall rumschnüffeln.

Mein Kommen sage ich daher sofort zu. Da ich nichts zu verbergen habe, kann ich auch den Speicheltest abgeben. Mein Blick fällt anschließend auf meine Armbanduhr. Ich muss mich beeilen, das Treffen bei von Tannenberg ist für 17.00 Uhr angesetzt. Meine Jagdkleidung trage ich bereits, mein Rucksack ist gepackt, die Waffe nehme ich anschließend aus dem Waffenschrank.

Vater hat für die Ansitzjagd abgesagt, er hoffe auf eine Verabredung mit einem lieben Menschen. Komisch gelächelt hat er bei seinen Worten, wenn ich es nicht besser wüsste, ich käme auf die Idee, mein Alter ist verliebt. Oder liegt sein Verhalten an dem Notartermin heute Morgen? Die Tatsache, das Grundstück so rasch in unseren Besitz zu bekommen, das war verwunderlich. Auch der Preis ist gut. Ich frage mich, warum der alte Sturm es mit einem Mal so eilig hat, seinen Hof zu verkaufen.

Alfons Krause

Alles scheint sich zum Guten zu wenden. Mein Sohn Martin ist gesund in den Schoß der Familie zurückgekehrt. Für mich das Wichtigste! Jetzt jedoch heißt es, nicht lange sentimental zu sein, nach vorne blicken und weiter meine Geschäfte machen, so lautet meine Devise.

Richtig gefreut habe ich mich, als meine Sekretärin den Hofverkauf der Sturms verkündet hat. Auch der Preis stimmt. Es war nicht so leicht, noch den Notartermin für heute zu bekommen. Nun gut, ich kenne den Notar und mache alle meine Verträge mit ihm, da hat er meine Angelegenheit sozusagen noch am Abend vorbereitet und dazwischengeschoben. Der Sturm wird vielleicht einen Rückzieher machen, waren meine Gedanken am Morgen. Auf ein Treffen mit ihm beim Notar habe ich keine Lust gehabt, aber meine Sorgen bezüglich des Vertrages waren umsonst.

Als ich beim Notar erscheine, ist Sturm schon fertig, hat alle Papiere unterzeichnet. Den Umschlag mit den 200 000 Euro soll Frau Clemm ihm übergeben. Wie verabredet soll ich mit keinem Wort das Geld erwähnen, daran habe ich mich gehalten, mir ist es recht so.

Am Mittag hoffe ich, Lydia zu sehen, ich muss ihr noch erklären, warum ich am Vortag so plötzlich in dem Café aufgebrochen war. Schon verrückt, das Leben. Gestern noch habe ich Angst um meinen Martin gehabt, die Freude, Lydia wiederzusehen, war bei den Sorgen um meinen Jungen mit einem Mal unwichtig, nicht zu vergessen Anna. Wie schnell sich das Leben dreht und wendet.

Und heute? Ich scheine nur so im Glück zu schwelgen. Mein Sohn ist gesund zurück, der Sturm hat mir den Hof verkauft, Lydia scheint nicht abgeneigt zu sein, mich zu sehen. Wenn ich ehrlich bin, eine Frau wie die Lydia passt besser zu mir als die Anna. Nur, das muss ich mir eingestehen, die Anna war ein einzigartiges Wesen, so werde ich sie auch immer in Erinnerung behalten. Noch vor wenigen Tagen galten meine Schwärmereien der Anna, der jungen

Frau, die meine Tochter hätte sein können. Wer der Anna so übel mitgespielt hat? Nein, so überlege ich spontan, es ist kein Spiel gewesen, es war Mord.

Wieder komme ich gedanklich zu Lydia. Ihr Verhalten gestern bei unserem spontanen Treffen war sehr herzlich. Seit ich Lydia wiedergetroffen habe, bin ich verändert. Meine Gefühle für sie sind immer noch stark. Natürlich ist Lydia schon rein äußerlich nicht mit Anna zu vergleichen, ich, wenn ich ehrlich bin, auch nicht mit Manfred Luck. Die Zeit verändert doch vieles.

Manfred Luck

Richtig fertig bin ich, fühle mich krank und ausgelaugt. Die Anna da am Rheinufer so liegen zu sehen, war furchtbar. Nein, die Worte geben meinem Schmerz noch nicht den richtigen Ausdruck. Richtig wehgetan hat mir der Anblick ihres leblosen Körpers, doch mir fehlen die richtigen Worte, um meinen Schmerz auszudrücken. Mit Anna habe ich so viele schöne Stunden verbracht. Ihr Lachen, die süßen Grübchen auf ihren Wangen, an alles erinnere ich mich. Jede gelebte und erlebte Minute mit ihr war ein Geschenk. Schade, dass es nie lange gut ging mit uns.

Obgleich ich mich für jung geblieben, sportlich und noch gut aussehend halte, in der Nähe von Anna war das leider nicht der Fall. Sie hat eine mädchenhafte, ich muss sagen perfekte Figur gehabt. Anna verfügte aber auch über ein Temperament, das selbst mir zu viel war, zu laut und zu lebensbejahend auf eine ihr ganz eigene Art und Weise.

Auf der Suche nach etwas, das mich an Anna erinnert, stehe ich vor ihrem Schreibtisch, finde Notizen. Es scheint nichts Wichtiges zu sein, mir geht es vor allem um die Handschrift von Anna. Ich sehe sie vor mir, in der einen Hand das Telefon, in der anderen einen Stift, mit dem sie sich Notizen auf einen Zettel macht. Anna hatte die Angewohnheit, alle Notizen auf ihrem Schreibtisch anzuordnen wie ein kleines Kunstwerk.

»Wir sind hier nicht in der Kunstakademie«, habe ich ihr einmal gesagt.

»Das ist aber meine künstlerische Freiheit, ich liebe diese Anordnung und weiß immer, was tagesaktuell und wichtig ist«, hat Anna den Hinweis spontan entgegengenommen und weggelacht. Auch zu Hause in Annas kleiner Wohnung herrschte immer Ordnung. Alles war perfekt, die Fenster glänzten, das Badezimmer war immer tipp top aufgeräumt, und am Kühlschrank hingen Zettel für den nächsten Einkauf. Frische Handtücher lagen auf einem kleinen Hocker, es roch alles sauber. Ob das Chaos auf meinem Schreibtisch nicht ein Gräuel für ihre Augen gewesen sein muss, frage ich mich und blicke hinüber zu meinem Arbeitsplatz.

Trotz dieses Unterschiedes in der Auffassung von Ordnung hat Anna mich fasziniert. Bei Anna habe ich auch Stunden erlebt, in denen ich mir wieder wie ein Teenager vorkam. Alles an dieser jungen Frau war einmalig, von schön bis verrückt, lebendig, lebensfroh bis chaotisch. Ich habe einmal eine Visitenkarte von einem Psychologen bei ihr gefunden.

Auf meine Frage, wer der Mann sei, hat Anna nicht reagiert, blieb mir die Antwort schuldig. Schade, ich habe es verpasst, nachzuhaken. Ob Anna ein Mensch mit zwei Seelen war? Einmal locker und lebensfroh, dann wieder perfekt und ordentlich oder irgendwelchen Zwängen unterworfen? Ich kann mich nicht mehr an den Namen auf der Visitenkarte erinnern. Eine Auskunft würde mir ja doch niemand geben, da ich nicht mit Anna verwandt bin.

Als Jil in mein Büro kommt, bin ich froh, meinen Gedanken entfliehen zu können. Im Schlepptau hat sie Schuster, was mich wundert. Gleichzeitig freue ich mich auch, dass nicht Metzger dabei ist.

»Wo ist Metzger, dein junger Kollege? Musste er noch schnell in die Grundschule?« Gut, meinen Kommentar hätte ich mir schenken können. Jil läuft rot an. Ich merke, dass sie unsicher ist, und fühle mich nicht gut. Leichter wäre es jetzt für mich, Jil würde auf das Alter von Anna reagieren, meine Affären aufzählen, mich niedermachen. Nichts, rein gar nichts in diese Richtung geschieht. Jil ist nur traurig, steht vor mir mit hängendem Kopf, sodass ich ihre Augen nicht sehen kann.

Schuster räuspert sich. »Wir sind hier, um die Unterlagen von Anna Sturm einzusehen.«

Ich nicke, raffe die Papiere zusammen, die vor mir liegen. Etliche Male habe ich alles angesehen, quer gelesen, mir Notizen gemacht, doch ein Resultat aus den Unterlagen kann ich nicht ziehen. »Es ist alles ohne große Relevanz«, sage ich und übergebe Schuster die Unterlagen. Er nickt beflissen. Vielleicht ist es seine Art, die Situation zu überspielen, ich kann es nicht genau sagen. Mir ist komisch zumute. Jil tut mir leid. Ich habe das Bedürfnis, sie in den Arm zu nehmen, lasse es aber bleiben. Sicherlich hat Jil nach meinem Kommentar keine Ambitionen für meine Sentimentalitäten.

An die Wand gelehnt, beobachte ich Jil. Sie ordnet die einzelnen Zettel von Annas Schreibtisch. Warum, so frage ich mich, will ich Jil nicht heiraten? Schuster reißt mich aus meinen Gedanken, will von mir auch eine Speichelprobe.

»Das ist ja jetzt das Allerletzte!«, keife ich ihn an.

»Es ist unsere Aufgabe, den Mörder von Anna zu finden und, Manfred« ..., Jil blickt verlegen zur Seite, »dich wird es doch auch interessieren, wer die Verantwortung für Annas Tod trägt.«

Ich nicke verlegen, Jil macht auch nur ihren Job. Trotzdem, wir beide waren lange ein Paar, haben Tisch und Bett geteilt, sie sollte mich kennen und wissen, dass ich kein Mörder bin. Doch etwas von meiner Enttäuschung bleibt zurück. Trotzdem tue ich, was Jil verlangt.

Schuster hat die Speichelprobe bereits von mir entnommen, als das Handy von Jil klingelt. Er dreht sich neugierig um. Mir ist sofort klar, die beiden haben auf diesen Anruf gewartet. Jil nickt ein paar Mal, nimmt einen Zettel und einen Bleistift von meinem Schreibtisch. Unsere Blicke treffen sich kurz, ich nicke ihr mein Einverständnis zu, erhasche dafür ein kurzes Lächeln von Jil.

»Manfred«, dreht Jil sich nach dem Telefonat zu mir um, »was weißt du über das Bordell im Nachbardorf?«

Jetzt muss ich laut lachen. »Jil? Ich hab das nicht nötig, bisher komme ich auch so noch an eine Frau, die mit mir zusammen sein möchte.« Ich sehe zu Schuster, er weicht meinen Blicken aus.

»Anna hat auf ihrem Computer zu Hause Details über das Bordell gesammelt. Kannst du mir sagen, warum?«

Ich bin verwundert. »Nein, Anna hat nichts zu mir gesagt. Was genau hat sie herausgefunden? Bisher war es immer still um das Bordell, es wurde totgeschwiegen. Klar, wenn mal ein Auto aus der Region davor geparkt hat, das hat rasch seine Runde gemacht.«

Jil unterbricht mich. »Anna hat dir gegenüber nichts erwähnt von ihren Recherchen zum Bordell?«

Ich schüttele als Antwort meinen Kopf. »Darf ich den Bericht lesen?«, möchte ich wissen. Schuster wirkt zögerlich, vermeidet erneut den Blickkontakt mit mir. Ich finde es kindisch.

»Gut, warum nicht? Ich bekomme die Auszüge aber selbst erst zugeschickt. Sobald ich sie gelesen habe, kann ich dir einen Einblick geben. Und, Manfred …«, Jil kommt näher, ich spüre erneut das Verlangen, sie zu berühren, wenigstens ihre Hände zu nehmen, lasse es aber sein. »Hatte Anna Besuch in den letzten Tagen? In ihrer Wohnung haben wir Blumen gesehen und …«

An dieser Stelle falle ich Jil ins Wort, berichte von der Karte, die mir bei meinem letzten Besuch in Annas Apartment aufgefallen ist. »Die Blumen hat ihr der Alfons Krause geschickt.«

»Dann wart ihr wieder zusammen?«, Jil geht einen Schritt zurück, sieht auf den Boden. Ich bin aber auch ein Trottel, könnte mich selbst ohrfeigen.

»Du hast doch einen Freund, und ich war alleine, und die Anna kenne ich schon so lange. Wir …«, ich höre mit meiner Erklärung auf, das bringt doch gerade nichts. Stattdessen berichte ich erneut von der Karte, dass der Name von Alfons Krause darauf stand.

»Alfons Krause hat der Anna Blumen geschickt?«, Schuster wirkt nachdenklich. »Er könnte ihr Vater sein.« Ich vermeide es, auf seine Äußerung einzugehen. Was tut das Alter schon bei zwei Liebenden zur Sache?

Jil greift erneut nach ihrem Handy. Ich höre, wie sie die Anweisung gibt, die Mülltonne von Anna nach eben diesem Zettel von Alfons Krause zu durchsuchen.

Elke

Dass ich eine Einladung von Toni Karbach zu seinem Geburtstag erhalten habe, das hat mich doch sehr verwundert. Eigentlich kenne ich ihn nur über die Jil. Vielleicht treffe ich Jil auch auf der Party. Ich sehne mich nach einer Freundin, gemeinsames Klönen, über Männer reden und Spaß haben. Mir fällt Manfred ein, ich seufze, drücke den Knopf der Kaffeemaschine und greife anschließend in die Schublade, wo sich immer ein Vorrat an Schokolade befindet.

Mir fehlt die Jil. Ob wir zwei noch einmal richtige Freundinnen werden? Wirklich daran glauben kann ich nicht mehr. Manfred steht zwischen uns. Es ist aber auch zum Verzweifeln. Manfred kann auftauchen, wo er will. Immer schafft er es, alle Aufmerksamkeit auf sich zu ziehen. Blicke der Frauen, die ihn anschmachten ebenso, wie die der Männer, die versuchen, ihn zu ignorieren. Was nur hat dieser Mann, das andere nicht haben? Warum versuche ich es nicht einmal mit dem Toni Karbach? Solider Mann, gutes Einkommen, ordentliche Manieren … Und sonst? Da fallen mir nur Wörter ein wie: spießig, langweilig, unattraktiv, keine Spur von Sex in seiner Ausstrahlung.

Die Schokolade ist zur Hälfte aufgegessen, ohne dass ich es richtig genossen habe. Jetzt ärgere ich mich über die unnötigen Kalorien. Mir fällt die Anna ein. Sie hat mir auch des

Öfteren im Weg gestanden. Kaum, dass Manfred sich von seinem Kurzbesuch bei mir in Köln verabschiedet hatte, rief mich eine Bekannte aus dem Dorf hier an, um mir brühwarm von der Anna zu berichten. Sie habe die freie Stelle bei der Tageszeitung bekommen und, so wurde im Dorf geredet, sich gleich den Manfred Luck wieder geschnappt. Als dann noch die Nachricht von Jil kam, dass Anna wieder in der Redaktion arbeite, habe ich sogar geweint.

Für einen Moment überlege ich, was sein wird, wenn auch die Jil tot wäre. Ob Manfred und ich dann zusammenkommen, für immer? Erschrocken über meine eigenen Gedanken nehme ich die restliche Schokolade und esse sie Stück für Stück. Mir gelingt es, ruhiger zu werden, immer wieder sage ich mir, Elke, lass dich nicht in einen Sumpf ziehen. Kein Mann auf der Welt ist das wert.

Alfons Krause

Erst meldet sich die Kommissarin stundenlang nicht bei mir, jetzt fängt sie an, mich mit ihrer Präsenz zu nerven. Kaum, dass ich wieder zu Hause bin, steht sie vor meiner Tür. Wäre ich nur gleich in mein Büro gefahren, denke ich, öffne aber lächelnd die Tür.

»Sie möchten was von Martin und mir? Einen Speicheltest? Was erlauben Sie sich, Frau Augustin?«, meine Stimme ist laut, das gebe ich zu. Verwundert nehme ich zur Kenntnis, dass sie das völlig kalt lässt.

»Entweder Sie geben mir jetzt und hier den gewünschten Speicheltest, oder aber wir sehen uns in meinem Büro wieder. Mit Martin habe ich telefoniert und einen Termin vereinbart.« Ironisch lässt Frau Augustin ihren Blick durch meinen Flur wandern. Mit einer Handbewegung bitte ich sie in mein Haus.

»Martin hat mir gesagt, dass Herr Nuss der anonyme Anrufer war. Eine Frechheit, was der Mann sich da erlaubt hat.«

Die Kommissarin nickt nur, fragt, ob ich eine Anzeige erstatten möchte.

»Natürlich, ein Krause lässt sich nichts gefallen!«

Sie grinst auf meine Worte und betont, mein Sohn habe die gleiche Wortwahl gefunden.

»Wir haben diese Uhr in der Nähe von Annas Leiche gefunden.« Die Kommissarin hält mir das gute Stück hin.

Mit zitternden Händen nehme ich die Uhr, betrachte sie, strahle beim Lesen der Gravur. »Ich habe diese Uhr meiner verstorbenen Frau geschenkt, das ist jetzt bestimmt schon zehn Jahre her.«

»Wie kommt diese Uhr an das Rheinufer?«, hakt Frau Augustin nach, ihr Blick verändert sich, alles Weibliche schwindet.

»Keine Ahnung«, sage ich und lege die Uhr auf eine Vitrine.

»Die Uhr brauchen wir noch für unsere Ermittlungen.« Mir ist es egal, soll sie die Uhr wieder mitnehmen. Die Zeit bleibt nicht stehen, was vor zehn Jahren gut und richtig war, muss heute nicht mehr passen. Mit diesen Gedanken beobachte ich, wie die Kommissarin die Uhr wieder an sich nimmt.

»Sie können mir nicht sagen, wer zuletzt im Besitz dieser Uhr war?«

Ich schüttele meinen Kopf. »Nach dem Tod von Miriam habe ich mir um ihren Schmuck oder andere Gegenstände keine Gedanken gemacht.«

Vielleicht weiß mein Sohn etwas, überlege ich. Ich beschließe, ihn später darauf anzusprechen.

»Ich komme in den Besitz des Sturm'schen Hofes«, ich lache kurz. »Der alte Sturm höchstpersönlich hat meine Sekretärin angerufen und um einen Notartermin gebeten. Jetzt ist alles in trockenen Tüchern.«

Meine Worte scheinen die Kommissarin zu verwirren, sie schüttelt den Kopf. »Andere Sorgen haben Sie gerade nicht, Herr Krause? Ich war in dem Apartment von Anna«, die Kommissarin sieht mich an, »Sie haben der Anna einen imposanten Blumenstrauß geschenkt.«

»Darauf wollen Sie hinaus. Darf ich als freier Bürger keine Blumen mehr versenden, ohne vorher die Polizei zu fragen?«

Die Kommissarin besteht auf eine Erklärung, einen Grund für die Blumen. Ich zögere etwas, es nützt nichts. »Die Anna sollte mir helfen, an den Hof ihrer Eltern zu kommen. Das ist alles.«

»Die Anna hat Ihnen nicht zufällig auch als Frau gefallen?« Frau Augustin lächelt. Am liebsten würde ich ihr ins Gesicht sagen: ›Ja, im Gegensatz zu Ihnen schon‹, lasse es aber sein.

Der Speicheltest ist rasch gemacht. Die Einladung zu einem Glas Wasser oder einem Kaffee lehnt die Kommissarin ab, was mir auch lieb ist. Ich begleite sie bis zur Tür.

»Grüßen Sie bitte Ihre Mutter von mir!«, betone ich freundlich. Spontan greift Frau Augustin nach meinem Arm.

»Wieso kennen Sie meine Mutter?«

Ich lache. »Das ist sehr lange her. Ihre Mutter und ich haben eine kurze gemeinsame Vergangenheit, sozusagen eine Inspiration für ihr künstlerisches Wirken geteilt.«

Zweifelnd und verwundert verlässt die Kommissarin mein Haus, ohne eine weitere Frage zu stellen. Eine Weile blicke ich der Kommissarin nach. Später muss ich über Harald Nuss nachdenken und bin nach wie vor entsetzt über sein Verhalten. Er hat mir so einen Schrecken eingejagt. Das ist nicht mit einer einfachen Entschuldigung aus der Welt zu bringen. Der Mann kann froh sein, dass ich gerade viel um die Ohren habe, ansonsten würde er mich mal richtig kennenlernen.

Mein Telefon klingelt, einen Moment überlege ich, ob ich das Gespräch annehmen soll, dann aber halte ich schon den Hörer an mein Ohr. »Alfons Krause.«

»Sturm«, tönt es mir kühl entgegen. »Es gibt noch etwas zu besprechen«, fügt er barsch hinzu.

»Die Verträge sind doch…«, ich werde unterbrochen.

»Lassen Sie mich sagen, was zu sagen ist!«, der Alte atmet schwer, das ist nicht zu überhören. Es dauert, bis er wieder einen Ton sagt. »Sie waren bei meiner Anna. Warum?«

Auch das noch, überlege ich, in diese Richtung soll das Gespräch nicht laufen. »Es war geschäftlich. Es ging um einen Bericht in der Zeitung«, rede ich mich heraus.

Der Alte räuspert sich. »Ich glaube Ihnen kein Wort!«, dann ist das Telefonat beendet.

Ich bin genervt und verfluche den Sturm und seinen Sturkopf. Beruhige mich dann aber wieder mit dem Gedanken, den Hof jetzt im Besitz zu haben. Trotzdem werde ich aus dem alten Sturm nicht schlau. Er selbst hat doch bei meiner Sekretärin angerufen und um den Termin gebeten. Ob die

Kommissarin ihm erzählt hat, dass ich Anna Blumen geschickt habe? Der Alte wird das falsch verstanden haben. Die Kommissarin wird mir immer unsympathischer.

»Ich«

Auf der Suche nach Ruhe bin ich. Mein Leben soll endlich wieder im Gleichklang mit meiner Seele stehen. Ob ich zu viel vom Leben möchte und zu hohe Ansprüche habe? Nein, ich denke, dass ich nicht anders bin als meine lieben Mitmenschen. Außerdem, wer keine Ziele hat, lebt nicht. Weit bin ich gekommen, viel habe ich geleistet, doch vieles ist mir noch fremd. Werde ich meine Ziele alle erreichen? Diese Frage hämmert in meinem Kopf, bereitet mir Kopfschmerzen. Eine Tablette löse ich in einem Glas mit Wasser auf, erhoffe mir in wenigen Minuten eine Linderung meiner Beschwerden.

Anna ist aus meinem Leben verschwunden. Sie kann mir nicht mehr wehtun. Mit diesem Gedanken trinke ich mein Wasser in einem Schluck aus, stelle das Glas auf die Spüle und lasse meinen Blick aus dem kleinen Fenster fallen. Das Wetter ist gut. Ich bekomme Lust, in meine Turnschuhe zu steigen, meinen Körper zu fordern. Beim Reinschlüpfen in die Sporthose spüre ich ein Wohlempfinden. Die Tablette zeigt ihre Wirkung, das ist gut so. Heute werde ich nur ganz langsam laufen, ohne Hektik, ohne dem Drang, auf die Uhr zu sehen, nachzugeben. Mir und meinem Körper soll es wieder gut gehen. Das ist mein Ziel.

Jeder Arzt würde schimpfen, wenn er wüsste, dass nach der

Einnahme einer Kopfschmerztablette jemand joggen will. Mir ist es egal. Wenn ich nicht jetzt anfange, auf mich zu achten, meinen Körper nicht gut behandle, bleibe ich auf der Strecke. Komisch, so denke ich beim Verlassen des Hauses, ich habe nie zu den Menschen gehört, die verwöhnt wurden. Immer habe ich darauf gewartet, jemandem zu begegnen, der mich liebt, auf mich aufpasst, mich führt. Quatsch! Niemals wird mich jemand führen, dazu bin ich zu stark!

Abschalten muss ich, die Gedanken auf die Natur richten, befehle ich mir selbst beim Eintauchen in den Wald. Es dauert einige Zeit, bis ich ruhig werde, tatsächlich abschalten und ganz in die Natur eintauchen kann.

Lydia

Als meine Jil mich anruft, empfinde ich spontan Freude, wirklich. »Mama, ...«, fängt sie leider ihr Anliegen an.

»Ich möchte von dir Lydia genannt werden«, falle ich Jil ins Wort. Wie immer antwortet sie darauf, dass ich nun einmal ihre Mutter sei und nicht die Schulfreundin. Sie ist allem Anschein nach wieder überarbeitet.

»Fehlt dir Sex?«, diese kleine Provokation kann ich mir nicht verkneifen, augenblicklich ist Jil leise. Das habe ich erwartet. »Also, liebe Tochter, was kann ich für dich tun?«

»Bist du im Auto unterwegs?«

Ich lache laut. »Ja, liebes Töchterchen. War das alles, was du wissen willst?«

»Was hast du mit Alfons Krause zu tun?«

Die Frage habe ich nicht erwartet. Mir ist sogleich heiß. »Geht es etwas genauer? Ich bin so gut gelaunt, und du störst meine positive Phase.«

»Genau darum geht es ja«, flötet Jil in den Hörer. Ihre Stimme ist geradezu aufgesetzt fröhlich. »Er sagt, ihr beiden kennt euch von früher, habt eine kreative Zeit oder so ähnlich miteinander verbracht?«

Meine Notlüge kommt prompt. »Alfons wollte damals malen lernen, als kleine Überraschung für seine Frau.«

Ich bin ich erleichtert, als Jil das Telefonat beendet. Sie hat mir meine kleine Lüge in der Tat abgenommen. Ein wenig ärgere ich mich über Alfons' Gerede mit Jil. Wieder zurück in meinem kleinen Atelier komme ich nicht zur Ruhe. Die Idee, gestern am Abend Alfons spontan zu besuchen, war gescheitert. Ich krame in meiner Tasche und finde die Handynummer von ihm.

»Alfons, können wir uns treffen?« Seine Erleichterung kann ich förmlich spüren.

»Bringst du uns ein Stück Kuchen mit?« Er fängt sich schnell und gibt mir seine Anschrift von Koblenz durch. »Demnächst sehen wir uns in Kamp. Mein Haus muss noch renoviert werden. Lass dich überraschen, Lydia!«

Auf der Fahrt denke ich nach. Meine Gedanken wandern in die Vergangenheit. Alfons hat mir auch von dem Gespräch mit Jil berichtet und sagte, er habe eine Speichelprobe abgeben müssen. Im Stillen hoffe ich, dass Alfons nichts mit Annas Tod zu tun hat. Meinen Wagen parke ich am Rheinufer einfach auf der B42, steige rasch aus und eile in die kleine Bäckerei. Ich bin erleichtert zu sehen, dass noch eine größere Auswahl an Kuchen in der Vitrine steht.

»So ein Zufall!« Ich klopfe Elke auf die Schulter, als ich

von hinten an die Schlange trete. Sie reagiert erschrocken. »Auch Lust auf was Süßes?«, frage ich spontan.

Elke nickt nur. Komisch, sonst ist sie immer so gesprächig. Mir ist es aber recht! So verliere ich keine unnötige Zeit. Mein Blick wandert an Elkes Körper hinunter, sie hat etwas Speck angesetzt. Komisch, finde ich, sie ist in Sportkleidung unterwegs, da denkt man doch im Allgemeinen nicht an Kuchen? Ich sehe, dass sie nur eine Nussecke nimmt, scheint also, im Gegensatz zu mir, keine Verabredung zu haben.

Alfons, denke ich spontan. Ich freue mich so auf ihn. Beim Einsteigen in meinen Wagen stoße ich mit Philipp zusammen. Mein Kuchenpaket kann ich gerade noch retten, fast wäre es zu Boden gefallen.

»Lydia«, begrüßt mich Philipp, »hast du wieder Farben für mich?«

»Sind denn schon alle Farben von dir verbraucht?«, antworte ich ihm mit einem Augenzwinkern. Der Junge lächelt mich an, zeigt seine mit Farben verschmierten Hände.

»Ich war fleißig«, grinst er mich an. »Soll ich gleich mit zu dir kommen, Lydia? Wir können wieder zusammen schöne Bilder malen. Die Elke kann doch auch mitkommen«, Philipp klatscht in seine Hände, steht unruhig und voller Tatendrang vor mir.

»Jetzt ist es schlecht, Philipp. Ich muss mich beeilen. Heute habe ich leider keine Zeit für dich«, meine Worte zeigen unmittelbar ihre Wirkung. Der Junge senkt automatisch seinen Blick. Ich merke das sofort.

»Gut, dann komm gegen Abend zu mir, ja? So um acht Uhr? Dann darfst du dir wieder Farben aussuchen.« Mit diesem Angebot kehrt auch das Strahlen wieder in das Gesicht des Jungen zurück.

Unterwegs denke ich noch kurz über Philipp nach. Es heißt, er habe in Kinderjahren Schläge von seinem Vater bekommen. Einmal musste dann der Notarzt kommen, schon traurig. Die Alten erzählen, dass der Junge nach dem letzten körperlichen Eingriff verändert war, andere wiederum sagen, er sei so auf die Welt gekommen, ihm habe bei der Geburt Sauerstoff gefehlt.

Tatsache ist, Philipp fing irgendwann an, sich abzukapseln, und reagierte mit Gewalt, wenn er sich gestört fühlte. Dann musste er die Grundschule verlassen. Der Junge ist nie erwachsen geworden, obgleich sein Körper es schon ist. Man kann auch nicht sagen, dass er dumm ist. Nein, ich bin überzeugt, dass Philipp mehr weiß, als er den Menschen zeigt. Von Weitem wirkt Philipp, seinem Alter entsprechend, wie Ende zwanzig. Doch steht man vor ihm und blickt in seine Augen, dann hat man das Gefühl, ein Kind zu sehen. Ich frage mich, warum er Elke mitbringen möchte? Soweit ich weiß, malt sie nicht, hat zur Kunst nie einen Zugang gefunden.

Etwas aufgeregt denke ich kurz vor Koblenz wieder an mein erstes Date mit Alfons. Dreißig Jahre liegen nun zwischen diesem Tag und dem heutigen. Ich habe mich verändert, das lässt sich nicht leugnen und nicht schönreden. Alfons ist inzwischen Besitzer eines stattlichen Bauches geworden. Ich lache bei diesem Gedanken. Vor rund dreißig Jahren war er noch sportlich, einen Bauch hatte er nie, nicht mal einen Ansatz.

Seine Augen blitzen heute jedoch noch genauso wie früher, damit hat er mich damals in seinen Bann gezogen. Auch seine lockere und dennoch sehr liebevolle Art haben mich oft an die Zeit mit ihm zurückdenken lassen. Immer wenn ich mich unwohl, von meinem Mann nicht verstanden, mich in dem kleinen Dorf fehl am Platz fühle, wandern meine Gedanken zu Alfons. In all den Jahren habe ich ihn nicht vergessen können. Ob ein Leben an seiner Seite mir mehr Freiheiten und frohe Stunden beschert hätte?

Mein Navi lenkt mich in eine Straße, wo ich noch nie zuvor war. Beeindruckt drossle ich mein Tempo, sehe mir die hübschen Häuser an, die gepflegten Gärten. »Sie haben Ihr Ziel erreicht«, tönt die Frauenstimme meines Navigationssystems. Wie von Zauberhand öffnet sich das schmiedeeiserne Tor, vor dem ich stehe, und macht mir den Weg frei in den großzügigen Hof. Ich fühle eine heftige Aufregung, die sich in mir ausbreitet. Solche Gefühle mag ich nicht. Ich liebe es, die Oberhand zu bewahren, doch davon bin ich gerade weit entfernt. Ein letztes Mal macht sich mein schlechtes Gewissen breit.

Ich frage mich, ob es in Ordnung ist, sich als verheiratete Frau mit der Liebe aus vergangenen Tagen zu treffen. Diese Gedanken verwerfe ich allerdings rasch, sage mir, es ist doch völlig in Ordnung, das Leben zu spüren, den Tag zu nutzen, Gefühle können doch nicht ewig unterdrückt werden.

»Lydia, ich freue mich«, kommt Alfons mir freudestrahlend entgegen. »An den Kuchen hast du auch gedacht, wie lieb von dir!« Er lächelt mich an, ich weiß augenblicklich, dass es richtig ist, hier zu sein. Ich fange ebenso an zu strahlen und fühle mich wie ein Teenager beim ersten Rendezvous.

»Heute scheint mein Glückstag zu sein!«, sagt Alfons und bittet mich in sein Haus.

Beim Betreten des Flures berührt mein langes Leinenkleid eine Bodenvase, sodass diese umkippt und zu Bruch geht. Alfons reagiert gelassen. »Das alte Ding hat mich schon lange gestört.« Danach nimmt er mich am Arm und begleitet mich in sein Wohnzimmer. Der Kaffee ist schon vorbereitet und steht auf dem Glastisch vor der Couch.

»Du bist spießig geworden.« Ohrfeigen könnte ich mich, doch die Worte kamen schneller über meine Lippen, als ich denken kann.

Alfons räuspert sich. »Es ist viel Zeit vergangen, Lydia. Du bist allerdings noch immer so unkonventionell wie damals, das bewundere ich an dir.«

Beim zweiten Stück Kuchen erzählt Alfons mir von der angeblichen Entführung seines Sohnes. Mein Entsetzen über solch einen üblen Scherz kann ich nicht verbergen, lasse meinen Gefühlen freien Lauf. Alfons lacht über meine Reaktion, und mit einem Mal zieht er mich näher zu sich und küsst mich, einfach so! Ohne Vorbereitung, nach all den vielen Jahren nimmt er mich wie selbstverständlich in seine Arme.

»Ich bin verheiratet, Alfons, das weißt du doch.«

Er steht auf, geht zu einem kleinen Schrank und nimmt zwei Champagnergläser heraus. »Du trinkst doch ein Gläschen auf die alten Zeiten mit?«

Er verschwindet im Nachbarzimmer. Ich denke mir, es wird seine Küche sein. Obgleich ich neugierig bin, bleibe ich sitzen, immer noch verwundert über seinen Kuss. Mein Blick bleibt an einer Wand mit Fotos hängen. Nun kann ich meine Neugierde nicht mehr unterdrücken. Ich stehe auf, um mir die Bilder genauer anzusehen. Als Erstes fällt meine Aufmerksamkeit auf ein Foto seiner inzwischen verstorbenen Frau Miriam. Sie war schön, das lässt sich nicht leugnen. Daneben erkenne ich ein Foto von Martin, seinem Sohn, es muss schon älter sein. Auch von Alfons sehe ich mir ein Foto an. Er steht neben seiner Frau, daneben ist Martin zu sehen und noch ein junger Mann. Ihn kenne ich nicht. Vielleicht ein Verwandter, so vermute ich. Als Alfons zurückkommt, setzen wir uns gemeinsam wieder auf sein Sofa.

Der Champagner zeigt nach dem zweiten Glas seine Wirkung. Ich fühle mich richtig locker, gelöst, angekommen. Alfons bietet mir an, für sein Büro ein Bild zu malen. Ich schaue ihn an und sage: »Du kennst meine Bilder nicht mehr, Alfons.«

Bei der Vorstellung, ihm einen Akt ins Büro zu hängen, muss ich lächeln. Nein, so überlege ich mir, für Alfons werde ich ein ganz besonderes Bild malen. Gleich am Abend werde ich damit beginnen. Nur fröhliche Farben werde ich verwenden, Orange, Gelb und ein ganz zartes Blau. Alfons soll Freude und Lebenslust empfinden, wenn er auf das Gemälde sieht.

»Woran denkst du, Lydia?«, fragt Alfons und zieht mich wieder näher an sich heran und küsst meine Stirn.

»Ich bin mir nicht ganz sicher, eigentlich will ich gerade an nichts denken«, meine Worte sind gerade der Spiegel meiner Seele. Es ist die Wahrheit, was ich sage. ›Genieße den Moment, begrüße jeden Tag mit einem freundlichen Lächeln‹, das habe ich einmal gelesen, versuche es auch zu leben, was mir jedoch nicht immer gelingt. Doch jetzt gerade will ich mehr denn je versuchen, diesen wunderbaren Augenblick ganz auszukosten, mich fallen zu lassen und mir selbst verbieten, nachzudenken.

»Bleib noch eine Stunde, bitte!« Alfons nimmt mich erneut in seine Arme. Ich lasse es zu. Irgendwann klingelt sein Telefon. Er möchte es ignorieren. Beim zweiten Klingeln nimmt er das Gespräch dann doch an. Ich streife meine Bluse wieder über, die ich zuvor freiwillig und leicht erregt ausgezogen habe. Mit einem Mal fühle ich mich wieder jung und begehrenswert. Rasch beendet Alfons das Gespräch und ist wieder ganz bei mir.

»Meine Sekretärin, sie nervt. Um 19 Uhr bin ich mit ihr beim Italiener verabredet«, seufzt Alfons. »Spätestens um 21.30 Uhr bin ich sie hoffentlich wieder los«, setzt er freudig nach.

Ich staune nicht schlecht. »Mit der Zicke, die ich vor deinem Büro getroffen habe? Bist du mit ihr liiert?« Alfons lacht meine Sorgen weg.

»Gott beschütze mich, nein! Mit dem Drachen im Haus komme ich schneller auf den Friedhof, als mir lieb ist«, er schaut mir zu, wie ich meine Haare kämme. »Sie ist aber im Büro eine tolle Kraft, hat mir heute zu einem guten Geschäft verholfen.«

Mein Handy klingelt. »Jil! Du hast heute richtig Sehnsucht nach mir«, ich lache freudig. »Oh, ich bin noch in Koblenz. Wir können uns aber am Abend sehen«, teile ich ihr beschwingt mit.

»Du hast mir eine Nachricht mit der Bitte um Rückruf gesendet, es ginge um die Anna«, kommt meine Tochter mit sachlicher Stimme gleich auf den Grund ihres Anrufes. Mit wenigen Worten teile ich ihr meine Erkenntnisse und Beobachtungen mit. »Ich versuche dich am Abend noch zu sprechen«, will Jil das Telefonat beenden. »Ich bekomme noch Besuch von Philipp, der Junge will sich Farben bei mir abholen und mit mir malen«, erkläre ich. Meine Tochter scheint keine Zeit zu haben, sagt, dass sie später zu mir komme, und beendet das Gespräch.

Auf dem Nachhauseweg zwinge ich mich zur Konzentration. Es regnet. Ich habe Bedenken wegen der zwei Gläser Champagner. Mein Auto, so Alfons, sollte ich stehen lassen.

»Was, bitte, denken deine Nachbarn und dein Sohn, wenn in deiner Einfahrt mein Wagen steht, über Nacht?« Mir ist auch nicht wohl bei dem Gedanken, meine Jil könnte hier auftauchen. Wie sollte ich das erklären? Mit der flachen Hand haue ich auf mein Knie, komme dabei ein wenig ins Schwanken mit dem Auto, fange mich aber gleich wieder. Ich ärgere mich über meine Gedanken. Wo, so frage ich mich selbst, ist die lockere, verrückte Lydia geblieben? Die Frau, die selbst bestimmt, was der Tag bringt.

Noch einmal lasse ich gedanklich den Nachmittag mit Alfons Revue passieren. Was war schon geschehen? Die Umarmung auf dem Sofa, der kleine Kuss? Das ist unter Freunden, die sich lange nicht gesehen haben und einmal so vertraut waren wie Alfons und ich, sicherlich ganz normal. Zufrieden lenke ich meinen Wagen bis vor unser Haus. Die Musik im Radio läuft nebenher. Ich habe nicht wirklich etwas davon mitbekommen. Immerzu denke ich an die Augen von Alfons, diese spitzbübischen Blicke. Es tut gut, ihm wieder begegnet zu sein.

Beim Einparken vor unserem Haus sehe ich, dass sich die Gardine im oberen Stock kurz bewegt hat. Mein Mann scheint zu warten. Ob er etwas merken wird an meinem Verhalten? Soll ich sagen, dass ich einen alten Freund besucht habe? Warum schlafende Hunde wecken, ich werde schweigen.

»Lydia!«, kommt Philipp wie aus dem Nichts auf mich zugerannt. Gerade habe ich mein Auto verschlossen.

Erschrocken sehe ich ihn an. »Hast du schon gewartet?«

Der junge Mann nickt. Irgendwie bin ich erleichtert, dass Philipp jetzt hier ist und ich um ein direktes Gespräch mit meinem Mann erst einmal herumkomme. Lächelnd nehme ich ihn mit in mein Atelier. Philipp legt ein großes Blatt mit einem Kinderbild auf den Tisch, sagt, das habe er für mich gemalt. Wie er strahlt. Ich glaube, er spürt, dass ich ihn wirklich mag. Die Leidenschaft zum Malen, zu den Farben hat uns zusammengeführt. Philipp wird oft gehänselt. Es gibt Menschen, die gehen nicht liebevoll mit ihm um, nutzen ihn aus. Hänsel und Gretel erkenne ich auf dem Bild.

»Und die Hexe«, fügt Philipp hinzu. Er strahlt. »Sie war joggen«, sagt er und kaut weiter auf seinem Kaugummi.

Mein Mann schaut kurz in mein Atelier, bekundet, noch einmal weggehen zu müssen. Ich hole tief Luft, verbiete mir, über ihn, über sonstige Probleme, die das Leben so bringt, nachzudenken. Die Farben, meine bunte Welt, lenken mich rasch ab.

Julia von Tannenberg

Mein Mann hat sich von mir zurückgezogen. Das stimmt mich traurig. Im Dorf wird gemunkelt, Ferdinand sei gesehen worden mit der Anna. Ob ich ihn darauf ansprechen soll? Wirklich glauben möchte ich die Gerüchte nicht. Es muss Absicht von der Verkäuferin im kleinen Supermarkt gewesen sein, über meinen Ferdinand zu sprechen. Sie kann mich nicht übersehen haben. Warum tun Menschen so etwas? Erfreuen sich dann an dem Leid der anderen? Mein Therapeut, den ich gleich angerufen hatte, fand mein Verhalten, nicht laut geworden zu sein, klasse. Ich habe ihm berichtet, dass ich mich ganz sachlich bemerkbar gemacht und die Verkäuferin gebeten habe, nicht mehr über meinen Mann zu sprechen.

Die Anna habe ich persönlich nur flüchtig gekannt. Aufgefallen war sie mir schon alleine durch ihre äußere Erscheinung. Alles an der Anna war perfekt. Über ihr Wesen kann ich nichts sagen, obwohl ich nach dem Einkauf in dem Supermarkt über Anna nachgedacht habe. Mein Therapeut aber meint, ich solle sie aus meinen Gedanken herauslassen, sie sei doch tot und kann mir nicht mehr wehtun. Das hat mich dann froh gestimmt, und ich habe mir seinen Rat zu Herzen genommen.

Für den Abend habe ich einen kleinen Tisch in dem Restaurant an der Wallfahrtskirche bestellt. Ferdinand und ich sind schon viel zu lange nicht mehr ausgegangen. Wirklich begeistert ist Ferdinand nicht über meinen Vorschlag. Meine Initiative, den Tisch zu reservieren, hat in ihm Unbehagen ausgelöst.

»Ich habe einige Jäger zur Ansitzjagd eingeladen, es ist unhöflich, sich anschließend aus dem Staub zu machen«, warf er mir an den Kopf. »Außerdem bin ich nicht vor 22 Uhr fertig, frühestens!« Er windet sich, läuft auf und ab. »Anschließend möchte ich mit den Jägern in die Gaststube gehen. Vor Mitternacht brauchst du nicht mit mir zu rechnen.« Er blickt mich mürrisch an.

»Dann lass doch einen kleinen Imbiss an die Jagdhütte kommen, der Imbiss dauert höchstens eine halbe Stunde. Und dann können wir noch kurz ausgehen, du trinkst doch so gerne ein Glas Wein. Ich warte auf dich, sehr gerne! Wir sind früher oft erst am späten Abend ausgegangen.« Ich lächele ihn an, hoffe, ihn so zu besänftigen. Ferdinand diskutiert mit mir, gibt dann aber nach.

Er hat meine Einwände hingenommen, anschließend mit der kleinen Metzgerei telefoniert, um alles zu arrangieren. Natürlich ist mein Vorschlag etwas verrückt. Wir sind so lange nicht ausgegangen. Ferdinand darf erstaunt und überrascht sein, dass ich mir zutraue, mit ihm gegen halb elf am Abend, eventuell erst gegen 23 Uhr in die Weinstube zu gehen. Den Tisch in dem kleinen Restaurant werde ich absagen, ich freue mich auf einen Abend mit meinem Mann, egal, wie widrig die Umstände auch sein mögen.

Und morgen ist bereits die Feier von Bürgermeister Karbach, da werde ich auch hingehen. Ich schaffe das, will meinem Ferdinand zeigen, dass er stolz auf mich sein kann. Vom Grunde her tue ich es auch für mich. Das Leben muss und soll weitergehen. Früher sind wir zwei oft noch am späten Abend ausgegangen, bis weit nach Mitternacht haben wir in der kleinen Weinstube gesessen, geredet und gelacht. Mein Sohn wird nicht mehr lebendig, ob ich in der Klinik trauernd vor mich hin vegetiere oder wieder anfange, am richtigen Leben teilzunehmen, so die Worte meines Therapeuten. Ich hole tief Luft, hoffe, meine Vorhaben auch in die Tat umsetzen zu können, die nötige Kraft zu finden, ein neues Leben anzufangen. Ein Leben mit meinem Ferdinand, ohne die ständige Trauer in meinem Herzen.

Metzger

Als Jil mit dem Kollegen Schuster zurück in das Büro kommt, habe ich die Texte von Annas Computer bereits gelesen und ausgewertet. Endlich lacht meine Jil mich wieder einmal an. Trotzdem spüre ich, dass etwas schiefläuft zwischen uns beiden. Ich frage mich, ob ich diese Art von Beziehung tatsächlich noch möchte? Noch habe ich meine kleine Wohnung.

In den letzten Tagen habe ich öfter darüber nachgedacht, wieder dort einzuziehen, um Jil mehr Freiraum zu geben. Jil ist eine traumhafte Frau für mich. Alles, wirklich alles, würde ich geben, um mit ihr wieder schöne Zeiten zu verbringen. Die vielen Streitereien nerven, körperlich ist auch nichts mehr los. Die großen Gefühle der Anfangszeit konnten wir nicht mit in den Alltag nehmen. Ob ich nur Ersatz für den Journalisten bin? Die Anna ist tot. Ich denke mal, es dauert nicht lange, und Jil liegt wieder in den Armen von Manfred Luck.

So sollte ich nicht denken. Vielleicht spreche ich Jil am Abend auf unsere Beziehung an oder besser noch, ich überrasche sie mit einem guten Essen. Bei der Begegnung mit Manfred Luck am Rheinufer, als er die Leiche von der Anna sah, kochte ich vor Eifersucht. Schwor mir, Jil um jeden Preis zu behalten, sie von mir und meinen Vorzügen zu überzeugen. Wahrscheinlich passt mein zuweilen kindisches und unsicheres Verhalten nicht dazu. Aber ich bin in diese Frau verliebt, das muss sie doch spüren.

Das kurze Gespräch mit Schuster hat allerdings meine Augen geöffnet. Er hat recht. Ich muss mir meiner Stärken bewusst werden, mir vertrauen. Sich ständig zu erniedrigen und anzubiedern, tut weh. Die neue Kollegin bei der Spurensicherung scheint mich gerne zu sehen, lächelt immer und bemüht sich, mit mir in ein Gespräch zu kommen. Mal sehen, wie alles weitergeht.

Schuster klopft mir auf die Schulter und holt mich damit aus meinen Gedanken heraus, wofür ich ihm dankbar bin.

»Die Anna hat sich für das Bordell und ganz besonders den Besitzer interessiert. Ihr werdet jetzt staunen, wenn ich euch sage, wem das Bordell gehört«, mache ich eine Pause und lächle in die Runde. Schuster lässt sich auf einen Stuhl fallen, sieht mich aufmerksam an, Jil nörgelt, ich solle nicht so ein Theater machen und endlich den Namen sagen.

»Alfons Krause ist der Besitzer.«

Kaum habe ich den Namen ausgesprochen, klatscht Schuster in seine Hände. »Das klingt doch gut. Was haben Sie noch herausgefunden? So, wie Sie grinsen, scheint noch eine zweite Neuigkeit auf uns zu warten.«

Mein Grinsen hat mich verraten, Schuster hat es auf den Punkt gebracht. »Anna hat herausgefunden, dass in dem Bordell junge, ich meine, sehr junge Frauen aus Ostdeutschland beschäftigt sind. Sie hat als Beweis Unterlagen und einen Ausweis hinterlegt, aus denen hervorgeht, dass mindestens eine der Frauen noch nicht volljährig ist.«

Jil lehnt an meinem Schreibtisch, scheint nachzudenken und fragt: »Haben wir schon das Ergebnis des Speicheltests von Alfons Krause?«

Schuster verlässt ohne Kommentar das Büro.

Ich schaue Jil an, wir schweigen eine Weile. »Wann können wir mal privat reden?«, spreche ich dann Jil an.

»Das hat nichts hier im Büro verloren. Wir haben gerade andere Probleme. Wenn Schuster zurück ist, bin ich in meinem Büro.«

Noch in Gedanken blicke ich Jil nach. Sie flüchtet vor mir, hat bestimmt Angst, ich mache ihr jetzt eine Szene. Das ist aber nicht der Fall, habe ich wirklich nicht vor. Für den Abend habe ich mir überlegt, für uns zu kochen. Mir kommen jetzt Zweifel, ob meine Idee gut ist.

Schuster steht schon wenig später wieder in meinem Büro. »Wo ist Frau Augustin?«

Rasch bringe ich ihn auf den neusten Stand.

»Wir können nach Feierabend mal auf ein Bier weggehen«, meint er aufmunternd. »Jetzt gehen wir erst mal rüber zur Kommissarin.«

Jil ist am Telefon, als wir ihr Büro betreten. Sie gibt uns mit Blicken zu verstehen, uns zu setzen.

»Das war meine Mutter. Heute telefonieren wir so oft miteinander wie sonst nicht in einer Woche! Sie hat von Annas Tod erfahren wie fast jeder in der Region. Ich wollte meine Mutter schon abwimmeln, dachte, sie will nur tratschen. Weit gefehlt. Ihr werdet staunen zu hören, dass meine Mutter die Anna gemeinsam mit Ferdinand von Tannenberg am Rheinufer gesehen hat, in einem sehr vertraut wirkenden Gespräch.«

Schuster

Bei dem Speicheltest von Alfons Krause ist nichts Relevantes herausgekommen. Die Neuigkeit, dass Ferdinand von Tannenberg die Anna näher kannte, lässt die Hoffnung auf eine neue Spur bei der Suche nach Annas Mörder aufkommen.

Bevor wir uns entschließen, die von Tannenbergs aufzusuchen, treffen auch die Ergebnisse der Speicheltests von Manfred Luck und Martin Krause ein. Diese sind ebenfalls ergebnislos für uns.

»Irgendwie bin ich erleichtert«, schnieft Jil Augustin in ein Taschentuch, blickt dann gedankenverloren auf das Ergebnis von Manfred Luck. »Nicht, dass ich ihn in Verdacht hatte«, setzt sie nach.

Ich vermeide es, einen Kommentar abzugeben. »Ihre Mutter …«, fange ich stattdessen an, als wir gerade gemeinsam das Büro verlassen. Ich höre jedoch mitten im Satz auf und beobachte Frau Augustin. Ohne den Hinweis von Lydia, Jils Mutter, würden wir komplett im Dunkeln stehen. Die Kommissarin scheint ganz mit ihren Gedanken beschäftigt zu sein.

»Ab jetzt nehme ich meine Mutter ernster«, meint sie und steigt wenig später in mein Auto. Jetzt lacht sie wieder. Komisch, denke ich mir, diese Frau kann ich einfach nicht einordnen, sie passt für mich in keine Schublade, aber das ist ja nicht neu für mich.

Kollege Metzger hat es vorgezogen, im Büro zu bleiben. Er will sich weiter in die Unterlagen von Anna Sturm einlesen.

»Wann möchten Sie den Alfons Krause auf sein Bordell ansprechen?«, frage ich und fahre los.

»Meine Überlegungen gehen mehr in Richtung einer Razzia. Bei einem Mann wie Krause muss man vorsichtig sein. Jetzt will ich zunächst mit Ferdinand von Tannenberg sprechen, danach entscheide ich, was mit Alfons Krause geschieht.«

Einen Moment überlege ich, die Kommissarin auf ihr Verhältnis mit dem Kollegen Metzger anzusprechen, lasse es dann aber bleiben. Man weiß ja nie, wie sie reagiert.

Auf der Fahrt zu den von Tannenbergs kommen wir durch Osterspai. Absichtlich fahre ich langsam, warte schon auf einen Kommentar von Frau Augustin.

»Halten Sie doch bitte an der Imbissbude!«, lächelt sie mich von der Seite an.

»Ich habe es gewusst, wirklich!«, antworte ich und setze lachend den Blinker. »Bringen Sie mir eine Bratwurst mit Senf mit?«

Kaum, dass Jil Augustin ausgestiegen ist und lachend an die Imbissbude eilt, klingelt mein Handy. Eine junge Frau aus Kamp-Bornhofen will mich dringend sprechen, mich oder die Kommissarin, teilt meine Sekretärin mir mit und gibt mir die Nummer durch.

»Hoffentlich gibt es heute keine Flecken auf meiner Hose«, kommt Jil Augustin zurück an den Wagen und reicht mir meine Bratwurst. »Die Verkäuferin hat mir extra noch zwei Servietten dazugelegt, sie hatte mein Dilemma vom letzten Mal noch in Erinnerung.«

Noch auf dem Parkplatz vor der Imbissbude esse ich meine Bratwurst. Kauend erzähle ich von dem Anruf meiner Sekretärin.

»Wer die junge Frau ist, hat sie nicht gesagt?« Jil wirkt zweifelnd, fügt aber hinzu: »Seitdem ich heute meine Mutter fast am Telefon abgewürgt und damit die Chance auf so wichtige Informationen für uns vergeben hätte, bin ich milder geworden. Lassen Sie uns die Frau anrufen und hören, was sie zu sagen hat. Vielleicht bekommen wir noch einen Hinweis zum Mord an Anna. Einen Versuch ist es wert.«

»Ich«

Heute schwirren die verrücktesten Gedanken durch meinen Kopf. Geradezu teuflische Einfälle wechseln sich ab mit Ideen, die in ihrer Umsetzung mehr Sprengstoff enthalten, als die Region vertragen würde. Lachen kann ich bei meinen Vorstellungen, wie ich alles ausführe und für Tränen und Furcht in den Gesichtern der Menschen sorgen werde.

Der Hass hat heute Einzug gehalten, hat in meinem Inneren alles andere verdrängt. Am Morgen war ich beim Bäcker, hatte Lust auf frische Brötchen. Was die Leute schon so früh auf die Straßen treibt, frage ich mich. Es war gerade mal kurz nach sieben in der Frühe, da begegnet mir schon der Alfons Krause. Blendend gelaunt hat er mich angesprochen, war verwundert, dass ich so viele Brötchen einkaufe. Sein anschließendes Grinsen konnte ich nicht deuten.

Der Kaffee ist durchgelaufen, als ich wieder in meiner Küche angekommen bin, das stimmte mich milde. Beim anschließenden Frühstück überlege ich nun, ob und wie meine Ideen sinnvoll umzusetzen sind und wem sie letztlich einen Vorteil verschaffen.

In der Ferne höre ich die Kirchenglocken und frage mich, was das um diese Uhrzeit soll? Ist wieder jemand gestorben?

Annas Beerdigung wurde verschoben. Offiziell heißt es, sie liege noch in der Gerichtsmedizin. Das kann mir egal sein. Tot ist tot, nur das zählt. Anna! Immer wieder sehe ich ihre roten Locken, wenn ich meine Augen schließe. Hoffe, das vergeht bald.

Manfred Luck habe ich ebenfalls getroffen. Er sieht blass aus, sein Haar wirkt ungepflegt, strähnig. Ob ihm der Tod von Anna so nahegeht? Der wird sich bald wieder trösten, das ist doch kein Geheimnis hier in der Region. Trotzdem freue ich mich zu sehen, dass er wenigstens für eine kurze Zeit um Anna trauert, dass ihn ihr Tod schmerzt. Es zeigt mir, dass er doch in der Lage ist, Gefühle zu zeigen, bisher zwar immer die falschen, wie ich persönlich meine.

Ob der Junge mir gefährlich werden kann? Ob er mich auf Anna anspricht? Ich muss ihn besuchen, um das herauszubekommen. Bei unserem kurzen Treffen in der Bäckerei, es war reiner Zufall, schien er keinen Groll zu hegen. Vielleicht hat er alles verdrängt, mir geglaubt, er habe die Puppe zum Schweigen gebracht? Trotzdem, er kann mir gefährlich werden, so jedenfalls sind meine Vermutungen. Nur, wer glaubt schon einem Verrückten? Seine Aussage gegen meine? So weit will ich es aber nicht kommen lassen. Das muss ich zu verhindern versuchen. Mein Blick geht in meinen Garten. Wann immer ich nachdenken muss, schweift mein Blick in die Natur, da suche ich die Ruhe.

Beim Essen meines zweiten Brötchens kommt mir wieder Krause in den Kopf. Für ihn wäre eine Diät besser als die Tüte mit gleich drei Croissants, die er sich geholt hat. Kaum habe ich mein Brötchen gegessen, da sind meine Gedanken schon wieder bei Philipp. Seine Hände waren wieder mit Farbe verschmiert, lachend hat er mir von seinem neuen Bild erzählt.

»Hast du wieder Hänsel und Gretel gemalt?«, ich hätte mir am liebsten auf die Zunge gebissen. Die Verkäuferin sah mich augenblicklich fragend an. Rasch habe ich dann bezahlt und bin aus der Bäckerei hinausgeeilt. Unprofessionell war mein Verhalten. Ich hoffe nur, es hat sich noch nicht herumgesprochen, dass Annas Rücken mit einem Gemälde verziert war, auf dem eine Szene aus Hänsel und Gretel zu sehen war. Ich muss Philipp aufsuchen, ihn alleine sehen, hören, ob er von Anna spricht, und ihn fragen, ob er sich an alles erinnert. Soll ich ihm Farben schenken? Sicherlich ist er dann gesprächiger. Ja, das werde ich tun!

Die junge Frau, die Schuster und ich noch aus dem Auto anrufen, ist eine Mitarbeiterin im Kindergarten in Kamp-Bornhofen. Auch sie hat von der Ermordung Annas gehört und glaubt, uns einen Hinweis auf den Mörder geben zu können.

»Sie hat es spannend gemacht«, beende ich das Telefonat, Schuster lenkt den Wagen schon in Richtung Kamp-Bornhofen. »Warten wir ab, was die junge Frau uns zu sagen hat.« Innerlich zweifele ich an der Wichtigkeit ihrer Aussage, behalte dies aber für mich.

»Dann fahren wir zuerst zum Kindergarten?«, will Schuster wissen. Ich nicke.

Vor dem Kindergarten in Kamp-Bornhofen herrscht reger Betrieb. Es ist Mittag, und die ersten Kids werden von den Müttern abgeholt.

»Steigen Sie aus, ich suche weiter oben einen Parkplatz«, meint Schuster und hält vor der Einrichtung an. Einen Augenblick später stehe ich unschlüssig herum, beobachte das Gewusel, jedenfalls fällt mir gerade kein anderer Ausdruck ein. Gehetzte Mütter, Kinder, die nervig an ihren Händen ziehen, laufende Nasen und Autotüren, die zugeschlagen werden. Will ich das auch haben? Möchte ich so ein Leben? Lydia sagt, es wird Zeit, schwanger zu werden, meine Uhr laufe kontinuierlich auf null und dem Ende der fruchtbaren Phase zu.

»Alles in Ordnung mit Ihnen?«, Schuster reißt mich aus meinen Gedanken, steht plötzlich neben mir, ich bin ihm dankbar dafür.

»Natürlich, ich war nur in Gedanken.« Dann eile ich auf den Eingang zu. Eine junge Frau steht in der Tür, verabschiedet gerade zwei Kinder, die von ihrer Mutter abgeholt werden. Mir fallen die verschmierten Pullis auf.

»Wir hatten heute Spaghetti Bolognese«, lacht die junge Kindergärtnerin mich an. »Sind Sie die Kommissarin?«

Wir werden in ein kleines Büro geführt. Den angebotenen Kaffee lehne ich dankend ab, Schuster auch.

»Haben Sie uns um ein Gespräch gebeten?«

Die junge Frau nickt. »Ich arbeite seit einem Jahr hier im Kindergarten. Wir haben eine Klingel an der Eingangstür, als Sicherheit für unsere Schützlinge. Niemand kann einfach in den Kindergarten kommen, ohne von einer Erzieherin bemerkt zu werden.«

Ich blicke Schuster an. Das, was die junge Frau so ausführlich schildert, ist nicht neu und auch nicht sensationell, wenngleich ich ihr natürlich recht gebe, dass diese Vorkehrungsmaßnahmen wichtig sind.

»Ich sollte zur Sache kommen?«, die Erzieherin bemerkt den ungeduldigen Blick von Schuster auf seine Armbanduhr. Ich nicke.

»Sie haben erwähnt, etwas in dem Mordfall Anna Sturm aussagen zu können.«

»Ja, ich bin mir ganz sicher, dass...«, sie unterbricht sich, wirkt nachdenklich, fügt dann aber hinzu: »Nicht, dass Sie nun glauben, ich wäre geschwätzig«, sie macht erneut eine Pause, blickt verlegen auf den Boden.

Ich spüre eine Nervosität in mir aufsteigen. »Vielleicht erfahren wir zunächst Ihren Namen?«

»Sonja, alle nennen mich hier nur Sonja.« Erneut tauschen Schuster und ich einen vielsagenden Blick. Ich fange an, mich zu langweilen, bereue schon, hierhergefahren zu sein.

»Gut, Sonja, wenn Sie uns jetzt mitteilen, was Ihnen aufgefallen ist.«

Die nächsten zehn Minuten spricht Sonja, ohne dass Schuster und ich auch nur einen Versuch unternehmen, sie zu unterbrechen. Allem Anschein nach hat die Frau tatsächlich gut daran getan, uns zu unterrichten. Wenn etwas von dem wahr ist, das sie beobachtet hat, kann es der Hinweis auf Annas Mörder sein. Schuster nimmt noch die Anschrift der Erzieherin auf, fragt nach einer Handynummer, dann verabschieden wir uns.

Schuster

Frau Augustin scheint sich in dem Kindergarten nicht wohlzufühlen. Schon lustig, die Kleinen kommen aber gerade zu ihr, zoppeln an ihrem Strickpulli, stellen Fragen. Ich stehe abseits und beobachte, wie sich Jil Augustin verhält, unbeholfen in meinen Augen. Vielleicht ist es gut, dass sie keine Kinder hat, so denke ich mir beim Verlassen der Einrichtung.

»Diesen Philipp sollten wir aufsuchen«, sage ich und halte Frau Augustin die Wagentür auf. »Es ist doch interessant, dass er hier am Kindergarten war und seine Hände mit Farbe verschmiert waren.«

Jil Augustin blickt aus dem Seitenfenster. »Ja, und auch die Tatsache, dass er mit den Kindern spielen wollte. Komisch, sein Verhalten. Die Erzieherin schätzt den Mann auf dreißig.« Jil Augustin holt kurz Luft. »Meine Mutter hat mir gesagt, ein Philipp kommt am Abend zu ihr zum Malen. Ob es sich um den jungen Mann handelt?«

»Wir dürfen davon ausgehen. Ich bin allerdings über Ihre Mutter und ihre Freunde überrascht«, ich ziere mich, bin mir nicht sicher, wie ich mich verhalten soll. War meine Bemerkung unangebracht?

Die Kommissarin reagiert prompt. »Lydia! Meine Mutter ist alles, nur nicht langweilig«, ihre Stimme klingt hoch. »Ich versuche, Mutter noch einmal anzurufen«, fingert sie ihr Handy hervor. »Mobilbox, ich denke, wir müssen warten, Mutter scheint noch nicht zu Hause zu sein.« Die Kommissarin blickt mich nachdenklich an.

Ich wende den Wagen an der Kirche, fahre wieder vorbei an dem Kindergarten bis auf die B42. »Dann versuchen wir etwas später, Ihre Mutter zu sprechen.«

Wir fahren zunächst zu dem Elternhaus von Philipp. Das Haus liegt in einer Nebenstraße, wir parken gleich vor dem Haus.

»Es scheint niemand zu Hause zu sein«, die Stimme meiner Kollegin klingt enttäuscht. Wir klingeln schon zum dritten Mal an der Tür, ohne Erfolg.

»Das Haus macht einen gepflegten Eindruck«, blickt sich die Kommissarin um, sie kann nicht umhin in ein Fenster im Erdgeschoss zu blicken. »Wir müssen später noch einmal versuchen, den jungen Mann zu treffen«, geht sie zurück zu unserem Wagen. Ich eile ihr nach.

Frau Augustin überlegt kurz, gibt mir dann die Anweisung, zu ihrem Elternhaus zu fahren. »Den Weg kennen Sie?«, hakt sie nach, sie ist ungeduldig, ich nicke, das soll genügen. Natürlich kenne ich den Weg bis zu dem Haus von Jils Eltern. Keine fünf Minuten später lenke ich den Wagen in die Straße, wo ihre Eltern wohnen.

Galant halte ich der Kommissarin die Tür auf. Geparkt

habe ich gleich vor dem Haus. Mein Blick fällt auf ein großes Schild am Nachbarhaus: zu verkaufen.

»Das Haus hat Anni Lundt gehört«, die Kommissarin ist meinen Blicken gefolgt. »Sie ist im Gefängnis. Erinnern Sie sich? Es ging um die Kuckuckskinder.«

Natürlich ist mir der Name sogleich ein Begriff. Schade um das Haus, denke ich mir.

»Wäre doch was für Sie?« Frau Augustin verdreht ihre Augen, blickt anschließend prüfend auf ihr Elternhaus. Ob sie Angst hat, beobachtet zu werden. »Sagen Sie so eine Bemerkung nicht vor meiner Mutter. Metzger wollte sich das Haus ansehen, gemeinsam mit meiner Mutter. Puh! Ich habe ihn gefragt, ob er nicht lieber Lydia heiraten will.«

Ein Lachen kann ich mir nicht verkneifen, die Kommissarin ist schon eigenartig. Da meint es ein Mann ehrlich und gut mit ihr, und sie läuft weg.

Ich drücke die Klingel und vermeide so, weiter über das Verhältnis von Metzger und meiner Kollegin Jil Augustin zu sprechen.

»Ihre Mutter scheint noch immer unterwegs zu sein«, resigniere ich nach dem dritten Klingeln. Jil Augustin scheint nicht zufrieden zu sein, wählt erneut die Nummer ihrer Mutter. »Mutter? Wo bist du?«, höre ich sie dann sagen. »Wieso bist du so lange in Koblenz geblieben? Ich bin deine Tochter und … ja, wir treffen uns später.« Es folgt eine kleine Pause, die Kommissarin sieht mich an, geht vor dem Elternhaus auf und ab, scheint ihrer Mutter zuzuhören. »Ich muss mit dir über diesen Philipp sprechen, Mutter, ja, Lydia«, Jil Augustin tippt sich an die Stirn, sieht mich kopfschüttelnd an. »Woher kennst du Philipp?«, setzt sie nach.

Ich warte geduldig, bis das Telefonat zu Ende ist. »Ihre Mutter kennt den jungen Mann?«, kann ich jetzt meine Neugierde nicht mehr bremsen.

»Ich habe nicht viel erfahren. Wir müssen auf die Rückkehr meiner Mutter warten. Sie meint, in einer halben Stunde zu Hause zu sein.«

»Metzger hat mir eine Nachricht gesendet. Wir sollten kurz ins Büro fahren, Tannenberg, so schreibt er, habe eine Ansitzjagd, ihn können wir erst am späten Abend treffen, oder besser morgen früh.« Meine Worte habe ich noch nicht ausgesprochen, da rümpft Frau Augustin ihre Nase. »Das möchte ich heute noch erledigen. Ich habe Zeit. Wenn es für Sie zu spät wird, fahren Sie nach Hause.«

»Danke, da niemand am Abend auf mich wartet, bin ich dabei«, sage ich und halte der Kollegin die Wagentür auf.

Martin Krause

Ferdinand von Tannenberg ist zerstreut. Seine Rede vor der Ansitzjagd ist schlecht. Er verspricht sich immer wieder, reibt dauernd mit einem Taschentuch über sein Gesicht. Seine Frau soll krank sein, so habe ich gehört. Ob sie der Grund für seine Nervosität ist?

»Wir treffen uns nach der Ansitzjagd wieder hier an der Jagdhütte und nehmen gemeinsam einen Imbiss ein«, sind seine Schlussworte. Nun gut, denke ich mir, es gab Zeiten, da ist man anschließend gemeinsam in die Dorfwirtschaft zum Essen und zu einem gemütlichen Ausklang gegangen.

Ich denke mir, ein von Tannenberg sollte wissen, wie er seine Gäste zu bewirten hat.

Der Imbiss ist dann eine richtige Enttäuschung. Fleischwurst im Brötchen wird herumgereicht. Senf fehlt, nach Ketchup frage ich erst nicht. Bier gibt es auch keines, stattdessen Tee. Nun gut, die Ansitzjagd war erfolgreich, ich bin mit dem Abend und meinem persönlichen Ergebnis zufrieden.

Toni Karbach ist aufgekratzt, spricht viel von seinem morgigen Geburtstag. So ein runder Geburtstag scheint doch manche Menschen mehr durcheinanderzubringen, als ich dachte. Toni spricht von Tannenberg auf das fehlende Bier an, eine richtige Antwort bekommt er nicht.

Ohne große Worte verschwindet von Tannenberg in seinem Jeep. Das kenne ich von unseren Jagden so nicht. Vater kann froh sein, dass er heute abgesagt hat. Frage mich auch, ob von Tannenberg in seinem Amt als VG Bürgermeister gewissenhaft ist.

Von Toni Karbach kommt der Vorschlag, den Ausklang des Abends zu verlegen, gemeinsam noch etwas zu unternehmen. Im ersten Moment bin ich begeistert, frage ihn, was er vorschlägt, dann aber bin ich enttäuscht. Toni Karbach will in das Bordell fahren, dort noch das Bier zum Abschluss der Jagd trinken und in seinen Geburtstag feiern.

Schade, so denke ich, sage aber: »Ich bin verabredet, tut mir leid. Das nächste Mal bin ich in jedem Fall dabei.«

Ich klopfe dem Karbach auf seine Schultern und verziehe mich. Das Gelächter einiger Jagdkollegen begleitet mich bis zu meinem Wagen.

»Weichei!«, höre ich eine Stimme sagen, drehe mich aber nicht um.

Hans Sturm, Vater von Anna

So, jetzt ist es bald so weit. Ich werde das letzte Mal in den Stall gehen und meine Kühe füttern. In einer halben Stunde werden die Viecher abgeholt. Meine Inge weint immerzu. Hoffe, nach der Beerdigung legt sich das wieder. Hier auf dem Hof, das muss ich einsehen, kommt die Inge nicht mehr zur Ruhe. Alles erinnert sie an die Anna. Warum nur hat das Kind nicht von seiner Schwangerschaft gesprochen? Ob der Krause sie vergewaltigt hat? Er wird bestimmt der Vater des Kindes sein. Im Dorf wird viel geredet, so viel dummes Zeug.

Selbst von Ferdinand von Tannenberg und meiner Anna sprechen einige. Der von Tannenberg hat meiner Anna nichts getan, da bin ich mir sicher. Er saß bei uns, als die Kommissarin uns die Nachricht über Annas Tod übermittelte. Nein, der Mann war ernsthaft geschockt. Die Kommissarin äußert sich noch nicht, wer der Vater sei. Ich jedoch bin mir sicher, der Krause hat mein Kind vergewaltigt. Warum sonst stand der große Blumenstrauß in Annas Wohnung? Niemals zuvor habe ich so einen Strauß gesehen. Der muss ein Vermögen gekostet haben. Der Krause dachte wohl, sich damit wieder rein kaufen zu können, sein Gewissen zu erleichtern. Mir wird schlecht bei dem Gedanken, dass er an meinem Mädchen war, ich spüre heftigen Groll in mir aufsteigen.

Den Vertrag habe ich am Morgen unterschrieben, um neun war ich beim Notar. Die Sekretärin von Krause hat mich noch gestern Abend über die Uhrzeit informiert. Den Schmierlappen von Alfons Krause wollte ich auf keinen Fall sehen, bin dann auch schon eine Viertelstunde früher zu dem Notar. »Das Geld kommt aber auf unser Konto?«, will ich abschließend wissen. »Vertrauen Sie mir, Herr Sturm. Ich kümmere mich um alles.« Der Notar wenigstens gefiel mir. Aber was soll's.

Als ich merke, dass ich immer noch Pantoffeln trage, kommen mir die Tränen. Das erste Mal, seit ich denken kann, habe ich vergessen, in die Gummistiefel zu steigen, bevor ich in den Stall bin. Es wird Zeit, hier von dem Hof wegzukommen, das spüre ich. Verkaufen wollte ich nie, vielleicht war es ein Fehler? Habe ich mit meiner Sturheit die Anna auf dem Gewissen?

Einer trächtigen Kuh gebe ich eine extra Portion Futter, auch ihr Kälbchen werde ich nie zu Gesicht bekommen.

Meine Inge war entsetzt, als ich von dem Deal mit Krauses Sekretärin gesprochen habe.

»Willst du Blutgeld?«, hat sie geschrien.

Ja, das tat weh, zumal Inge das sagte, was ich dachte. Ohne das Geld hätten wir keine Chance mehr, könnten uns umbringen, auch darüber habe ich nachgedacht. Einfach hier auf dem Hof sterben, das war immer mein Wunsch. Was heißt Wunsch? Es war das Normalste auf der Welt, ein Gedanke, der nie zur Debatte stand.

Bluten soll der Alfons Krause, das habe ich mir geschworen! Erst finanziell und dann … Ich lasse das Futter fallen, erschrecke über mich und das, was ich vor Augen habe, den Tod von Alfons Krause.

Mein Blick fällt auf die Uhr. Nur noch wenige Minuten, und die Tiere werden abgeholt. Danach ist es hier noch ruhiger, der Tod dann noch ein Stück näher gekommen. Der Transport in der Nacht soll angeblich für die Tiere besser sein, schonender, so wurde mir gesagt. Ich bezweifle dies, habe aber geschwiegen.

Inge soll es gut gehen, hämmert es in meinem Kopf. Das Prospekt, irgendwo im Haus liegt es noch herum. Den Wisch hat Ferdinand von Tannenberg hier angeschleppt. Infomaterial über betreutes Wohnen.

Die Zeit bis zum Abtransport der Tiere vergeht wie im Flug. Ohne Worte beobachte ich, als es so weit ist, alles, stehe teilnahmslos daneben, weine.

Nachdem die Tiere abgeholt sind, ist es richtig leer auf dem Hof. Inge sitzt am Küchentisch. Sie hat mir ein Brot gemacht. Das ist sehr lieb von ihr.

»Und du? Was willst du essen?«, sehe ich sie an. Beruhigt nehme ich zur Kenntnis, dass sie auch eine Scheibe Brot isst, mir tut es gut.

Das Klingeln an der Tür will ich überhören, es lässt aber nicht nach. Beim Öffnen bin ich über den Anblick des späten Gastes verwundert. Das anschließende Gespräch dauert nicht lange, noch im Flur nehme ich alle Informationen entgegen, spüre, wie mir die Luft zum Atmen genommen wird. Inge sitzt in der Küche, bekommt von dem Besuch nichts mit.

Erst als meine Inge mithilfe einer Schlaftablette schläft, denke ich erneut über den Besuch nach, kommt mir diese Idee. Was, so frage ich mich, habe ich zu verlieren? Inge, hämmert es in meinem Kopf. Inge soll es gut gehen. Aufgedreht wandere ich durch das Haus, gehe noch einmal rüber in den Stall, der jetzt leer ist. Ein Anblick, der mir schmerzt und meine Stimmung nicht bessert, meinen Entschluss nach Rache nur noch erhärtet.

Der Anruf von Doktor Gemmel, unserem Rechtsmediziner, kommt gerade, als Jil und ich auf dem Weg zu den von Tannenbergs sind. Es ist schon 22.30 Uhr und ich bin verwundert, noch von ihm zu hören.

»Wir sind also nicht die Einzigen, die noch arbeiten«, begrüße ich ihn.

»Ich habe meine Untersuchung nun abgeschlossen«, Gemmel macht eine Pause. »Für Sie noch eine Spätschicht eingelegt«, er hüstelt.

Frau Augustin sieht mich von der Seite an. »Er hat doch seine Mitarbeiter die Überstunden machen lassen«, flüstert sie mir zu.

»Das konnte ich jetzt hören«, meint Gemmel. »Die Freisprechanlage in Ihrem Auto ist sehr gut«, er räuspert sich. »Aber bitte, ich habe auch so meine Vorurteile.«

Jetzt blickt Frau Augustin mich lächelnd an. »Die behalten Sie besser für sich, Herr Gemmel. Was ist bei den Untersuchungen rausgekommen?«

»Anna war schwanger«, Gemmel räuspert sich wieder. »Sommergrippe, ist nervig, wenn Sie mich fragen.

»Von wem war die Anna schwanger?«, Frau Augustin unterbricht Doktor Gemmel mit lauter Stimme.

»Das kann ich noch nicht sagen. Wir sollten die Männer, die in ihrem Umfeld waren, zur Blutabnahme bitten. Ich dachte, wir fangen mit Manfred Luck an.«

Puh, das hat gesessen. Frau Augustin ist nach dem Telefonat wie ausgewechselt. Es ist aber auch nicht möglich, mal privat mit ihr zu reden. Ich biete mich als Zuhörer an und ernte dafür nur eine barsche Antwort. »Kümmern Sie sich bitte um Ihr Privatleben!«, ist noch eine der harmlosesten Reaktionen.

Bis zum Haus der von Tannenbergs herrscht anschließend eisiges Schweigen.

Ich verlasse absichtlich das Auto nach Frau Augustin, greife schnell zum Handy und rufe Manfred Luck an, leider ohne Erfolg.

Julia von Tannenberg

Den Wagen der Kommissarin habe ich schon von Weitem erkannt. Sie und ihr Kollege Schuster scheinen eine Vorliebe für unsere Familie zu haben. Ich bin schon umgezogen, freue mich auf den gemeinsamen Abend mit meinem Ferdinand. Bin richtig aufgeregt vor den gemeinsamen Stunden in der Öffentlichkeit mit meinem Ferdinand. Die Leute in der Weinstube werden staunen, mich endlich einmal wiederzusehen.

Das teile ich den beiden auch sogleich mit, blicke auffallend auf meine Uhr. »Um diese Uhrzeit lässt man anständige Bürger in Ruhe«, kann ich mir nicht verkneifen zu sagen. »Aber bitte, Sie kennen sich inzwischen ja hier gut aus. Setzen wir uns in die Bibliothek. Mein Mann wird bald hier sein.«

Den Versuch, den beiden etwas zu Trinken anzubieten, hätte ich mir schenken können. Immer wieder sehe ich auf die Uhr, hoffe, dass Ferdinand bald kommt. Als ich höre, dass die Haustüre aufgeschlossen wird, eile ich ihm entgegen. Zu meiner Enttäuschung kommt Kommissar Schuster mir nach.

»Wie sehe ich aus? Gefalle ich dir?«, blicke ich Ferdinand erwartungsvoll an. Ich habe mein Haar frisieren lassen, ein neues Kleid angezogen. Sein Gesichtsausdruck ist versteinert, dann blickt er über mich hinweg zu dem Kommissar.

»Was wollen Sie hier, um diese Uhrzeit?«, fragt er und lässt seine Jacke auf den Boden gleiten, das kenne ich so nicht von ihm. Unser Mädchen kommt und sammelt sie auf, stumm eilt sie zurück in die Küche.

Ferdinand ist genauso wenig von dem Besuch angetan, wie ich es bin. Beim Betreten der Bibliothek sitzt die Kommissarin wie immer auf einem der beiden Stühle, die vor dem Schreibtisch stehen. Der Kommissar setzt sich neben sie. Mein Mann setzt sich ihnen gegenüber und ich bleibe hinter ihm an die Wand gelehnt stehen. »Wenn Sie möchten?«, Schuster bietet mir seinen Stuhl an, ich lehne aber ab.

»Was verschafft uns dieses Mal die Ehre? Ich gehe nicht davon aus, dass mein Speicheltest der Grund Ihres Kommens ist.« Mein Mann lehnt sich gemütlich in seinem Stuhl zurück und wartet geduldig auf die Antwort. Ich beobachte seine Bewegungen, so gut es geht.

»Der Speicheltest ist negativ«, Frau Augustin sagt dies ohne Betonung. Ferdinand lacht, er hat in der Tat nie daran gezweifelt, das merke ich sogleich. So gut kenne ich meinen Mann.

»Anna soll in der letzten Zeit öfter mit Ihnen zusammen gesehen worden sein«, übernimmt Schuster das Wort. »Jetzt fangen Sie auch noch damit an«, herrsche ich ihn sogleich an, was mir dann auch peinlich ist. Mein Mann dreht sich kurz zu mir um, sein Blick ist nicht liebevoll. Wann hat er mich überhaupt das letzte Mal lieb angesehen?

»Schön zu hören, dass sich die Menschen so für mich interessieren«, sagt Ferdinand gelassen.

»Warum haben Sie Annas Nähe gesucht?«, will die Kommissarin nun wissen. »Sie glauben, ich hatte ein Verhältnis mit der jungen Frau?« Ferdinand lacht, es klingt jedoch gequält. Mir wird heiß, ich möchte am liebsten den Raum verlassen, fühle mich nicht mehr wohl und bin mir auch nicht sicher, ob ich das Gespräch weiter verfolgen möchte.

»Anna war am Überlegen, einen Job im Rathaus anzunehmen«, steht Ferdinand auf. »Wenn Sie mich jetzt bitte entschuldigen, ich habe noch etwas vor.«

Kaum, dass Ferdinand die Bibliothek verlassen hat, will Schuster von mir wissen, ob ich Kontakt zur Anna hatte. Ich verneine dies. »Warum auch? Die Anna ist eine andere Generation gewesen, was sollten wir gemeinsam unternehmen oder besprechen?«, antworte ich.

»Haben Sie von der Bewerbung gewusst?«, bringt sich die Kommissarin wieder ein.

»Nein, warum auch? Wieso stellen Sie mir diese Frage?« Ich spüre Unruhe in mir aufkommen. Der Abend verläuft so ganz anders, als ich es mir wünsche. Warum nur ist Ferdinand aus der Bibliothek gestürmt und hat mich alleine gelassen? Ob er sich umzieht, für unseren Ausflug in die Weinstube?

Schuster verlässt nun ebenfalls das Zimmer. Ich fühle mich schwach, setze mich auf den Stuhl, auf dem zuvor noch Ferdinand saß. »Was hat Ihr Kollege vor?«, blicke ich zu der Kommissarin.

»Anna war schwanger, und wir müssen herausfinden, wer der Vater des Kindes war.« Ich sehe ihr in die Augen und versuche, darin zu erkennen, was die junge Frau denkt, ohne Erfolg. Sie hält meinem Blick stand.

»Sie haben doch den Speicheltest. Reicht das nicht, um herauszufinden, ob mein Mann als Vater in Betracht kommt?«

»Glauben Sie, Ihr Mann kommt als Vater infrage?«

Ich bin geschockt. Was erlaubt die Kommissarin sich, so mit mir zu reden?

»Nein, ich denke, mein Mann hat nichts mit Annas Schwangerschaft zu tun. Sie haben doch gehört, dass die junge Frau nur einen Job gesucht hat.« Meine Hände zittern. Ich spüre, dass mir die Unterhaltung zu viel wird. Sobald die Kommissarin und ihr Kollege unser Haus verlassen haben, werde ich meinen Therapeuten anrufen. Morgen schon ist die Geburtstagsfeier von Toni Karbach. Ich habe mich so darauf gefreut. Heute Abend will ich mit Ferdinand in die Weinstube gehen. Mein erster Termin in der Öffentlichkeit seit der Zeit im Sanatorium. Ob ich jetzt noch hingehen werde? Die Frage muss wohl lauten, ob ich das schaffe? Meine Kraft scheint wieder aufgebraucht und mein Akku leer zu sein. Müdigkeit breitet sich in meinem Körper aus, ich fühle mich schwach.

Ferdinand hat von Anfang an bezweifelt, dass ich schon so weit bin auszugehen, geschweige denn die Feier von Toni Karbach durchhalten kann. Warum nur, so denke ich, unterstützt mich mein Mann nicht mehr. Ist die Liebe verflogen? Wann haben wir uns das letzte Mal geküsst und in den Arm genommen? Tränen laufen über mein Gesicht.

»Geht es Ihnen gut?«, die Kommissarin holt mich zurück aus meinen Gedanken in die Gegenwart.

»Es geht so«, antworte ich, »ich möchte bitte auf mein Zimmer gehen.«

Den geplanten Ausflug in die Weinstube für heute werde ich absagen, ich kann jetzt keine fremden Menschen um mich vertragen. Frau Augustin nickt, zeigt Verständnis. Natürlich hat sie von meinem Zusammenbruch gehört.

Alle hier in der Region wissen davon. Mein Therapeut meint, ich soll nicht ständig überlegen, was andere Menschen über mich oder mein Verhalten denken könnten. Ich solle lieber mich und meine Bedürfnisse in den Mittelpunkt stellen.

Kommissar Schuster

Ferdinand von Tannenberg ist mir fremd, er wirkt kalt und berechnend auf mich. Seine Frau gehört meiner Meinung nach zurück in ihr Sanatorium. In dieser kühlen, häuslichen Umgebung wird die Frau es nicht schaffen, zurück in das Leben zu finden.

»Fahren wir jetzt zu Ihrer Mutter?«, bleibe ich vor unserem Wagen stehen. Ich sehe auffallend auf meine Uhr. »Ihre Mutter geht hoffentlich nicht früh zu Bett.«

Die Kommissarin lächelt mich kurz an. »Nein, so wie ich meine Mutter kenne, ist sie in ihrem Atelier. Sie war ja am frühen Abend noch in Koblenz. Sie hat immer Panik, beim Schlafen das Leben zu verpassen.«

Ich verzichte darauf, einen Kommentar abzugeben, und setze den Wagen wortlos in Bewegung.

Es dauert, bis die Tür sich öffnet und Jils Mutter uns hereinbittet. Wie immer hat sie in der rechten Hand einen Pinsel, anders kenne ich diese Frau nicht.

»Ich bin gerade in einer kreativen Phase«, meint sie und sieht uns überrascht an. »Dachte schon, Philipp steht schon wieder vor meiner Tür.«

»Wie gut kennst du Philipp?«, die Kommissarin eilt ihrer Mutter durch den Flur nach bis zum Atelier. Ich folge den beiden.

»Jil, du solltest dich mehr um dein Privatleben kümmern«, Lydia bleibt kurz stehen, sieht mich an. »Herr Schuster? Ihr Privatleben kann auch nicht so toll sein, ansonsten würden Sie um diese Zeit nicht in meinem Haus erscheinen.« Anschließend nimmt sie uns mit in ihr Atelier.

»Ein neues Bild? Kein Akt? Muss ich mir jetzt Sorgen um dich machen, Mutter?«

»Wie oft habe ich dich schon gebeten, Lydia zu mir zu sagen. Ja, es ist ein neues Bild«, ihr Gesicht hellt sich auf. »Für einen besonderen Menschen.«

»Nein, Mutter! Sag jetzt nicht, das Bild ist für Alfons Krause!«

»Warum nicht? Auch eine Frau in meinem Alter pflegt ab und an Sozialkontakte.«

Die Kommissarin scheint nicht begeistert zu sein. Ich lenke das Gespräch rasch wieder auf Philipp.

»Der Junge hat mir auch ein Bild geschenkt«, sie macht eine kurze Pause«, wirkt nachdenklich. »In den Medien stand von dem Bild, das Annas Mörder auf ihren Rücken gemalt hat«, Lydia reicht uns das Kinderbild.

»Hänsel und Gretel«, kommentiere ich.

Lydia nickt. »Und die Hexe.«

»Genauso hat das Bild auf Annas Rücken ausgesehen. Traust du dem Philipp einen Mord zu?«

Lydia legt den Pinsel zurück ins Wasser, scheint nachzudenken. »Den Mord, nein, auf keinen Fall. Doch ich frage mich, ob er etwas beobachtet hat. Ihr müsst wissen, der Junge liebt rote Haare. Er ist ein Fan von Arielle, der Meerjungfrau. Anna hat mal mit ihm geredet, leider als eine der wenigen hier im Dorf. Sie war lustig, das hat Philipp gefallen.«

Die Worte von Lydia scheinen allerdings ihrer Tochter weniger zu gefallen.

Jil verzieht ihr Gesicht. »Bringt uns das jetzt weiter?«

»Mit wem steht Philipp sonst in Kontakt?«, bringe ich mich ein.

Lydia sieht mich an, spontan sprudeln Namen aus ihr heraus. »Mit Elke, der Verkäuferin im Brotladen, mit der Bedienung in dem kleinen Café am Rheinufer, mit Anna, die ist ja leider tot, und natürlich auch mit mir, und sicherlich kennen ihn die meisten Menschen hier im Dorf. Wobei ich behaupten möchte, mit mir hat der Junge den meisten Kontakt. Im Kindergarten war er und wollte spielen, das hat er mir erzählt. Die ließen ihn aber nicht ins Gebäude, er war traurig darüber.«

Wir berichten Lydia von unserem Besuch im Kindergarten. »Das passt zu dem, was Philipp mir erzählt hat. Wenn mich nicht alles täuscht, war an dem Tag die Anna ermordet worden.« Lydia wirkt nachdenklich.

»Siehst du einen Zusammenhang?« Lydia sieht zu ihrer Tochter Jil.

Die Kommissarin geht der Frage aus dem Weg. »Von Tannenberg ist von dir gemeinsam mit Anna gesehen worden?«

Lydia nickt. »Ich bin aber nicht die Einzige, im Dorf kocht die Gerüchteküche gerade über. Mir tut die Julia von Tannenberg leid.«

»Hilfst du uns, mit Philipp zu sprechen? Zu dir scheint er Vertrauen zu haben«, fordert Jil ihre Mutter auf, gemeinsam mit uns zu dem Jungen zu fahren.

»Ist es für heute nicht schon zu spät?«, wundert sich Lydia. »Wir können so spät nicht die Familie stören.«

Jil schüttelt nur energisch den Kopf. »Es ist wichtig, Mutter.«

Die Mutter von Philipp blickt uns wenig später beim Öffnen der Tür skeptisch an. »Ich wollte gerade zu Bett gehen«, murrt sie, bleibt in der Tür stehen.

Dank Lydia lässt sie uns aber in das Haus, führt uns in das Zimmer von Philipp. Der Junge sieht noch fern. »Er liebt es, die Nacht zum Tag zu machen«, erklärt seine Mutter.

Die Einrichtung lässt vermuten, hier lebt ein kleiner Junge. Doch als wir Philipp in seiner ganzen Größe sehen, bin ich überrascht. Er hat den Körper eines Mannes.

Lydia hält ihm das Bild vor Augen. »Philipp, du hast mir das Bild geschenkt. Es ist sehr schön, und ich habe es meiner Tochter Jil und Herrn Schuster gezeigt. Das sind die beiden netten Menschen, die ich mit hierhergebracht habe.«

Der Junge strahlt. »Gut gemacht«, ruft er und klatscht in seine Hände.

»Hast du so ein tolles Bild auch einmal für die Anna gemalt?«, die Kommissarin sieht Philipp lächelnd an.

Er nickt, windet sich hin und her. »Die kommt nicht mehr zum Spielen, schade. Habe für sie Schokolade mitgenommen und auf dem Spielplatz auf sie gewartet. Schläft die Anna noch immer?«

Mein Blick trifft den der Kommissarin. »Wir sind, so scheint es, nah dran«, sage ich leise.

»Ja«, meint Jil Augustin.

»Die Anna schläft noch. Wo ist sie denn eingeschlafen?«, will Lydia wissen.

Philipp springt mit einem Mal durch sein Zimmer, schmeißt eine Burg aus Legosteinen um. »Die soll mit mir spielen! Will mit der roten Anna spielen.«

Ich komme mir unbeholfen vor und beobachte, wie Lydia den Jungen beruhigt. Auch meine Kollegin hält sich jetzt zurück.

»Wo hat die Anna mit dir das letzte Mal gespielt?«

»Wieso soll ich dir das sagen?«

Philipp fragt Lydia, ob sie ihm dann wieder Farbe schenke, wenn er es verrate. Sie nickt geduldig. Mit ihrer bunten Robe und dem knallig gefärbten Haar erinnert sie den Jungen sicherlich an eine Kinderfigur aus dem Fernseher.

»Die Anna war joggen«, erzählt er freudig. »Die habe ich ordentlich erschreckt. Hat mich zunächst nicht erkannt und ist vor mir davongelaufen. Das war lustig. Musste aber ganz schnell laufen, die Anna hatte doch Turnschuhe an und ist so schnell gerannt wie ein Blitz.«

»Das war nicht zufällig am Rheinufer?«, Lydia sitzt neben Philipp. Beide malen jetzt zusammen ein Bild.

»Doch, genau da habe ich die Anna getroffen. Von hinten habe ich sie runtergezogen. Sie sollte doch endlich stehen bleiben und mit mir spielen.«

»Was passierte dann?«, bringt sich die Kommissarin ein. »Du bist nicht lustig. Dich mag ich nicht. Geh weg!«, schreit Philipp sie an. Ich grinse, jedoch nur innerlich. Allerdings, so glaube ich zu wissen, wird er auf mich nicht anders reagieren. Ich überlasse das Feld lieber Lydia. Jil gesellt sich wieder neben mich. Wir stehen in einer Ecke des Zimmers, über uns hängen kleine Drachen von der Decke.

»War noch jemand zu deinem Spiel mit der Anna hinzugekommen?«, fragt Lydia und greift nach einer neuen Farbe.

Philipp springt auf. »Darf ich nicht verraten. Dann gibt es Ärger für mich. Ich komme dann in so ein Heim und darf nicht mehr malen.«

Lydias Versuche bleiben ohne Erfolg. »Jetzt wissen wir, dass Philipp zumindest weiß, wer die andere Person ist. Er wird sie mit Sicherheit wiedererkennen«, flüstert die Kommissarin in mein Ohr.

»Du hast aber eine schöne Uhr«, greift Philipp nach Lydias Arm. »Meine Uhr ist weg, einfach weg, so wie meine Puppe.«

»Wie hat deine Uhr ausgesehen?«, will Lydia wissen.

»Sie hat Glitzersteine, das liebe ich. Alles, was glitzert und glänzt, ist schön«, Philipp gibt seltsame Laute von sich, Lydia bekommt ihn nicht mehr beruhigt.

Die Mutter von Philipp kommt ins Zimmer, trägt ein Glas in der einen Hand, ein Röhrchen mit Tabletten in der anderen. »Kommen Sie bitte morgen wieder. Er braucht jetzt seine Medikamente, dann schläft er ein. Es ist wichtig, sagen die Ärzte, dass Philipp seinen Schlaf findet.«

Ein Blick auf meine Armbanduhr gibt der Mutter recht. Ich gähne, fühle mich erschöpft.

Philipp greift nach dem Glas, das seine Mutter ihm reicht, und schluckt eine Tablette.

»Warum sind die Schuhe hier grün? Ist das in dem Kinderfilm auch so?«, sieht Lydia sich noch einmal das Bild an, das Philipp ihr geschenkt hat.

»Da war jemand mit grünen Turnschuhen, aber ich darf

nicht sagen, wer«, hören wir beim Verlassen des Zimmers Philipp sagen.

Vor der Haustür stehen wir noch einen Moment zusammen, ich bemerke, dass im Haus die Lichter gelöscht werden. »Es ist sehr spät«, bemerke ich. »Wir fahren Sie noch nach Hause«, nicke ich Lydia zu.

»Lasst mich mal zu Fuß nach Hause gehen«, umarmt Lydia uns vor dem Haus. »Der Junge ist nicht böse. Glaubt es mir!«, fügt sie gähnend nach.

Im Auto spreche ich Frau Augustin noch einmal auf die Uhr an, die wir am Rheinufer gefunden haben.

»Wie aber soll Philipp an die Uhr gekommen sein? Die Frau von Krause wird so ein wertvolles Teil nicht einfach verschenken, schon gar nicht an Philipp.« Frau Augustin blickt nachdenklich zu mir.

»Ich glaube immer noch, die Uhr bringt uns ein Stück weiter.«

»Wir werden ihm die Uhr zeigen, vielleicht kommen wir so dem Geheimnis ein Stück näher«, sagt die Kommissarin und steigt in den Wagen.

»Schlafen Sie gut«, verlässt die Kommissarin wenig später, vor ihrer Wohnung, den Wagen.

Elke

Als Manfred plötzlich vor meiner Tür steht, ich fühle mich wie im siebten Himmel, bin einfach nur happy. Mein nächster Gedanke, Manfred will die Nacht bei mir verbringen.

Er sieht total mitgenommen aus. Glaube, er hat auch geweint. »Hast du etwas Zeit für mich, Elke?«

Müde fällt er auf mein kleines Sofa. Ich ziehe es vor, mich auf den Sessel zu setzen. Bin froh, noch nicht in meinem Pyjama zu stecken. Meine neue Bluse, so hoffe ich insgeheim, wird Manfred beeindrucken.

»Ein Bier?« Manfred nickt. Zum Glück habe ich zwei Flaschen kalt gestellt. Mir schenke ich einen Wein ein. Sicherlich will Manfred später noch die zweite Flasche Bier trinken, denke ich mir. Rasch belege ich zwei Scheiben Brot mit Schinken, eile dann zurück in das Wohnzimmer. Manfred sitzt vor mir, hat seinen Kopf auf seine Hände gestützt. »Ich muss dir etwas sagen, Elke«, stockt er herum. »Die Anna war schwanger, von mir.« Zum Glück habe ich das Bier schon abgestellt, auch den Teller mit Brot. »Oh, das ist ja …«, etwas anderes fällt mir nicht ein. »Bist du dir sicher, dass es dein Kind war?«

»Ja! Die Anna hätte mich nie angelogen!«, raunt er gleich los. Manfred sieht mich an, er weint schon wieder. Komisch, denke ich mir, so habe ich ihn noch nie gesehen und erlebt. Eigentlich kenne ich nur die Seite des Machos an ihm, die mir bisher auch besser gefallen hat. »Willst du nichts essen?«

»Elke, willst du meine Worte nicht begreifen?«

Ich nippe an meinem Wein. »Ist das jetzt noch wichtig? Anna ist tot, das Baby auch«, mein Schmerz hält sich in Grenzen.

Manfred hat gerade das Bier angesetzt, stellt es nach meinen Worten auf den Tisch, greift nach einer Scheibe Brot und steht auf.

»Ich wollte es dir persönlich sagen. Als ich bei dir in Köln war, es war eine geile Zeit, wirklich, Elke. Nach meiner Rückkehr bin ich …«, an der Stelle unterbreche ich ihn.

»Wenn ich das jetzt nicht hören möchte?« Manfred beißt in das Brot, dreht sich um und geht zur Tür. »Du solltest mir aber zuhören, bitte.«

»In Ordnung«, eile ich ihm nach. »Komm doch bitte wieder ins Wohnzimmer.« Nach anfänglichem Zögern gibt Manfred nach. Ich atme tief durch, als er wieder auf dem Sofa sitzt. »Wie gesagt, es war sehr schön mit dir in Köln. Dann habe ich in der Redaktion Anna getroffen und wieder mit ihr geschlafen.«

»Seit wann weißt du von der Schwangerschaft?«, nehme ich erneut einen Schluck Wein. Ich fühle mich beschissen. »Sie hat mir einen Zettel in die Hose gesteckt, als ob Anna Angst gehabt hätte, mit mir zu sprechen. Glaubst du das, Elke? Warum nur?«

Mir geht gerade viel durch den Kopf. Soll ich tatsächlich sagen, was ich jetzt denke?

»Du bist, und das wusste sicherlich auch Anna, nicht der Mann, der sich unbedingt über die Nachricht, Vater zu werden, freut. Also ich hätte Angst, dir diese Mitteilung zu geben.«

Jetzt ist es raus. Ich blicke ihn nach meinen Worten an. Manfred sitzt nach vorn gebeugt vor mir.

»Schade, wirklich schade. Ich bin einfach nur der Macho.«

»Aber du wolltest doch nie ein Kind. Das war doch auch der Grund, warum zwischen Jil und dir alles so schieflief und dann endete.« Manfred nickt. »Trotzdem, wenn du dann erfährst, da wächst ein Baby, ein neuer Mensch in einem Bauch, alles scheint jetzt so anders für mich. Elke, ich habe mich gefreut, das ist die Wahrheit«, er springt spontan auf.

Mir fällt vor Schreck der Wein aus der Hand. Ich schaue auf meinen Teppich. Eine rote Spur zieht vor meinen Augen in den hellen Boden ein. Mist!

»Ist das jetzt wichtig?«, Manfred nimmt meine Hände. »Ich habe so viel kaputt gemacht. Mir wird das erst jetzt klar.«

»Wollte Anna, dass du sie heiratest?«, die Frage ist nicht angebracht, brennt aber auf meiner Seele. Er schüttelt den Kopf. »Denke, nein. In dem kleinen Brief von ihr steht, ich solle mir keine Sorgen machen. Sie werde das Kind alleine großziehen, meine Freiheit und mein Leben werde sie nicht ändern. War das nicht großherzig von Anna?« Manfred weint wieder. Ich brodele innerlich, von wegen großherzig. Eine ganz raffinierte Kuh war die Anna, denke ich mir. Natürlich hat sie Manfred an sich binden wollen, sonst gab es doch keinen Grund, ihn über die Schwangerschaft zu informieren. Alles Taktik! Jil und ich hätten uns niemals getraut, schwanger zu werden, ohne das vorab mit Manfred abzuklären. Ob er mit Anna jemals über das Thema Kind gesprochen hat?

»Liebst du mich, Manfred? Willst du hierbleiben, für immer?« Warum habe ich das jetzt gesagt? Die Worte sind einfach so aus meinem Mund herausgesprudelt. Manfred lässt meine Hände los, geht einen Schritt zurück, dann eilt er aus meiner Wohnung. Ich bleibe weinend zurück, fühle mich richtig beschissen und leer. Manfred, so ist mir bewusst, schadet mir. Die Liebe zu diesem Kerl tut mehr weh als gut. Trotzdem komme ich nicht umhin, immerzu an diesen Mann zu denken, mir zu wünschen, in seiner Nähe zu sein. In dieser Nacht, so ist mir bewusst, werde ich keinen Schlaf finden.

Im Auto sprechen Kollege Schuster und ich über die letzten Stunden. Das Zusammentreffen mit Philipp scheint uns am wichtigsten zu sein. »Gleich morgen suchen wir den Jungen wieder auf, meine Mutter wird uns begleiten. Sie hat allem Anschein nach den besten Zugang zu ihm.« Schuster nickt nur, scheint in Gedanken zu sein, wirkt auch müde.

»Anna ist gestürzt, an den Folgen dieses Sturzes ist sie verstorben. Kann es nicht doch sein, dass Philipp, ohne es zu wollen, für ihren Tod verantwortlich ist? Er hat doch gesagt, Anna zu Boden gerissen zu haben.« Schuster hält vor meiner Wohnung an.

»Und den Schlag gegen ihre Schläfe? Das war alles aber kein Zufall. Nein, irgendjemand hat den Tod von Anna billigend in Kauf genommen. Außerdem«, blicke ich meinen Kollegen zweifelnd an, »denken Sie bitte an die zweite DNA, die Doktor Gemmel gefunden hat.«

Schuster nickt. »Ja, das stimmt. Also gehen Sie davon aus, dass Philipp nur für die Schürfwunden an Annas Körper verantwortlich ist?«

»Und für das Kinderbild auf ihrem Rücken. Schon komisch, das alles. Für Philipp scheint es ein Spiel gewesen zu sein.« Wir sitzen noch immer im Wagen vor meiner Wohnung. »Kommen Sie noch auf einen Espresso mit hoch?«, lege ich, wenn auch nur für Sekunden, meine Hand auf die Schulter von Schuster. Schuster lehnt meine Einladung ab, betont, er sei müde, müsse ein paar Stunden schlafen.

In meiner Wohnung treffe ich auf Hermann Josef. Er blickt mich überrascht an. »Es ist spät geworden«, kommt er mir entgegen.

Ich rieche, dass er gekocht haben muss. Mein Blick auf den kleinen Esszimmertisch bestätigt diese Vermutung. Hermann Josef hat den Tisch schon für uns beide eingedeckt.

»Möchtest du noch etwas essen?«, haucht er mir einen Kuss auf die Wange. Wenn ich ehrlich bin, ich bin müde, möchte nur schlafen gehen. Doch jetzt kann ich Hermann Josef nicht so stehen lassen, will noch etwas mit ihm essen, ihn anschließend über die Neuigkeiten informieren.

»Erzähl mir alles beim Essen, Jil! Setz dich, ich will dich heute verwöhnen und dir zeigen, dass du für mich eine ganz besondere Frau bist.« Im ersten Moment fühle ich mich fehl am Platz. Hermann Josef sagt so liebe Worte. Ich weiß, dass ich das nicht verdient habe, mich in den letzten Tagen mal wieder komisch und unfair ihm gegenüber verhalten habe. Es ist so spät, fast Mitternacht, ein Essen um diese Uhrzeit wird meiner Figur nicht guttun, so überlege ich kurz, lasse mich dann aber von dem Gefühl des Moments treiben.

Geduldig warte ich, bis er mir einen Teller mit einem Steak serviert und eine Schüssel mit Salat und eine mit Kartoffeln auf dem kleinen Tisch platziert hat. »Der Salat ist schon zusammengefallen«, sieht Hermann Josef mich an. Ich schweige, fange gerade an, über meinen Freund zu staunen. Mir ist bewusst, dass er lange an diesem Abend auf mich gewartet, extra für uns Essen vorbereitet hat.

»Du wolltest mir von den Recherchen berichten«, strahlt Hermann Josef mich an, als er selbst ein Steak auf seinen Teller und mir gegenüber Platz genommen hat. Ich bin immer noch verwundert, entzückt und fühle mich gut. Ja, ich muss zugeben, ich genieße es, von ihm verwöhnt zu werden. Mein Kollege und Freund hört mir auch interessiert zu. Auf eine

Schürze hat Hermann Josef dieses Mal verzichtet. Sein Aftershave liegt in der Luft und ich spüre, dass ich mich noch immer sehr von diesem Mann angezogen fühle. Nach dem Hauptgang ist alles vom Tag berichtet. Die neusten Erkenntnisse über Annas Recherche kenne ich nun auch. »Den Nachtisch möchte ich dir gerne«, mein Hermann Josef Metzger scheint verlegen zu werden, »im Schlafzimmer servieren.« Ich staune nicht schlecht.

»Wir haben uns sehr lange nicht mehr geliebt«, mehr brauche ich nicht zu sagen. Hermann Josef steht vor mir, küsst mich auf meinen Mund, nimmt meine Hand und zieht mich sanft an sich. Seine Lippen berühren meine und ich spüre ein großes Verlangen, ihm näher, viel näher zu kommen. Jegliche Müdigkeit scheint aus meinem Körper verschwunden. Ich möchte die nächsten Momente nur genießen.

Das habe ich viel zu lange vernachlässigt, die Liebe, sich treiben lassen von dem Gefühl, das so einmalig schön ist. Habe ich vor lauter Arbeit das wahre Leben vergessen? Lag es an den SMS von Manfred? Was empfinde ich jetzt? Tief in mir spüre ich, dass ich große Sehnsucht nach der Nähe von meinem Hermann Josef Metzger habe. Noch vor dem Schlafzimmer haben wir uns ausgezogen, küssen uns erneut zärtlich, dann wieder voller Leidenschaft. Hermann Josef, so kann ich spüren, ist genauso erregt wie ich. Einen Moment halte ich inne, blicke ihm in seine Augen, lächle ihn an, bis er mich in das Schlafzimmer zieht.

Keine Ahnung, warum ich heute, so spät am Abend, noch zu Elke bin. Trotzdem fühle ich mich erleichtert, ihr von Annas Schwangerschaft berichtet zu haben. Ihre Reaktion war zu erwarten. Elke scheint an mir Gefallen zu finden, dabei habe ich nie von Liebe gesprochen. Frauen sind schon sehr anhänglich. Wie besonders doch die Anna war. Nach unserer letzten Nacht, dem gemeinsamen Frühstück muss sie mir die kleine Nachricht zugesteckt haben. Zu Hause angekommen, fingere ich den Brief noch einmal hervor.

Lieber Manfred,
danke für die letzte Nacht möchte ich nicht schreiben. Das hört sich so altmodisch an, so anhänglich. Nein, ich hatte genauso viel Freude an deinem Körper wie du umgekehrt an meinem. Wenn ich es mir aussuchen kann, dann sollen das Leben, unsere Treffen, die Zusammenarbeit und überhaupt alles so bleiben, wie es jetzt ist: leicht, frei, ohne Zwänge.

Gerade die letzten Tage haben mir jedoch gezeigt, das Leben ist nicht immer so einfach. Manfred, bitte erschrecke nicht, wenn du den nächsten Satz liest, nichts wird sich für dich ändern, glaube mir! Manfred, ich bin schwanger. So, jetzt ist es raus, jetzt habe ich den Vater meines Kindes informiert. Mit der Pille, das war nie mein Ding, zu viele Hormone, das verstehst du doch? Und du? Auf ein Kondom hast du nie gestanden. Bitte mach kein Theater, keine Schuldzuweisung und komm nicht auf die Idee, mir die Schwangerschaft auszureden!

Das Kind wird in meinem Körper wachsen. Meine Arbeit behalte ich, immerhin bin ich seit acht Wochen fest angestellt, das ist schon eine Erleichterung!

Manfred? Bitte sorge dich nicht, bitte! Ich will das Kind, bin stark genug, es alleine zu erziehen.

Ich küsse dich, sanft und innig auf deine Lippen.
Anna

Der Brief gleitet aus meinen Händen. Tränen laufen über mein Gesicht. Ich setze mich auf einen Stuhl, blicke ins Leere. Mein Kopf dreht sich wie ein Karussell. Anna, Elke und Jil sehe ich abwechselnd vor meinen Augen und hinterfrage, warum ich immer, wenn es ernster wird, weglaufe. Wovor habe ich Angst? Die Tatsache, dass Anna von mir schwanger war, hat mich aufgewühlt und eine Seite in meinem Inneren sichtbar gemacht, die ich nicht kannte, nie an mir bemerkt habe. Zu hundert Prozent hätte ich gewettet, bei der Mitteilung Vater zu werden, schier auszuflippen, mich zu betrinken, die Frau zu motivieren, sich mit dem Thema Abtreibung zu beschäftigen.

Doch jetzt? Wie wäre ein Leben mit Anna und Baby verlaufen? Anna ist unkompliziert gewesen, locker, lustig, sie hätte ein Kind großbekommen ohne Mühen. Ich habe es immer gewusst und Anna schon immer so gesehen als eine Frau, die zu mir, an meine Seite passt. Nur der Altersunterschied hatte mir Sorge bereitet. Wenn Anna mal wieder ihre flippigen Tage hatte, kaum Schlaf und Diskotheken suchte, da kam ich mir alt vor. Aber mit einem Baby wäre das vielleicht auch alles anders gewesen.

Elke versucht, die Mütterliche zu sein, kocht für mich, belegt Butterbrote, ist jederzeit für mich da, so wie meine Mutter es immer tut. Bequem ist es, doch reicht das für ein Leben?

Meine nächsten Gedanken wandern zu Jil. Nein, leicht ist es mit ihr nicht, langweilig auch nicht. Trotzdem lief der Alltag anders ab als mit Anna. Jil kann zicken, wenn auf der Arbeit etwas nicht rund läuft, nörgelt bei Kleinigkeiten. Socken, die neben dem Bett liegen, Handtücher, die ich nicht in den Wäschekorb werfe, sondern auf dem Boden vor der Dusche liegen lasse, Zahnpasta, die offen bleibt, Bierflaschen, die im Wohnzimmer leer zurückbleiben.

Mein Handy vibriert, zeigt den Eingang einer SMS, langsam komme ich zurück in die Wirklichkeit.

Bürgermeister Karbach

Verrückt! Morgen werde ich also fünfzig. Was denke ich nur, es sind keine fünfundvierzig Minuten mehr, die mir noch bis zu meinem Geburtstag bleiben. Die Feier auf dem Schiff macht mir immer noch Sorgen. Ich hätte einfach Nein sagen sollen. Alfons Krause, so denke ich mir, ist ein Arsch. Was soll's? Ich habe nicht den Mut, mich ihm entgegenzusetzen, verbal meine ich, und um mich zu schlagen, bin ich zu feige. Jetzt fühle ich mich noch kleiner. Die Ansitzjagd heute sollte für Abwechslung sorgen, so war meine Hoffnung.

Nun gut, der Abend verlief zufriedenstellend, der anschließende Imbiss an der Jagdhütte ist für einen von Tannenberg schon peinlich. Ob er Geldprobleme hat? Nun, ja. Immerhin konnte ich viele gute Gespräche führen. Mein Vorschlag, dass Zusammensein zu verlegen, sich am späten Abend noch einmal zu treffen, in meinen Geburtstag zu feiern, kommt bei einigen gut an. Nur die Jugend, so auch der Martin

Krause, findet meinen speziellen Vorschlag unpassend. Martin lässt sich dazu hinreißen, eine Anspielung auf mein Alter zu machen. Fragt, ob ich so etwas wie Torschlusspanik habe. Kann sein, er hat recht. Mit drei Jägern habe ich mich für 23.30 Uhr verabredet, im Bordell. Mir ist jetzt unangenehm, dass ich so forsch vorgegangen bin, solch ein Vorschlag passt nicht zu einem Bürgermeister, überlege ich, schaue auf meine Uhr, ich habe noch ein wenig Zeit. Das Bordell liegt nur einen Kilometer von meinem Haus entfernt.

So richtig weiß ich nichts mit mir anzufangen. Meine Gedanken driften ab zu meiner Exfrau. Ich frage mich, warum sie nicht bei mir geblieben ist. Was hat sie damals nur an diesem Privatdetektiv gefunden? Ich blicke aus meinem Fenster. Klar, so überlege ich mir, war es eine Genugtuung, später zu hören, dass sie sich wieder von diesem Mann getrennt hat. Trotzdem bin ich traurig. Bei mir scheint vieles falsch zu laufen. Ganz in Gedanken ziehe ich mich um.

Beim Anziehen meiner Jacke fällt mir Jil Augustin ein. Die Kommissarin sehe ich immer gerne. Gegen Manfred Luck anzutreten, habe ich vermieden. Er ist ein Frauentyp, eben ganz anders, als ich es bin, leider. Nur dass die Kommissarin ihn gegen den Jüngling von Metzger eingetauscht hat, puh! Das hat dann wehgetan. Ich dachte schon, jetzt ist meine Chance, doch weit gefehlt.

Mir fällt der Abend mit Alfons Krause in der Nachtbar, dem Bordell, wie einige sagen, wieder ein. Ein Gedanke, der mir gefällt. Seit ich mit Alfons dort war, trage ich den Wunsch in mir, diese Bar noch einmal aufzusuchen. Drei Bekannte kommen am Abend mit, was mich freut, gleichzeitig mir etwas Angst bereitet. Wieder überlege ich, ob das eine gute Idee von mir war? Was werden die Freunde von mir denken?

Sorge macht mir auch mein Auto. Vielleicht soll ich doch lieber ein Taxi rufen? Quatsch, das spricht sich genauso rum. Die lieben Mitbürger erfahren ja doch von meinem Ausflug. Dann kann ich auch den Wagen nehmen. Ob die anderen wirklich kommen? Alfons hatte die Teilnahme an der Ansitzjagd heute abgesagt, sein Sohn erwähnte einen Geschäftstermin. Er wäre sicherlich direkt von meiner Idee begeistert gewesen.

Auf der Fahrt zu der Bar fühle ich mich überraschend gut, jung, unternehmungslustig, leicht erregt, in der Hoffnung auf das, was ich erwarten kann. Leider lässt mein Mut auf den letzten Metern nach. Ich kneife, fahre an dem Club vorbei. Es stehen vier Autos auf dem Hof. Ich erkenne keines davon. Warum, so frage ich mich, liegt der Parkplatz vor dem Club? Ob die anderen Männer keine Bedenken haben?

Mir fällt erneut Alfons Krause ein. Der ist anders als ich, selbstbewusster. Drei Mal fahre ich an dem Club vorbei. Meine Erregung und der Wunsch, den Club zu betreten, wachsen mit jedem Meter. Mir fällt eine kleine Fabrik ein, die inzwischen stillgelegt ist und nur unweit entfernt liegt. Mein Auto fällt dort sicher niemandem auf. Ich fahre dorthin, parke den Wagen und steige zufrieden aus. Die wenigen Meter bis zu dem Club eile ich. Den Kragen meines Mantels stelle ich hoch. Zu meiner Freude fährt kein Wagen an mir vorbei. Ob die anderen überhaupt kommen?

Es ist ruhig, obgleich es doch Freitagabend ist. Wo die Jugend inzwischen den Abend verbringt, frage ich mich beim Betreten des Grundstücks. Mit jedem Schritt, den ich mich der Eingangstür nähere, wächst die Lust in mir. Alle übrigen Gedanken sind mit einem Mal unwichtig, wie gelöscht. Ich will mich amüsieren, in meinen Geburtstag reinfeiern. Das ist legitim, sage ich mir und klopfe an die Tür. Den Kragen meines Mantels habe ich immer noch hochgestellt. Ich blicke kurz zurück auf die Straße, ein Auto nähert sich.

»Sie waren doch kürzlich mit Alfons Krause hier?«, öffnet mir ein bulliger Mann. Ich nicke, fühle mich unbeholfen. »Die Freunde von Herrn Krause sind hier immer willkommen«, er hält die Tür weit auf. Ich tauche Sekunden später ein in mein Paradies für diese Nacht. »Dann kommen Sie bitte mit«, werde ich von dem Türöffner an einen Tisch geführt. Es ist der gleiche Tisch, an dem ich mit Alfons Krause saß, der beste Platz im ganzen Lokal. Zufrieden bestelle ich einen Whisky, das brauche ich jetzt. Schüchtern wandert mein Blick umher, immer auf der Suche nach Gesichtern, die ich kenne oder die mich kennen könnten, zum Glück ohne Erfolg, jedenfalls, was die Zuschauer betrifft. Mein Whisky kommt und zeitgleich mit ihm die wunderschöne junge, brünette Frau, die ich schon bei meinem ersten Besuch bewundert habe. Graziös stellt sie das Glas vor mir ab, lächelt mich an. Ich spüre, wie mir heiß wird, Röte ins Gesicht steigt. Sie bückt sich über den Tisch. Ich blicke in ihren Ausschnitt und denke, so wolltest du immer in den fünfzigsten feiern.

»Wir sehen uns nach meinem Auftritt?«, fragt sie mich mit ihrer sehr sexy Stimme. Ich kann nur lächeln, zum Reden bin ich nicht mehr in der Lage. Sie scheint meine Gedanken zu lesen, ist in der Lage, sich in mich und meine geheimsten Wünsche hineinzuversetzen. Oder mag sie mich vielleicht sogar? Liest man nicht ab und an, dass die Frauen sich in ihre Freier verlieben? Ein Happy End, so träume ich vor mich hin, mit dieser jungen Frau, ich spüre, wie meine Erregung stärker wird. Ein rascher Blick fällt auf meine Uhr, noch fünfundzwanzig Minuten bis zu meinem Geburtstag.

Ohne nur einen weiteren Blick von dieser Traumfrau zu lassen, beobachte ich, wie sie auf die Bühne geht und anfängt zu tanzen. Alle Männer, so registriere ich etwas später, hängen mit ihren Blicken an ihr, warten darauf, ihren makellosen Körper in Natur zu bewundern. Fast spüre ich so etwas wie Eifersucht, als sie ihren BH fallen lässt, die wohlgeformten Brüste zur Schau stellt. Ein Klatschen ertönt. Ich bete inständig, dass sie das Höschen anbehält, als sich eine Hand auf meine Schulter legt.

»Toni!«, höre ich eine Stimme hinter mir, drehe mich aber nur kurz um.

Zwei meiner Jagdfreunde lassen sich auf den Sesseln neben mir nieder, sie sind allem Anschein nach zusammen hierhergefahren.

»Wollte der Siggi nicht noch kommen?«, frage ich, ohne mich umzudrehen. »Mensch Toni, du hast den besten Platz hier in der Bar«, blicken sie sich um. »Der Siggi wird noch kommen«, höre ich und lasse meinen Blick fest auf der Bühne. »Kommst du öfter hierher?«

Ich bin erschrocken, ärgere mich über meinen spontanen Vorschlag, gemeinsam hierherzugehen. Die Krönung jedoch kommt keine Minute später. Ohne dass ich mich umdrehen muss, erkenne ich den Mann, dessen Stimme gerade an mein Ohr dringt.

»Der Bürgermeister, schau einer an! Und die anderen Jäger sind auch gekommen. Vor der Tür hat gerade der Siggi geparkt. Ist das hier so eine Art Schüsseltreiben? Dann seid ihr aber noch zu früh gekommen«, ein Lachen erfüllt den Raum, Köpfe drehen sich um. »Das können wir ja dann im

November nach meiner Jagd noch einmal richtig planen«, er hüstelt. »Das mit dem Schüsseltreiben, meine ich.« Ich kann wieder ein lautes Lachen hören. »Dann können wir gleich den Champagner für deinen Geburtstag bestellen«, zieht er die Aufmerksamkeit auf sich.

»Ich hatte mir schon gedacht, dass wir uns hier wiedersehen. Scheint sich an die angenehmen Dinge des Lebens zu gewöhnen!«, höre ich die mir bekannte Stimme. Alfons Krause lacht, einige der anwesenden Herren drehen sich kurz zu uns um, das Interesse schwindet zu meiner Freude schnell.

Nein, so denke ich, warum nur muss der Abend so eine unerwartete Wendung nehmen?

»Dachte ich mir doch, dass wir uns früher oder später hier treffen«, polternd lässt sich Alfons Krause auf den freien Sessel neben mir fallen. »Die ist klasse«, zeigt er zur Bühne und fingert eine Havanna aus seiner Jacke. »Auch eine?« Lachend bietet er auch den beiden Jägern eine Zigarre an. Begeistert greifen sie zu. »Wir sind das erste Mal hier, war die Idee von Toni Karbach«, höre ich einen sagen.

Was soll ich jetzt machen? Wie erkläre ich Krause meinen Besuch hier im Bordell? Ein Bürgermeister besucht solche Etablissements im Allgemeinen nicht. Krause hält mir erneut eine Zigarre hin, verlegen nehme ich sie an. »Ich bin per Zufall hier vorbeigekommen«, weiter komme ich mit meinen vagen Ausreden nicht.

Alfons Krause donnert vor Lachen, klopft mir auf die Schulter. »Ist mir egal, wirklich, Karbach. Das Leben sollte man genießen, mein Spruch. Wem die Stunde schlägt, der hat keine Gelegenheit mehr, all die Dinge nachzuholen, die er versäumt hat zu erleben. Sie machen das genau richtig!«

Ich spüre so etwas wie Erleichterung in mir aufkommen, leider nur für wenige Sekunden. Mein Blick wandert wieder zu meiner Hübschen auf der Bühne. Sie ist jetzt vollkommen nackt. Alle Männer hängen mit ihren Augen und den darin liegenden Sehnsüchten auf ihrem Körper.

»Hübsch, die Kleine«, klatscht Krause in seine fetten Hände. Angewidert blicke ich ihn an.

»So ist das nun mal hier, Karbach. Es gibt kein Recht für den einzelnen Mann auf eine Frau.« Ich schlucke, ziehe anschließend an der Havanna und huste mir die Seele aus dem Leib. Spätestens jetzt weiß jeder, dass ich hier bin und den Abend vor der großen Feier in einem Bordell verbringe.

Eine Frau bringt mir ein Glas mit Wasser. Ich nicke dankend und trinke es in einem Zug aus. Bekomme jedoch durch mein Husten nicht mit, dass Alfons Krause aufgesprungen und in einem Nebenraum verschwunden ist.

Die Hübsche tritt an meinen Tisch. Jetzt trägt sie einen Rock, der gerade mal so viel verdeckt, um die Fantasie in Wallung zu halten, und dazu einen schwarzen BH.

»Hat dir meine Show gefallen?« Mir fällt eine kleine Zahnlücke zwischen den oberen Schneidezähnen auf, bei ihr sieht es niedlich aus. Wie alt sie wohl sein mag, überlege ich, traue mich aber nicht, sie danach zu fragen. Würde sie mir ihr wahres Alter überhaupt verraten? Irgendwo habe ich mal gelesen, die Mädels werden regelmäßig kontrolliert, müssen also über achtzehn sein. Ich kann nicht anders, muss sie ständig ansehen.

»Ein Glas Champagner?« Sie lacht, hebt den Arm, um eine Flasche zu bestellen, und lässt sich auf dem Sessel nieder, wo zuvor der Krause saß. Der Champagner wird serviert, wir prosten uns zu. Ich blicke rasch auf meine Armbanduhr, noch sieben Minuten bis zu meinem Geburtstag. Sie küsst mich auf meine Wange, ich fühle mich großartig.

Die Unruhe um uns herum nehme ich erst viel später wahr. Krause steht plötzlich neben mir, plappert etwas vor sich hin, dass ich jedoch nicht verstehe. Sein Blick wandert unruhig an meinen Augen vorbei. Dann dreht sich auch die hübsche Brünette um, folgt dem Blick von Alfons Krause. Aller Wahrscheinlichkeit nach liegt es an ihr, dass auch ich diese Richtung mit meinem Blick suche und mich umdrehe. Zuvor ist mir aufgefallen, dass ihr Gesicht mit einem Mal ängstlich wirkt.

»Da steht ein Verrückter, will der uns alle umbringen?«, sie haucht diese Worte mehr, als dass sie sie laut ausspricht. Ich fühle mich wie benebelt, sehe mit eigenen Augen, was ihr so große Angst bereitet. Mein Puls steigt. Ich fange an zu schwitzen, spüre die Hand von Alfons Krause, sie liegt wie Beton auf meiner Schulter. Er scheint sich auf mir abzustützen.

»Unser aller Ende, ich will nicht sterben«, kreischt irgendwo im Raum eine Frau. Noch mehr Unruhe breitet sich um uns herum aus. Gläser fallen, einige der Gäste lassen sich auf den Boden fallen, ich stehe auf, blicke dem Mann direkt in seine Augen.

»Ich suche das Schwein!«, sind seine Worte. Jetzt sind alle still, nur ein Wimmern ist zu hören, dann ein Glas, das auf dem Boden zerschellt. Die Szene zieht sich in die Länge, obgleich sie nur Sekunden beansprucht.

»Ich will deinen Tod, du Schwein!« Sein Blick, eben noch dachte ich, er haftet an mir, jedoch fällt er nun vorbei an mir, Alfons Krause scheint das Objekt seiner Begierde zu sein. Plötzlich ist mir klar, der Mann will den Alfons töten. Ganz automatisch bewege ich mich ein Stück zur Seite, dann spüre ich einen Schmerz, ich lächle kurz, erhasche noch einmal die sanften Augen der Brünetten, dann wird es dunkel.

Kommissar Schuster

Beim Betreten meiner Wohnung klingelt mein Handy. Mein erster Gedanke? Ich will meine Ruhe!

»Ein Toter im Bordell? Gut, ich komme«, beende ich das Telefonat. Die Kollegen können auch nichts für diese Nachricht. Einen kleinen Moment zögere ich, rufe dann jedoch die Kommissarin an.

»Ich störe um diese Zeit ungern«, fange ich das Telefonat an. »Frau Augustin, mir wurde gerade ein Mord gemeldet. In dem Bordell von Alfons Krause wurde ein Mann erschossen. Mehr weiß ich leider noch nicht.«

Meine Kollegin ist genauso begeistert wie ich. »Warum ziehen wir nicht zusammen?«, sie lacht laut auf. »Ich werde mit Metzger kommen. Dann treffen wir uns am Tatort«, beendet sie die Unterhaltung.

Ich bin froh, dass die beiden sich allem Anschein nach wieder gefunden haben. In meinen Augen kann die Kommissarin froh sein, solch einen tollen Kerl abbekommen zu haben. Meine Überlegungen bezüglich Manfred Luck und seinen Vorteilen bringen folgendes Ergebnis: Der Mann muss im Bett grandios sein. Was sonst lässt die Frauen immer wieder ihm nachlaufen?

Ich starte den Motor und ziehe es vor, mir nicht weiter Gedanken um Manfred Luck und seine Vorzüge zu machen.

»Ich«

Das Leben ist für mich wie ein Karussell. Es geht immer rund, mal schneller, mal langsamer, und ab und an scheint alles still zu stehen. Mein Leben dreht sich jedoch gerade so schnell, dass ich zusehen muss, alles zu verarbeiten, was sich mir bietet, alle Gelegenheiten aufzugreifen oder beiseitezuschieben, die mir in den Weg kommen. Ich lebe! Ich spüre das Leben, bin glücklich und sauge alles auf. Jedes einzelne Gefühl, jeden einzelnen Moment will ich tief in meinem Inneren aufnehmen und dort konservieren. Warum nur, so frage ich mich, habe ich keine Kamera dabei? Halte nicht in Bildern fest, was mein geistiges Auge viel zu rasch vergessen wird.

Ich bin ein Genie, und alle sollen es erfahren. Dieser Schritt, mein letzter großer Auftritt, wie ich ihn nennen möchte. Ich bin filmreif, grandios in meiner Ausführung der anstehenden Aufgaben. Mit Hingabe und einem von Mitleid gezeichneten Gesicht habe ich die Worte aus meinem Mund sprudeln lassen, ohne ihre Wirkung aus den Augen zu lassen. Genau bemerkt und registriert habe ich die tiefen seelischen Wunden, die meine Worte gerissen haben. Ja! Ich gehöre auf die große Bühne des Lebens, mein Innenleben ist so facettenreich, niemand wird mich mehr aufhalten können.

Es gibt Menschen, die sind so naiv, so einfach zu manipulieren. Allein die richtige Dosis an Gift in Form von Worten genügt, um diese Menschen zum Explodieren zu bringen. In jedem steckt etwas Böses. Erneut lache ich und empfinde Freude über meinen Erfolg.

Eine Sirene holt mich aus meinen Gedanken. Ich eile an die Fensterscheibe, blicke runter auf die B42 und sehe gerade noch den Polizeiwagen vorbeifahren. Gerade will ich mich vom Fenster abwenden, da höre ich den Krankenwagen. Fasziniert verharre ich am Fenster, blicke wie gebannt auf die Straße. Tatsächlich fährt der Krankenwagen Sekunden später gefolgt von dem Rettungswagen an meinem Haus vorbei. Jetzt spüre ich Unruhe. Hoffentlich, so überlege ich mir, kommt er zu spät zu seinem Einsatz.

Eine leichte Nervosität, die ich mir gerade nicht erklären kann, breitet sich in mir aus. Dieses sich einschleichende und nagende Gefühl mag ich nicht, es macht mich wütend. Schade nur, so denke ich mir, ich bin nicht bei dem Szenarium dabei, kann nicht sehen, was ich angezettelt habe. Ärgerlich!

Wenigstens werde ich mir morgen sämtliche Zeitungen kaufen, mich an den Fotos ergötzen. In meiner Fantasie sehe ich Blut, überall an den Wänden ist Blut zu sehen. Auf dem Boden liegt, so hoffe ich, nicht nur eine Leiche. Mich gelüstet es, eine Tüte Chips zu öffnen, an die Kalorien mag ich einmal nicht denken. Heute, so weiß ich, ist ein großartiger Tag. Ich bin meinem Ziel wieder ein Stück näher gekommen. Es lebe die Kraft der Worte, ein Gift, welches ich durch meine Zunge verbreite!

Knabbernd lasse ich mich auf das Sofa fallen, schalte den Fernseher an. Minuten später entscheide ich mich dazu, lieber Radio zu hören. Ich warte auf eine Meldung, die Meldung des Todes.

Als der Anruf kam, wir sollten in das Bordell kommen, habe ich mit vielem gerechnet, nicht aber damit, Toni Karbach tot vorzufinden. Der Anblick, ihn tot auf dem Boden des Bordells liegen zu sehen, tut mir weh. Toni Karbach war immer ein lieber Mensch. Ich glaube, mich hat er auch gerne gesehen. Ob er schon oft im Bordell war? Seine Exfrau ist lange weg, und wenn ich überlege, mit einer Freundin habe ich ihn nie gesehen. Komisch, er war auch kein Mann, über den ich nachdachte oder mich fragte, ob er mit jemandem und wenn ja, mit wem er ab und an die Nacht verbringt.

»Alles in Ordnung mit dir?«, Metzger steht neben mir, legt kurz den Arm auf meinen Rücken.

»Geht so. Der Toni Karbach war in Ordnung.« Ich drehe mich zu Metzger um, freue mich, ihn in meiner Nähe zu wissen. Meine Gedanken driften ab zu unserem Abendessen mit Nachtisch.

»Die Kugel galt mir«, steht Alfons Krause zwischen uns. Sein Gesicht ist hochrot. »Mich wollte der verrückte Bauer umbringen. Meinen Namen hat er geschrien. Dann fing er an zu schießen, zwei Mal!«

»Woher konnte Hans Sturm wissen, dass Sie heute Abend hier sind?«, meine Frage lässt Krause einen Moment ruhig werden.

»Heute Morgen, nach meinem Termin beim Notar, da muss er etwas mitbekommen haben«, stockend und kopfschüttelnd blickt Alfons Krause zu Boden.

»Geht es etwas genauer? Haben Sie beiden sich noch unterhalten?«, bringt Metzger sich ein.

»Nein, nein! Wo denken Sie hin?«, hastig sind die Worte über Krauses Lippen gekommen. »Ich habe vom Parkplatz aus dem Notar noch einmal gewunken, er machte sein Fenster auf und ich den Vorschlag, gemeinsam auf das Geschäft am Abend anzustoßen, hier, im Bordell.«

»Es kann möglich sein, Hans Sturm war zu diesem Zeitpunkt noch auf dem Gelände des Parkplatzes und hat die Worte von Alfons Krause gehört«, überlege ich laut.

»Toni Karbach hat sich wie ein Bodyguard vor mich geworfen«, ereifert sich Alfons Krause. »Ihm verdanke ich mein Leben. Zwei Minuten später wäre er fünfzig Jahre alt geworden. Die Feier, alles muss jetzt abgesagt werden«, an der Stelle schafft es Metzger, den Mann in seinem Redeschwall zu stoppen. Ein Kollege bietet sich an, Alfons Krause nach Hause zu bringen, der jedoch lehnt das Angebot ab.

»Ich nehme mir lieber ein Taxi«, dreht er sich um. Ich begleite ihn bis zur Tür. »Wir melden uns noch einmal bei Ihnen«, gebe ich ihm mit auf seinen Weg. Vor der Tür hole ich kurz Luft, dann gehe ich zurück zum Tatort.

Metzger, so kann ich sehen, spricht mit zwei Männern, die mir nur vom Sehen her bekannt sind.

»Was ist mit der Razzia?«, kommt Schuster näher. »Wird jetzt zu spät sein. Ich habe aber von unterwegs Verstärkung angefordert, wir kontrollieren alle Pässe der Frauen.« Mein Kollege scheint zufrieden zu sein. Ich blicke mich um. Eine junge Frau kommt auf mich zu.

»Ich war zuletzt an der Seite des Bürgermeisters. Er war so lieb und herzlich, anders als die Männer, die sonst zu mir kommen. Ich glaube, er hat mich verehrt.« Mein Blick wandert automatisch über ihren Körper. »Das kann ich verstehen, auch als Frau.« Sie scheint sich zu freuen und strahlt nur auf meine Worte. »Ihren Ausweis muss ich sehen«, bitte ich sie.

»Schon wieder? Der Chef hat alles geregelt. Es war nur einmal eine Frau hier, die zu jung war. Das hat der Chef anschließend gestoppt. Es war aber nicht seine Schuld. Das müssen Sie glauben! Wir anderen Frauen sind froh, den Job hier zu haben.« Ich blicke ihr nach und beobachte, wie sie über die Treppe nach oben eilt.

»Hans Sturm hat auf Alfons Krause geschossen und versehentlich den Toni Karbach ermordet. Dann ist er geflüchtet.« Schuster sieht mich traurig an. »Der Tod seiner Tochter hat ihn völlig aus der Bahn geworfen, wenn Sie mich fragen. Der Mann ist doch kein Mörder.«

»Jetzt schon«, greife ich zu meinem Handy. »Fahren Sie zu dem Hof der Sturms, aber Vorsicht, der Mann ist sicher noch bewaffnet und zu weiß was bereit.«

Metzger steht neben mir, legt seinen Arm kurz auf meine Schulter. »Das mit Toni Karbach macht dir viel aus?«, ich nicke kurz. »Wer sind die beiden Männer mit denen du dich unterhalten hast?«, will ich wissen. Metzger berichtet, dass beide aus dem Nachbardorf kommen, heute zu einer Ansitzjagd bei von Tannenberg waren. »Dann kam von Toni Karbach der Vorschlag, den Abend hier noch etwas ausklingen zu lassen«, blickt Metzger rüber zu den beiden Männern, die mit blassem Gesicht an der Bar stehen, ein dritter Mann gesellt sich dazu.

»Sind die Treffen nach einer Jagd immer so umtriebig?«, suche ich den Blickkontakt zu Metzger, sehe ihm neugierig in seine Augen.

Er kommt näher, gibt mir einen kleinen Kuss auf die Wange, flüstert in mein Ohr: »Deine Fantasie geht gerade auf Reisen.« Ein Kollege der Spurensicherung unterbricht unser Gespräch, rasch bin ich wieder ganz in meine Arbeit vertieft. In dem Moment, da Toni Karbach in einen Sarg gelegt wird, muss ich gegen Tränen kämpfen. Mir fallen viele Momente und Worte von ihm ein, die lieb waren. Warum nur, so frage ich mich, habe ich mir nie die Zeit genommen, mit ihm mal in Ruhe zu plaudern? Jetzt ist es für immer zu spät.

Lydia

Mein Handy meldet einen Anruf. Die Nummer kenne ich und hole tief Luft. Es ist schon kurz nach Mitternacht. Mein Mann ist noch einmal fortgefahren, wie so oft in der letzten Zeit. Es gibt kein Problem für mich, das Telefonat anzunehmen.

»Es ist etwas Furchtbares passiert«, eine Pause folgt. Ich zähle innerlich und bei fünf höre ich die Stimme von Alfons Krause wieder. »Der Karbach ist tot, erschossen.«

»Du meinst unseren Bürgermeister? Toni Karbach? Warum wurde er erschossen? Wo bist du jetzt, Alfons?«

»Ich … Lydia, wir sind erwachsen. Du hast sicherlich von deiner Tochter gehört, dass mir das Bordell gehört.«

Nein, das habe ich nicht gewusst, fühle mich auch spontan aufgewühlt. »Du und Karbach, ihr wart gemeinsam im Bordell?«

»Lydia, lass uns später darüber sprechen. Es ist anders, als es sich jetzt anhört, glaube mir!«

»Und Toni Karbach ist wirklich tot?«

»Der Notarzt kam leider zu spät und konnte nur noch seinen Tod feststellen. Karbach ist vor meinen Augen verblutet, in der Nacht zu seinem fünfzigsten Geburtstag. Abscheuliche Tat, der arme Mann! Ihm war nicht einmal die Freude der Liebe vor seinem Tod vergönnt.« Erneut entsteht eine Pause, dieses Mal zieht sie sich in die Länge. »Es gibt noch etwas, darüber müssen wir sprechen, jedoch nicht am Telefon.«

Das auch noch, überlege ich mir, sage aber ein Treffen für in zwanzig Minuten zu. Ab und an muss auch ich Kompromisse mit dem Leben machen.

»Wir treffen uns in der kleinen Weinstube in Osterspai. Die hat um diese Uhrzeit noch geöffnet«, schlägt Alfons vor.

Ich frage nicht mehr nach, woher er das weiß, beende das Telefonat und gehe in das Badezimmer. Meine Vorfreude, ihn zu sehen, ist groß, obgleich das, was ich am Telefon erfahren habe, mich durcheinanderbringt. Meine Gedanken gehen zurück zu den Begegnungen mit Toni Karbach. Ich mochte ihn, wirklich. Er war kein Mann mit großem Temperament, nein, das war er wirklich nicht. Meine letzte Vernissage hat er eröffnet. Richtig liebe Worte hatte er für mich und meine Kunst gefunden. Schade, dass er auf so tragische Weise aus dem Leben gerissen wurde.

Auf der Fahrt zu der kleinen Weinstube frage ich mich, warum er erschossen wurde. Mit seinem Amt als Bürgermeister kann es nicht zu tun haben. Er ist nur ein kleiner Politiker ohne großen Einfluss. Vielleicht kann Alfons mir etwas berichten. Einen Moment überlege ich, Jil anzurufen, lasse es aber sein. Sie hasst es, bei der Arbeit gestört zu werden, und sicher ist sie gerade am Tatort im Bordell.

Alfons sehe ich schon von Weitem, er wirkt aufgekratzt. Kaum, dass ich meinen Wagen geparkt habe, reißt er die Fahrertür auf.

»Danke, Lydia, dass du gekommen bist, ich brauche dich jetzt«, haucht er mir einen Kuss auf die Wange.

Benommen steige ich aus, werde sogleich von Alfons umarmt, sein Kopf liegt auf meiner Schulter, er weint. »Der Schuss galt mir, Lydia. Ich sollte jetzt tot sein, nicht der Karbach.«

Ich bin verwundert, verstehe seine Worte noch nicht ganz. Bevor ich jedoch die Gelegenheit bekomme, ihn nach dem Grund zu fragen, sprudeln die Worte nur so aus Alfons' Mund. »Der Hans Sturm stürmte bewaffnet in das Bordell, hat immer wieder meinen Namen gerufen und dann geschossen«, umklammert Alfons meine Schultern. Seine Augen, so sehe ich, sind rot.

»Dann hat der Toni Karbach dir das Leben gerettet?«, schiebe ich ihn langsam vom Parkplatz, Richtung Weinstube, die um diese Zeit noch gut gefüllt ist. Die Aufmerksamkeit der Menschen ist uns gewiss. »Kümmere dich nicht um das Geschwätz von den Leuten«, sagt Alfons einen Ton zu laut.

Wir setzen uns an einen kleinen Tisch am Fenster, mit Blick auf den Rhein.

»Die Anna Sturm wollte dich erpressen?«, verwundert hake ich nach. Das, was Alfons mir in den letzten Minuten alles berichtet hat, ist schwer zu verdauen. Meinen Wein habe ich ausgetrunken. Ich bestelle ein weiteres Glas, denke inzwischen weder an mein Auto noch an meinen Mann.

»Nicht direkt erpresst«, nimmt Alfons das Thema wieder auf. »Die Anna war sich sicher, einer großen Sauerei auf die Spur gekommen zu sein. Als ich mein Interesse an dem Grundstück ihrer Eltern bekundete, sie um Unterstützung bat, kamen wir des Öfteren ins Gespräch. Es war nur fair von ihr, mir den Hinweis zu geben, eine der Frauen im Bordell sei noch minderjährig. Es muss ein Freier gewesen sein, der die Anna zuvor informiert hat.«

»Wenn du nicht den Kontakt zu Anna wegen des Hofes ihrer Eltern gesucht hättest, sie wäre zur Polizei gegangen mit ihren Informationen?«, versonnen trinke ich das zweite Glas Wein leer.

»Ich bin schon vorher dahintergekommen, Lydia, ich hatte zu dem Zeitpunkt schon alles geregelt. Meine Hoffnung aber war, das Thema sei vergessen.« Alfons gibt der Bedienung ein Zeichen, die Gläser erneut zu füllen. Das, was ich heute Abend erfahre, ja, erlebe, bringt mich durcheinander. Meine Abende verbringe ich viel zu oft vor dem Fernseher. Die einzige Abwechslung in meinem Leben sind meine Bilder.

»Anna war kein schlechter Mensch«, schnäuzt Alfons in eine Serviette. »Sorry, Lydia, ich habe keine Taschentücher dabei.«

»Dann war an dem Vorwurf, dass eine der Frauen minderjährig sei, etwas dran?«, will ich von ihm wissen. Um uns herum wird es hektisch. Vier Leute vom Nachbartisch sind gemeinsam aufgestanden und verlassen das Lokal. Die Stimmen sind laut. Allem Anschein nach haben auch sie viel Wein getrunken.

»Der Hinweis war richtig und ich, das musst du mir glauben, Lydia, war geschockt. Nie und nimmer hätte ich das erlaubt, unter keinen Umständen unterstützt. Ich bin Geschäftsmann, kann einschätzen, dass früher oder später alles rauskommt und ich den Laden schließen muss.«

Alfons hat immer noch rote Augen. Er legt seine Hand wie selbstverständlich auf meine. Eine Sekunde zucke ich, überlege, was die Menschen um uns herum denken könnten, dann aber fange ich an, die Nähe von Alfons anzunehmen und zu genießen. Eine Frage brennt auf meiner Seele. »Hast du mit den Frauen im Bordell, ich meine, bist du …?« Ich stocke, bin mir unschlüssig, wie ich das, was mich beschäftigt in Worte fassen soll.

Er kommt näher, küsst mich auf den Mund. Nur kurz und zärtlich spüre ich seine warmen Lippen. »Nein, Lydia. Das ist ein Geschäft. Gut, ich gebe zu, dem Anblick der Frauen nicht aus dem Weg gegangen zu sein. Das ist doch verständlich?«

»So ganz verstehe ich das mit der Minderjährigen noch nicht«, fange ich das Thema noch einmal an.

»Lydia«, Alfons wirkt angespannt, ist aber auch verständlich. Bevor er weiterspricht, nippt er an dem Wein. Ich tue es ihm gleich, um die Schweigepause zu überbrücken. »Eine der Frauen hat ihre Schwester mitgebracht, irgendwie muss sie die Papiere gefälscht haben. Ich kann es mir nicht anders erklären. Die Sache ist geklärt und beendet worden. Als Anna davon erfuhr und mich auf die junge Frau ansprach, hatte ich zunächst Angst. Sie hat mir aber geglaubt und nichts in der Zeitung darüber geschrieben. Dafür habe ich ihr Blumen geschenkt, auch das wurde falsch verstanden.«

Alfons' Blick wandert zum Boden. Ich spüre, dass er keine Kraft mehr hat. Das Thema lasse ich. Alfons ist sehr lieb und außerdem ist er gerade erst dem Tod entkommen, ich will ihn nicht verletzten.

»Bleibst du heute bei mir?«, nach dem Bezahlen wiederholt Alfons noch einmal seine Frage, hält erneut meine Hand fest. Ich blicke in seine Augen und erkenne den Alfons wieder, der mir schon vor dreißig Jahren so gefallen, mir den Verstand geraubt hat.

Samstag, den 20. August am frühen Morgen

Jil Augustin

Der Anruf von Manfred hat mich überrascht. Dass er wieder bei seinen Eltern wohnt, ist mir nicht fremd. Manfred redet immer nur von einer eigenen Wohnung. Denke mal, er ist zu faul, um sich und sein Leben alleine zu organisieren. Gleichwohl er immer so auf Macho macht. Am Telefon bittet er mich, zu ihm zu kommen, spricht von Anna und dem Baby.

»Manfred will mit mir sprechen«, sehe ich Hermann Josef an, der durch das Klingeln meines Handys wach geworden ist. Die Nacht war sehr kurz für uns, eigentlich, so habe ich gehofft, kann ich bis neun Uhr schlafen.

Er küsst mich auf meine Stirn, lächelt. Wir liegen noch eng umschlungen im Bett. »Geh nur, er hat es jetzt nicht leicht.«

Ich schaue etwas skeptisch, warte noch auf einen bissigen Kommentar, dieser bleibt aber aus.

»Ich habe dich lieb«, entschwinde ich aus dem Bett in Richtung Badezimmer. Ich fühle mich glücklich. Im Spiegel sehe ich zwei strahlende Augen, einen tadellosen Teint, die Liebe hat mir sichtbar gutgetan.

Als Manfred mir die Tür öffnet, ich in sein Gesicht schaue, die roten Augen sehe, tut er mir entsetzlich leid. Die Umarmung ist ebenfalls spontan, herzlich und echt. So habe ich

Manfred nie kennengelernt. Es sprudelt bereits im Flur aus ihm heraus. Seine Mutter lässt sich kurz blicken und fragt, ob ich etwas zum Trinken möchte, eilt dann wieder zurück in die Küche.

»Anna war schwanger. Das Baby war von mir«, hält Manfred meine Hände.

Mein Blick weicht ihm aus, ich fühle mich aufgewühlt. Das, was ich bereits geahnt habe, es ist jetzt Gewissheit. Manfred sagt ohne Umschweife, sich auf das Baby gefreut zu haben.

»Mein Leben hätte einen Sinn bekommen, Jil.«

Ich schlucke, fühle mich richtig komisch. Immer sprach Lydia von Kindern, davon, dass ich nicht mehr viel Zeit habe, schwanger zu werden, und die innere Uhr doch merken müsse. Manfred war nie der Mann zum Heiraten, zum Kinder in die Welt setzen, so jedenfalls dachte ich über ihn.

»Bist du enttäuscht, Jil?« Manfred hebt meinen Kopf. Ich muss ihm jetzt in die Augen sehen. »Habe ich ein Recht dazu? Nein. Wir sind getrennt, und wenn du bei Anna das finden konntest, was ich dir nicht habe bieten können …«, ich stocke. Manfred weint.

»Wer hat die Anna auf dem Gewissen? Ich muss es erfahren.« Seine Hände umklammern jetzt meine Schultern. Es tut weh.

Ich löse mich langsam von ihm. »Daran arbeiten Schuster und ich.«

»Anna hat Drohbriefe erhalten, zwei Mal in den letzten Tagen. Ich war vorhin in der Redaktion, hier sind die Schreiben.«

»Wir haben den Schreibtisch von Anna doch auf den Kopf gestellt und …«, an dieser Stelle unterbricht Manfred mich.

»Sie hat mir die Schreiben gezeigt, ich muss so geschockt gewesen sein und sie anschließend eingesteckt haben. Anders kann ich es jetzt nicht erklären.«

»Bei welchem Frauenarzt war Anna?« Manfred sieht mich skeptisch an. »Was soll jetzt diese Frage?«, will er irritiert wissen.

»Manfred, bitte, wenn du es weißt, sag es mir.«

»Sie hatte in der letzten Woche einen Termin bei Doktor Manner in ihrem Kalender stehen. Das war mir aufgefallen. Meiner Frage nach dem Warum war sie ausgewichen.«

»Darum kümmere ich mich am Montag, oder aber ...«, einen Moment zögere ich. Es ist Samstag am Morgen.

»Ob ich in der Praxis jemanden erreiche?«

Auf eine Antwort von Manfred warte ich nicht, lasse mich von der Auskunft verbinden. Es klingelt einige Mal am anderen Ende, bis jemand abnimmt.

»Welch eine Freude! Sie arbeiten am Samstag.«

»Wir machen die Abrechnung, ansonsten ist die Praxis freitags immer ab 17 Uhr geschlossen. Falls Sie den Arzt suchen oder sprechen möchten, muss ich Sie enttäuschen, der ist heute nicht in der Praxis.«

Die Arzthelferin ist zunächst über mein Anliegen überrascht, dann aber sehr kooperativ. »Darf ich kurz zu Ihnen kommen?«, meine Frage wird mit einem Ja beantwortet.

»Was genau erhoffst du dir von der Frau? Wir wissen doch, dass Anna schwanger war«, eilt Manfred mir in den Flur nach, er hält mich wieder an der Schulter fest.

»Das erkläre ich dir später. Ich habe so eine Idee. Kann sein, ich liege falsch. Wenn nicht, dann komme ich dem Mörder ein Stückchen näher«, Manfred hauche ich einen

Kuss auf die Wange, löse mich von ihm und eile davon. Im Auto informiere ich den Kollegen Schuster.

»Aber mit Metzger und Ihnen ist alles gut?«, er scheint ernsthaft besorgt zu sein. Ich lache laut in die Freisprechanlage. »Ja, alles in bester Ordnung«, trällere ich zufrieden.

Schuster höre ich ebenfalls lachen. »Freut mich, wirklich!«, er macht eine Pause. »Ich wollte noch eine Stunde schlafen, das ist jetzt aber unwichtig. Wir sehen uns in der Praxis.«

Kommissar Schuster

»Manfred war der Vater von Annas Kind«, teilt Jil Augustin mir noch am Telefon mit. Jetzt klingt ihre Stimme beschlagen.

»Dass von Tannenberg nicht infrage kommt, hat mir Gemmel vor wenigen Minuten mitgeteilt und auch, dass Manfred der Vater ist. Meine Kollegen sind alle Frühaufsteher.«

»Immer telefoniert er zuerst mit Ihnen«, meine Kollegin scheint wieder aufgebracht zu sein, setzt aber in einem ruhigen Ton nach: »Ich rufe Julia von Tannenberg an. Die Frau haben wir mit unserer Vermutung ziemlich geschockt.«

Dreißig Minuten später lässt uns die Arzthelferin in die Praxis, der Arzt ist ebenfalls anwesend. »Ich habe meinen Chef nach Ihrem Anruf informiert«, erklärt sie uns von sich aus.

Frau Augustin nickt. »Wir müssen die Namen der anderen Frauen haben, die zur gleichen Zeit wie Anna Sturm in

Ihrer Praxis waren. Selbst wenn eine Frau nur hier war, um sich ein Rezept abzuholen. Und bitte«, Frau Augustin schaut Arzt und Helferin an, »ganz wichtig ist, dass sie nachdenken, ob die Anna mit einer der Frauen gesprochen hat, eventuell sogar über ihre Schwangerschaft.«

»Da kommen nur drei Frauen infrage«, zieht die Arzthelferin einen Block hervor und notiert die Namen. »Mit ihr hier«, die Arzthelferin zeigt auf einen der Namen, »hat sie länger gesprochen. Die beiden, so hatte es jedenfalls den Anschein, haben diskutiert.«

»Die ist nicht auch schwanger?«, will Frau Augustin wissen.

Sie klingt aufgebracht. Der Arzt bleibt einen Moment verhalten und überlegt, ob er uns jetzt darüber Auskunft geben darf, schüttelt dann jedoch seinen Kopf. Das reicht als Antwort aus. Mir ist klar, warum die Kommissarin so verbissen nach dieser Frau fragt. Elke war einmal ihre beste Freundin, die beiden waren unzertrennlich, jedenfalls bis zu dem Tag, als Elke sich Manfred Luck näherte. Damit war die Frauenfreundschaft beendet.

»Können Sie mit der Auskunft etwas anfangen?«, frage ich Frau Augustin später auf dem Parkplatz vor der Praxis. »Nicht so ganz. Die beiden ersten Namen sind in Bezug zu Anna bisher nicht aufgetaucht. Und bei Elke … Ich denke, sie hat nichts mit Annas Tod zu tun.«

»Wir behalten das aber im Auge? Also die Elke?« Ich bin schon an der Fahrertür meines Wagens, da ruft die Kommissarin: »In jedem Fall. Besser wird es aber sein, Sie kümmern sich darum.«

»Dann fahren wir jetzt zu Ihrer Mutter?«, rufe ich der Kollegin noch zu.

»Nein, wir treffen Mutter vor dem Elternhaus von Philipp.«

Ich beobachte, wie Jil Augustin den Parkplatz verlässt, steige in meinen Wagen und fahre ihr nach.

Kommissar Schuster

Jil Augustin und ich schaffen es bereits um elf Uhr, das Treffen mit Lydia an dem Elternhaus von Philipp einzuhalten. Lydia ist auch pünktlich. Sie spricht uns kurz auf Toni Karbach an. Jil Augustin ist verwundert, dass ihre Mutter schon informiert ist.

»Mich hat am Abend noch Alfons Krause angerufen«, gesteht sie. Frau Augustin reagiert empört. »Was ruft dich dieser Mann noch am späten Abend an?« Lydia lacht nur. »Ich bin eine erwachsene Frau, Jil. Auch Mütter haben ein Recht zu leben.«

Um die Situation zu entschärfen, lenke ich das Thema auf den Grund unseres Treffens, auf Philipp.

Für mich ist er ein Junge im Körper eines Erwachsenen. Wie er lacht, sich bewegt, alles erinnert an das Verhalten eines Kindes von maximal neun Jahren. Die Idee, wieder die Mutter der Kommissarin mitzunehmen, ist grandios. Lydia, so wusste ich vorher gar nicht, kann sehr gut mit Kindern umgehen. Philipp blockiert zunächst, verweigert die Fragen von Frau Augustin und mir, verzieht sich auf ein Sofa und spielt mit Puppen. Erst als Lydia sich neben ihn setzt, hellt sich sein Gesicht auf. Sie spielt zunächst mit ihm. Es ist eine Szene aus Hänsel und Gretel. Mein Blick fällt auf Frau

Augustin. Sie jedoch starrt nur zu Lydia, beobachtet ihr Spiel. Ihre Mutter schafft es nach einigen Minuten, Philipp beim Spielen auszufragen.

»Hast du die Farben, die ich dir vor einer Woche geschenkt habe, alle aufgebraucht?«

Philipp nickt, freut sich und klatscht in seine Hände. »Habe gemalt, war schön, Spaß gemacht«, strahlend sieht er Lydia an.

»Was hast du Schönes gemalt?«, hakt sie nach.

Gebannt verfolge ich Lydia bei ihrer Befragung. Sie ist so ruhig und liebevoll. Sollte sie selbst nervös oder aufgeregt sein, so merkt man ihr dies in keinster Weise an.

Philipp kommt wieder auf die Hexe zu sprechen, zieht ein Blatt Papier hervor und fängt an zu malen.

»Die grünen Sportschuhe hat die Hexe getragen?«, lächelt Lydia den Jungen aufmunternd an.

Er nickt und malt eifrig weiter. Meine Gedanken wandern zu den Namen, die uns die Arzthelferin notiert hatte. Elkes Name steht auch auf dem Zettel. Sie ist sportlich, joggt des Öfteren, das weiß ich von Frau Augustin. Beide waren mal enge Freundinnen. Mir fällt Manfred Luck ein. Er hat die Freundschaft der beiden Frauen auf dem Gewissen, oder ist das jetzt altmodisch, so zu denken? Wer weiß schon, was sich abgespielt hat? Vielleicht war zu diesem Zeitpunkt die Beziehung zu der Kommissarin schon am Ende?

»Was ist mit Elke? Sie joggt doch auch gerne? Wissen Sie was von grünen Sportschuhen?«, flüstere ich Jil Augustin in ihr Ohr.

»Ich kann mir nicht vorstellen, dass Elke etwas mit dem Tod von Anna zu tun hat«, flüstert sie zurück.

»Ich fahre zu ihr. Sie können hier bei Ihrer Mutter bleiben«, ziehe ich mich zurück. Elke hat in meinen Augen allen Grund gehabt, auf Anna sauer zu sein. Manfred Luck ist für sie ein Heiliger, einer, für den diese Frau durch das Feuer gehen würde.

Jil Augustin

Mir bereitet der Gedanke, dass Elke etwas mit Annas Tod zu tun haben soll, Bauchschmerzen. Mutter schafft es, mich wieder abzulenken. Ich konzentriere mich auf sie und Philipp. Es ist toll zu sehen, wie sie mit dem Jungen umgeht. Warum nur habe ich sie nie so kennengelernt? Von mir hat sie immer verlangt, Lydia genannt zu werden. Dass wir gemeinsam auf dem Sofa saßen und spielten, daran kann ich mich auch nicht erinnern. Ich spüre einen Stich in meinem Magen.

Meine Gedanken wandern zu Hermann Josef Metzger. Letzte Nacht hat er mich in seine Arme genommen. Ich habe mich so gut, so geborgen gefühlt. Ich liebe es, ihn zu fühlen und zu riechen. Ab jetzt werde ich vorsichtiger mit meinem Glück umgehen. Ich kann dankbar sein, dass er meine kleinen Giftspritzen der letzten Wochen verziehen hat.

»Habe Hänsel und Gretel gemalt«, jauchzt Philipp. »Die böse Hexe kam dann und ich habe sie auch gemalt. Mir gefällt die nicht. Ich glaube, die hat mir meine große Puppe weggenommen. Böse Hexe!« Die Worte von dem Jungen holen mich zurück. »Wer ist die große Puppe? Sprichst du von der Anna? Wurde Anna von einer Frau mit grünen Sportschuhen geholt?«

Philipp sieht Mutter argwöhnisch an, wirkt mit einem Mal verschlossen. Ich komme nicht umhin, mich jetzt einzubringen. »Schau dir mal diese Uhr an«, gehe ich zu dem Jungen. Schneller, als ich reagieren kann, greift er sich die Uhr und läuft in eine Ecke seines Zimmers. »Meine Uhr«, lacht er plötzlich und betrachtet sie von allen Seiten. »Die Uhr ist von Miriam«, lächle ich ihn an. Philipp nickt. »Die ist unter der Erde und braucht keine Uhrzeit mehr, aber ich lebe.«

Die Antwort verwundert mich, ich blicke zu meiner Mutter, die zuckt mit den Schultern.

Philipp springt plötzlich auf, lässt die Uhr aus seinen Händen fallen und eilt aus dem Zimmer. Kurz darauf kommt seine Mutter. Sie bittet uns zu gehen. Ihr Sohn sei durcheinander, sagt sie, und brauche jetzt Ruhe.

Ich denke, ohne Lydia, also Mutter, wäre das Gespräch wieder beendet gewesen. Sie redet mit Philipps Mutter und dann führt diese ihren Jungen wieder zu uns ins Zimmer.

»Kannst du mir sagen, wo die Hexe wohnt?«, Lydias Stimme zittert. Ich glaube, sie ist jetzt ganz nah an der Wahrheit. Philipp lacht laut und grell klingt seine Stimme durch das Zimmer. »Ich darf sie nicht verraten, sonst muss ich hier weg und kann nie mehr malen.«

»Das hat sie dir gesagt?«, Mutter legt den Arm auf die Schulter von Philipp. Sie sieht besorgt aus. Das ist etwas, das ich nie an ihr in dieser Weise erleben durfte. »Male die Frau doch für mich. Dann musst du keinen Namen sagen. Ich kann ja raten, wie sie heißt. Gefällt dir das Spiel?«

Es dauert eine weitere Stunde, dann legt Philipp die Stifte zur Seite und sich auf sein Bett. Mutter zieht das Bild zu sich.

Ich verlasse den Platz an der Wand des Kinderzimmers und geselle mich zu ihr. »Kannst du etwas erkennen? Für mich sind das übergroße grüne Sportschuhe. Den Körper der Frau kann ich niemandem zuordnen.« »Warte, Jil! Schau dir die Frisur an. Er hat einen Pferdeschwanz gemalt. Was sagt dir das jetzt?«

»Ich muss Schuster anrufen. Mutter, ich denke, hier kommen wir jetzt nicht weiter. Wenn ich die Frau gefunden habe, mache ich eine Gegenüberstellung mit Philipp.«

»Falls seine Mutter das erlaubt. Ihr habt doch die DNA, das sollte genügen. Der Junge ist nicht so stabil, wie er aussieht.«

»Wie wird er an die Uhr gekommen sein? Ob seine Mutter etwas weiß?«, halte ich Lydia an ihrer Schulter fest. Ihre Hand liegt schon auf dem Griff der Haustür, die sie mit einem Ruck öffnet. Philipp, so mussten wir uns eingestehen, braucht seine Ruhe, das war nicht zu übersehen.

»Ich rede mit Philipps Mutter«, lässt Lydia mich vor dem Haus stehen und geht noch einmal zurück.

»Jil«, steht Mutter Minuten später wieder neben mir.

»Konntest du etwas herausfinden, Mutter?«

»Nenn mich doch bitte Lydia!«

»Ist das jetzt wichtig? Ich bin nun einmal deine Tochter!« Meine Stimme klingt gereizt, trotzdem ärgere ich mich über mein Verhalten Mutter gegenüber.

»Die Mutter von Philipp kann sich nicht erinnern, sie glaubt, Philipp habe die Uhr von Miriam geschenkt bekommen«, meine Mutter sieht mich skeptisch an. »Wir müssen uns mit der Antwort begnügen, ich werde Alfons noch einmal diesbezüglich ansprechen.«

Ich nicke, gebe Mutter recht. Noch einmal drehe ich mich

um, blicke zu dem Haus, in dem Philipp lebt. Dann ziehe ich mein Handy hervor und rufe den Kollegen Schuster an.

»Das ist nicht mein Tag«, teile ich ihm am Telefon mit, während ich über die Straße eile. Schuster kommt zu meiner Erleichterung gerade um die Ecke gefahren.

»Ich möchte zu Fuß nach Hause gehen«, verabschiedet sich meine Mutter. Wieder verstehe ich sie nicht. Keine Vorwürfe mehr? Kein Theater? Was, bitte, ist passiert? Mutter ist doch sonst nicht so die Ruhe in Person. Diese Frage stelle ich Schuster, nachdem ich neben ihm Platz genommen habe, meinen Wagen lasse ich stehen, so ist es praktischer. Schuster hebt nur seine Schultern. »Sie hat sich sehr gut verhalten. Ich finde, Sie können stolz auf Ihre Mutter sein.«

»Wie war das Gespräch mit Elke?«, will ich wissen. Schuster hebt die Schulter, blickt kurz zu mir. »Sie ist sauer, vor allem auf Sie. Grüne Sportschuhe konnte ich keine finden. Das heißt jedoch nichts, was ich Elke auch gesagt habe. Sie ist jetzt unterwegs zur Blutabnahme.«

»Ich denke, wir haben uns getäuscht. Was mir auch ganz lieb ist. Hier, schauen Sie sich die Zeichnung von Philipp an. Er hat die Hexe, wie er die Frau nennt, mit einem Pferdeschwanz gemalt. Elke hat kurze Haare. Sie kann es nicht gewesen sein.«

»Der DNA-Test wird uns bald vorliegen, dann haben wir Gewissheit.«

»Hans Sturm ist noch nicht aufgetaucht?«, hole ich mein Handy hervor. »Nein.« »Lassen Sie uns noch einmal zu dem Hof der Sturms fahren! Er wird sich in der Nähe seiner Frau aufhalten, da bin ich mir sicher. Toni Karbach hatte keine Chance. Hans Sturm hat mit einer Merkel geschossen. Schrott, nicht mehr das neuste Modell.«

Schuster lenkt den Wagen vorbei an der katholischen Kirche. Ich denke an meine Zeit als Kind. Mir fällt Sankt Martin ein. Ich lächle.

»Alles in Ordnung mit Ihnen?«

»Ja, ich dachte nur an Sankt Martin.«

Dass Schuster keine Vollbremsung macht, ist ein Glück. »Sonst geht es Ihnen wirklich gut? Mitten im Sommer denken Sie an Sankt Martin?«

Wir lachen beide. Vor dem Hof der Sturms stehen schon zwei Wagen von uns.

»Kann uns jemand aufklären, was hier los ist?«, springt Schuster aus seinem Wagen.

Der Notarzt kommt auf den Hof gefahren, als ich gerade in die Küche gehen will. Auf dem Rückweg zum Hof treffe ich auf einen Kollegen. Säuerlich frage ich, was hier los ist. »Inge Sturm hat vorhin angerufen. Sie hat den Alten im Stall gefunden, tot. Er hat sich erhängt. Der Notarzt wird nichts mehr für ihn tun können. Hans Sturm ist tot.«

Elke

Im Augenblick scheint sich ja wirklich alles gegen mich zu verschwören. Als Kommissar Schuster vor meiner Tür steht und mich nach grünen Sportschuhen fragt, kann ich zunächst lachen.

»Es geht um den Mord an Anna. Wir brauchen auch Ihre DNA«, Schuster sah mich ganz verlegen an. »Das ist doch nicht Ihr Ernst? Weiß Jil davon, dass Sie hier sind?« Er nickt, das gibt mir den Rest. Meine Auseinandersetzung mit Jil wegen Manfred und mein Verhalten damals ihr gegenüber, ok, das war nicht nett von mir. Was Jil jetzt aber mit mir macht, mich zu verdächtigen, die Anna ermordet zu haben, ist das Letzte. Ich schimpfe mit Schuster. Ihm scheint es nicht viel auszumachen.

»Sie wussten, dass die Anna schwanger war. Beim Frauenarzt sind sie sich begegnet. Es gab auch eine Auseinandersetzung zwischen Ihnen.«

Mir bleibt fast die Luft zum Atmen weg. »Ja, das ist wahr. Wann immer Anna und ich uns begegnet sind, gab es Zoff. Sie hat mich gerne provoziert. Alle sagen jetzt, die Anna war doch so eine liebe und tüchtige Person. Ha, da kann ich nur lachen!«

Mir wurde dann alles zu viel. Ich habe den DNA-Test zugesagt und will es so schnell wie möglich hinter mich bringen.

Unterwegs zur Blutabnahme geht mein Handy. Es ist ein Anruf von Manfred. Er ist total abgedreht, redet nur noch von der Anna. Fast möchte man glauben, sie war eine Heilige für ihn. Ich kann es kaum noch ertragen.

»Wieso habe ich diese Frau verloren?«, jammert er in mein Ohr.

Was bitte soll ich jetzt antworten, frage ich mich und schließe mit einer Hand mein Auto auf.

»Kann ich dich am Abend besuchen, Elke? Ich kann jetzt nicht in die Dorfkneipe gehen. Toni ist auch tot. Es ist zum Kotzen.«

Na, prima! Das wird bestimmt ein lustiger Abend. Ich sage ihm aber trotzdem zu. »Soll ich uns was kochen?«, biete ich noch an, bevor ich den Motor starte.

Um ein persönliches Gespräch mit Elke werde ich mich nicht drücken können, warte aber noch auf das Ergebnis des DNA-Tests. Sie wird immer noch sauer sein. Das war ich auch lange. Vielleicht gleicht sich das jetzt wieder aus? Was denke ich nur? Nein, es wird nie mehr so sein zwischen uns, wie es einmal war. Beste Freundinnen, die Zeiten sind längst vorbei, leider. Gerne erinnere ich mich an die Ausflüge mit Elke in die Stadt. Wir lachten so viel, versprühten pure Lebensfreude, überall fielen wir auf. Wie kleine Teenager haben wir uns manchmal benommen. Sie fehlt mir, um ehrlich zu sein. »Bringen Sie mich zu meinem Wagen?«, bitte ich Schuster. Wir verlassen den Hof der Familie Sturm. »Was wird aus der Inge werden?«, lenkt Schuster den Wagen auf die B42.

Mir fehlen gerade die Worte, ich schweige.

»Bis später«, eile ich kurz darauf an mein Auto.

»Möchtest du einen Kaffee?«, begrüßt Metzger mich in unserer Wohnung, haucht mir einen Kuss in meinen Nacken. »Ich habe von den Kollegen gehört, was passiert ist.«

»Nein, keinen Kaffee«, ziehe ich ihn zu mir und küsse ihn leidenschaftlich. Eigentlich bin ich nur auf einen Sprung zu Hause, will gleich wieder zu einem Treffen mit Schuster ins Büro. Metzger scheint auch im Aufbruch zu sein.

Nach dem Aufenthalt auf dem Hof der Familie Sturm habe ich Schuster um eine kurze Pause gebeten.

»Sie sehen so glücklich aus? Gab es Schokolade oder Kakao für Sie zu Hause?«, begrüße ich Frau Augustin. Pfeifend kommt sie in das Büro. Das ist ganz und gar nicht alltäglich. Ich würde sogar meinen, das habe ich noch nie erlebt. Sie grinst mich an.

»Jetzt kommen wir wieder zu Anna. Lydia, Ihre Mutter hat vorhin angerufen, hat zuvor versucht, Sie auf dem Handy zu erreichen«, ich kann mir ein Lächeln nicht verkneifen.

»So? Was will Lydia?«, zieht sich Frau Augustin einen Stuhl an meinen Schreibtisch. »Sie hat einen Anruf von der Mutter von Philipp erhalten. Es scheint eine zufällige Begegnung der Hexe mit dem Jungen gegeben zu haben.« Jil Augustin zieht ihr Handy hervor, ruft ihre Mutter an. Sie erfährt, was ich schon weiß, lasse sie aber ohne Unterbrechung telefonieren. Die Zeit nutze ich, um einen Apfel zu essen.

»Was sagen Sie dazu? Können Sie sich das vorstellen? Warum nur?«, beendet Jil Augustin das Gespräch. »Habe ich den Hass geschürt? Bin ich mitschuldig?«, will sie anschließend von mir wissen.

»Was sagen Sie nur? Als wir mit der Frau gesprochen haben, war die Anna schon tot«, betone ich und möchte sie damit beruhigen.

Frau Augustin steht auf, geht zu dem Fenster in meinem Büro und greift nach der kleinen Gießkanne. Das, was jetzt kommt, kenne ich. Meine einzige Zimmerpflanze wird in Wasser ertränkt. Ob alle Frauen diesen Tick haben, überlege ich.

»Wir sollten zu den von Tannenbergs fahren«, unterbreche ich die Stille. Sie dreht sich zu mir, das Lachen ist aus ihrem Gesicht entschwunden, doch sie nickt.

»Ich hatte versucht, Julia von Tannenberg anzurufen, ohne Erfolg.« Frau Augustin klingt nachdenklich.

»Lassen Sie mich mit Doktor Gemmel reden! Fahren wir noch kurz bei ihm vorbei«, fügt sie energisch nach.

Ich sehe die Kollegin an und anschließend auffallend auf meine Uhr. »Er wird zu Hause sein.«

»Gut, die Anschrift kennen Sie doch?«, greift Frau Augustin nach ihrer Tasche, die wie so oft, zuvor von ihr auf dem Boden abgelegt wurde.

Frauen! Ich schweige. Wir machen uns gemeinsam auf den Weg zu Gemmels Privathaus. Er wohnt über Kamp-Bornhofen, sozusagen. Die Straße heißt Im Rheinblick. »Er grillt mal wieder«, öffne ich Frau Augustin die Gartentür. Sie ist immer noch in ihren Gedanken versunken.

»Wie kann man so viel Fleisch essen bei Ihrem Beruf?«, begrüßt Jil den Rechtsmediziner. Die Bemerkung von Frau Augustin scheint Doktor Gemmel nicht weiter zu stören. »Mit einer Frau wie Ihnen würde ich es nicht eine Woche aushalten, liebe Kommissarin. Trotzdem schön, dass Sie mich, vor allem unangemeldet, in meiner Freizeit besuchen. Gerne schneide ich Ihnen ein blutiges Steak auf.« Er nimmt ein Stück Fleisch vom Grill, hält es Jil Augustin unter die Nase.

»Lassen Sie das!«, keift Frau Augustin. Ich grinse, diese Einlage habe ich erwartet.

Die Kommissarin hat einen eigenen Humor, obgleich sie sich schon gebessert hat. Vielleicht wird mit den nächsten Jahren ein Umgang mit ihr vielversprechend. Meine Frau hat die Gäste natürlich kommen gesehen, kann sich eine giftige Bemerkung nicht schenken.

»Ich freue mich immer, die Kollegen meines Mannes zu sehen, besonders nach Dienstschluss«, geht sie an uns vorüber, einen Sekt in der Hand, ohne jedoch den beiden Ankömmlingen etwas anzubieten. Bei einer kleinen Gruppe von Frauen bleibt sie stehen.

»Ihre Frau ist sehr nett«, hüstelt Frau Augustin gekünstelt. Ich lege das Steak zurück auf den Grill. »Was wollen Sie von mir?«

»Es geht noch einmal um die Anna«, übernimmt Schuster das Wort.

Dachte ich es mir doch gleich. »Warum kommen Sie beide nicht zu mir am Tag, während der Dienstzeit?«, frage ich direkt. Schuster versucht eine Erklärung. Frau Augustin würgt ihn ab. »Uns war nach einer gemütlichen Grillfeier mit unserem Rechtsmediziner«, sie grinst mich an. Ich gebe mich geschlagen, rufe einen Freund, der sich um den Grill kümmern soll. Wir gehen ins Haus, meine Frau wirft mir einen Blick zu, der mir keinen netten Abend verspricht.

»Anna wurde mit einem Stein geschlagen. Das steht in meinem Bericht. Gestorben ist sie aber an den Folgen ihres Sturzes.«

»Dann war es nicht unbedingt Mord?«, hakt die Kommissarin nach. »Nein, davon gehe ich nicht aus. Wenn es geplant gewesen wäre, oder aber wir es mit einem Täter zu tun hätten, der eiskalt vorging, wäre ein weiterer Schlag auf den Kopf gefolgt. So jedenfalls ist meine Erfahrung. Hier aber hat sich jemand vergriffen. Es war eine Affekthandlung. Der Stein hat die Anna ins Schwanken gebracht, doch davon alleine wäre sie niemals verstorben. Sie ist auf die Kante eines anderen Steins gefallen, ein Unglück also. Ich hole meinen PC, dann kann ich es Ihnen besser erläutern.«

Meine Frage, ob jemand etwas zu trinken möchte, wird verneint. Ist mir auch lieb so. Rasch habe ich die Seiten geöffnet, die mit Annas Fall zu tun haben.

»Hier, die Kollegen der Spusi haben den Stein ausfindig gemacht. Er hatte Blutspuren von Anna. Sie ist daraufgefallen, der Kopf hat sich durch den Aufprall gedreht, und sie kippte mit dem Körper zur Seite weg. Das Genick war sofort gebrochen«, schiebe ich den PC zur Seite. »Sie hatte Pech, die Anna. Am ganzen Rheinufer war das der größte Stein. An jeder anderen Stelle wäre sie mit Sicherheit mit einer Platzwunde, Gehirnerschütterung oder Ähnlichem davongekommen.«

Alfons Krause

Mir ist vielleicht die Angst in die Knochen gezogen. Der Toni Karbach verblutet in meinen Armen. Anstelle von mir musste er sein Leben lassen, das öffnet einem die Augen. Ich werde mein Leben ändern. Das habe ich auch Lydia bei dem Treffen gestern Abend gesagt. Sie hat mich noch zweifelnd angesehen, das kann ich verstehen. Das Bordell gebe ich auf. Es ist auch nichts für Martin. Er kann sich ab jetzt vermehrt um die Geschäfte kümmern. Ich werde nur noch jeden zweiten Tag ins Büro kommen.

Dass bei der Razzia nichts rausgekommen ist, habe ich Frau Clemm zu verdanken. Sie hat vor drei Wochen alles in die Wege geleitet, mir den Rücken frei gemacht, sozusagen. Die Frau ist schon einmalig, jedenfalls auf ihre Art. Trotzdem werde ich mich von ihr trennen müssen. Sie hat sich zu sehr in mein Leben eingemischt, versucht, in ihrem Interesse alle Fäden zu ziehen. Nur einen Punkt kann ich noch nicht verzeihen, die Drohbriefe an Anna. Was diese hübsche junge Frau den Menschen nur getan hat, dass sie so verhasst war? Frau Clemm sprach davon, mich schützen zu wollen. Die junge Frau habe mich erpressen wollen, über die Worte von ihr denke ich noch immer nach. »Meine Besuche bei Anna hatten nur mit meinem Interesse an dem Hof zu tun, sonst nichts. Warum haben Sie mich nicht informiert?«, habe ich sie gefragt.

Frau Clemm hat dann ganz komisch auf meine Worte reagiert. Ich sprach weiter: »Dachten Sie, ich will was von der jungen Frau? Ich bin Ende sechzig.« Es blieb bei einem Schweigen. Frau Clemm geht nun in den vorgezogenen Ruhestand. Ihr soll es gut gehen, die Polizei wird nichts erfahren. Mein Bordell war aber sauber, nur ein einziges Mal war eine zu junge Frau beschäftigt. Das geschah aber nicht auf meine Anweisung. Trotzdem, jetzt werde ich es verkaufen.

Lydia habe ich alles erzählt, auch von den Frauen im Bordell. »Kannst du mit der Wahrheit leben?«, habe ich sie gestern Abend gefragt. Es dauerte eine Weile, bis Lydia sich regte. »Ich habe nicht mehr die Zeit, in der Vergangenheit zu wühlen. Was jetzt kommt, ist unser Leben.«

Mir kamen Tränen des Glücks. Ich bin froh, diese einmalige Frau wiedergetroffen zu haben. Lydia ist grandios, sie ist keine zwanzig mehr, keine Frage. Doch sie ist eine tolle Frau mit Witz und Charisma. Ich begehre sie so, wie sie ist, und ganz taufrisch bin ich ja auch nicht mehr.

Jil Augustin

Bei meinem letzten Besuch im Haus der von Tannenbergs hatte ich ein Bonbonpapier eingesteckt, das Julia von Tannenberg zuvor in ihren Händen hielt, nervös damit spielte.

»Warum nur hat sie der Anna das angetan?«, sieht Schuster mich traurig an. Er hat soeben das Ergebnis des DNA-Vergleichs auf sein Handy gemailt bekommen und mir unmittelbar gezeigt.

»Lassen Sie uns mit der Frau reden. Leugnen, vor Ort gewesen zu sein, kann sie nun nicht mehr.« Ich ziehe meine Tasche von Gemmels Sofa und eile Schuster in Richtung Straße zu unserem Wagen nach. Auch mein Kollege scheint nach dem ›Warum‹ für die Tat zu sinnieren. Ob Julia uns eine Erklärung liefert? Einblick in ihre Gefühlswelt gibt? »Ich möchte es nicht glauben, Schuster. Sie hat ihren Sohn verloren, ist darüber ins Sanatorium gekommen«, grüble ich auch im Wagen weiter. Von unterwegs rufe ich bei von Tannenbergs an.

»Meine Frau geht zurück in das Sanatorium«, teilt Ferdinand von Tannenberg mir am Telefon mit. Seine Stimme klingt anteilslos. »Wir müssen Ihre Frau zuvor sprechen«, lasse ich mich auf keine Diskussion ein.

»Der glaubt doch tatsächlich, mich einschüchtern zu können«, schnaufe ich nach dem Telefonat. Mein Kollege fährt gerade durch die Rheinuferstraße. Mir ist nicht wohl bei dem, was uns erwartet. Schuster wirkt auch angespannt, wir schweigen.

Zeitgleich mit Julias Betreuer kommen auch Schuster und ich auf dem Anwesen der Familie von Tannenberg an. »Wir müssen die Frau zunächst noch befragen«, stoppt Schuster die beiden Männer. Julia von Tannenberg ist noch blasser, als ich sie in Erinnerung habe. Der zarte Körper wirkt wie aus Porzellan. Eigentlich möchte ich diese Frau schützen, doch dafür scheint es zu spät zu sein.

»Wir gehen in die Bibliothek«, schreitet sie voraus. Julia lässt sich auf dem Stuhl nieder, wo im Allgemeinen ihr Mann Ferdinand sitzt, wir nehmen wie gewohnt die beiden Stühle gegenüber des Schreibtisches ein.

»Warum?«, blicke ich Julia an. Sie faltet die Hände auf dem Schreibtisch, ihr Blick liegt zunächst in der Ferne, dann aber sucht sie meine Augen. »Bin ich eine Mörderin?« Über die Kraft ihrer Stimme verwundert, sehe ich zu Schuster.

»Haben Sie Anna den Stein an die Schläfe geschlagen? Ihren Tod in Kauf genommen?« Schuster übernimmt das Ruder.

»Ja und nein«, lächelt Julia von Tannenberg. Mein Blick sucht wieder den meines Kollegen. Schuster jedoch bleibt unbeirrt. »Mir ist nicht nach Spielchen. Hänsel und Gretel auf dem Rücken der Anna, das hat mir gereicht«, seine Stimme wird laut.

Ich denke mir, es ist an der Zeit, dass ich mich wieder einbringe. »Philipp hat zugegeben, die Anna an das Rheinufer gezogen zu haben. Was geschah anschließend?«

»Ich war nur zufällig vor Ort. Besteht das Leben nicht aus Zufällen?«, Julia lacht, es klingt albern. »Gut, ich versuche Ihnen die Abläufe zu schildern. Glauben Sie mir bitte, seit diesem Tag ist keine Minute vergangen, in der ich nicht das Szenario vor Augen hatte.«

Das Dienstmädchen kommt kurz in die Bibliothek, will wissen, ob wir etwas zu trinken möchten. Mit einer Handbewegung schicke ich sie wieder weg.

»War der Mord geplant?«, lehne ich mich zurück. Julia tut es mir gleich, blickt mich an, ohne Regung zu zeigen. Was plant diese Frau, frage ich mich. Mit fester Stimme aber fordere ich sie zum Weitersprechen auf.

»Ja, ich habe in den letzten Tagen über den Tod von Anna nachgedacht. Diesem Luder, wie ich sie nenne, ein Ende zu setzen, war mein Wunsch«, sie blickt mich immer noch an.

»Zum Tathergang«, klopft Schuster auf den Schreibtisch, erntet damit die Aufmerksamkeit von Julia.

»Sie sind ungeduldig«, lacht Julia. »Im Sanatorium habe ich gelernt, ruhig zu werden. Vielleicht machen Sie auch einmal eine Therapie?«

Schuster schnauft. »Keine Spielchen mehr!«

»Ich möchte den Spannungsbogen bewahren, das kennen Sie doch?«

Dieses Mal erhält sie keine Antwort. Wir blicken Julia stumm an. Irritiert, vielleicht auch etwas fasziniert hebt sie ihren Kopf, schaut von Schuster zu mir, dann wieder umgekehrt. Als ich denke, wir kommen nicht weiter, müssen die Befragung unterbrechen, fängt Julia an zu reden.

»Im Sanatorium habe ich auch mit dem Joggen angefangen. Nicht schnell, nur ebenso, dass ich meinem Körper etwas Gutes tue. Immer noch glaube ich an die Fügung des

Schicksals. An Annas Todestag bin ich am Rheinufer entlanggejoggt. Ich fühle mich wohler, wenn ich ab und an Menschen begegne.«

Ferdinand von Tannenberg reißt die Tür auf, Schuster steht sofort auf und zieht ihn mit in den Flur.

»Welch großes Kino«, lacht Julia. »Aber bitte! An jenem Tag kam ich mitten in den Streit von Philipp und Anna. Von Weitem konnte ich sehen, dass ein Mann eine Frau zu Boden riss. Noch ahnte ich nicht, dass es sich um Anna handelte. Mein erster Gedanke war zu helfen, also eilte ich der Frau entgegen. Als ich erkennen konnte, dass es sich um Anna handelt, riss sie sich gerade von Philipp los, warf einen Stein gegen seine Schläfe, er fiel kurz zu Boden.« Julia von Tannenberg steht auf, geht zum Fenster und zeigt mir den Rücken.

»Warum haben Sie Anna gehasst? Jeder anderen Frau hätten Sie geholfen? Verstehe ich Ihre Worte richtig?«

»Ja, das ist die Wahrheit.« Julia dreht sich langsam um, bleibt mit dem Oberkörper an die große Glasscheibe gelehnt. »Sie lief direkt auf mich zu. Es war eine spontane Reaktion, sie festzuhalten. Meine Hände umklammerten ihre zarten Schultern, ich roch ihren Schweiß.«

»Warum haben Sie die Anna gehasst?«

»Glauben Sie, mir wurde nicht zugetragen, was in meiner Abwesenheit passierte? Mit wem Ferdinand sich getroffen hat? Im Zug habe ich zufällig erfahren, dass Anna schwanger ist«, Julia von Tannenberg blickt mich an, mit versteinerter Miene.

»Dann haben Sie einen Stein genommen und Anna getötet?«

»Nein! Philipp stand plötzlich hinter mir, alles ging rasend schnell. Er schlug einen Stein gegen Annas Schläfe, vor

Schreck ließ ich sie los, Anna flog nach hinten, es waren nur Sekunden, die alles dauerte. Anna war sogleich tot. Sie muss unglücklich auf eine Kante des großen Steins gefallen sein. Ihr Kopf machte eine Bewegung zur Seite, dann war es vorbei.«

»Sie wollen die Schuld jetzt Philipp anlasten?«, ich erhebe mich aus meinem Stuhl. Julia lacht leise. »Nein, das habe ich nicht nötig. Philipp hat das getan, was ich Anna wünschte, ihr Leben zerstört. Ich habe mich noch neben Anna gekniet, am Hals gefühlt, ob eventuell doch noch Leben in ihr steckt, sie war aber tot. Plötzlich bekam ich Panik. Philipp verhielt sich sonderbar. Er zog Annas Shirt von ihrem Körper, holte aus einem Rucksack, den er bei sich trug, Farbe. Einige Minuten beobachtete ich das, was ich sah und nicht begriff.«

»Warum bewegt meine Puppe sich nicht?«, schrie Philipp mich an, rüttelte an Annas Schultern.

»Du hast die Puppe zerstört«, rief ich laut, ging gleichzeitig einige Schritte weg. Bevor ich loslief, schrie ich ihn an, warnte ihn, meinen Namen zu sagen.«

Bevor ich etwas zu Julia sagen kann, geht die Tür auf und Schuster kommt mit Ferdinand von Tannenberg in die Bibliothek.

»Er hat mir alles gesagt. Seine Frau hat ihm zuvor alles berichtet.« Schuster lässt die beiden Pfleger rufen.

Zwei Kollegen von uns begleiten anschließend Frau von Tannenberg in das Sanatorium. Sie wird einen Prozess bekommen, ob die Anklage für Mithilfe bei Totschlag reicht, wird sich zeigen.

Für Ferdinand von Tannenberg scheint es keine Verletzungen mehr zu geben. Der Mann ist vom Leben gestraft genug, zeigt keine Regung bei unserem anschließenden Gespräch. Lange hat er dem Wagen, der Julia wegbringt, nachgesehen. Dann bittet er uns in seine Bibliothek.

»Julia hätte in der Klinik bleiben müssen.« Von Tannenberg setzt sich.

»Wie geht es jetzt weiter?«, will ich von ihm wissen. Er steht unvermittelt auf, zeigt auf die Tür: »Meine Arbeit ruft, dafür haben Sie doch Verständnis?«

Die Unterhaltung ist beendet. Herr von Tannenberg begleitet uns bis zu seiner Haustür. Ich blicke in seine Augen, bevor ich sein Haus verlasse. Er wirkt gefasst, was mich wundert. Die Tatsache, dass eben erst seine Frau abgeholt wurde, wir ihm mitgeteilt haben, was wir inzwischen wissen, nimmt er ruhig auf.

Vor dem Haus sehen Schuster und ich uns zweifelnd an.

»Ob er schon geahnt hat, dass seine Frau bei Annas Ableben dabei war? Ich kann von Tannenberg nicht ganz einschätzen, überlege, ob er nur gespielt hat. Für meinen Geschmack war seine Reaktion zu kalt«, fährt Schuster mit seiner Hand durch sein Haar.

»Mir stellt sich auch die Frage, ist er tatsächlich so cool oder spielte er uns etwas vor?«, teile ich meine Gedanken Schuster mit. Mein Blick trifft den von meinem Kollegen. Im gleichen Moment ahne ich Böses, renne los, zurück zum Haus, und klingele Sturm.

Alfons Krause

Ob Frau Clemm freiwillig zu mir gekommen wäre, diese Frage geistert durch meinen Kopf. Es war mehr als nur ein Zufall, dass ich der Frau auf die Schliche gekommen bin. Sie ist aber auch stümperhaft vorgegangen. Ausgerechnet in meiner Hausbank zahlt sie die 200 000 Euro ein, die sie sich erschlichen hat. Natürlich hat mir der Direktor das sogleich gesteckt. Tja, alles Weitere hat sie dann unter Tränen gebeichtet. Die 200 000 Euro kann sie behalten, irgendwie hat sie das Geld auch verdient. Ich muss vergessen und werde lernen, zu verzeihen.

Einen kurzen Moment lang hatte ich Frau Clemm als Mörderin von Anna in Verdacht, dies wäre mir ein Schlag gewesen. Nein, so kann ich mich nicht in einem Menschen täuschen. Dann lebe ich lieber in der Gewissheit, von meiner Sekretärin betrogen worden zu sein, das ist schon hart genug. Von ihrem Besuch bei Hans Sturm hat sie mir weinend berichtet. Nach unserem Essen habe sie gespürt, ich liebe eine andere Frau. Wut und Neid haben sie bewogen, den Mann gegen mich aufzubringen. Ich bin enttäuscht, das habe ich ihr auch so gesagt.

Julia von Tannenberg

Jetzt muss ich wieder zurück in das Sanatorium. Meinem Ferdinand scheint es recht so zu sein. Er hat dieses kleine Mädchen geliebt, wie er offen sagt.

Eine Mörderin bin ich nicht. Nicht einmal meine Hände

habe ich schmutzig gemacht, das habe ich Ferdinand an den Kopf geworfen. Er blieb distanziert, kreidet mir den Verlust von Anna an. Wie ungerecht ist das Leben, frage ich mich.

Die Begegnung heute mit Philipp war nicht gut, überhaupt nicht gut. Ob seine Mutter etwas bemerkt hat? Bestimmt. Sie hat mit einem Mal so komisch reagiert, mich so angesehen von der Seite. Ich wusste anschließend, meine Zeit ist gekommen, ich muss zurück in das Sanatorium. Dort wird es mir besser ergehen. Meine Zeit hier zu Hause ist alles, aber nicht mehr schön. Ich bin auch müde geworden, zu müde, um zu kämpfen.

Hat der Versuch, Ruhe in mein Leben zu bringen, mir geholfen? Bin ich jetzt glücklicher als zuvor? Nein, leider nein. Ich bin keine Mörderin. Es war doch alles nur Zufall, die Begegnung mit der Anna und mir. Ausgerechnet an dem Tag muss sie am Rheinufer entlanglaufen, kommt der Philipp und hält sie fest. So viel Zufall ist doch nicht normal.

Gut, ich habe auf eine Gelegenheit gehofft, in meinen Gedanken immer wieder nach dem Zeitpunkt gesucht, der mir geeignet scheint, um sie zu töten. Trotzdem, ich bin vom Grunde her ein guter Mensch. Sie hätte mich auch nicht so provozieren dürfen. Wir haben uns gestritten. Kindisch war das, wenn ich mir das jetzt überlege. Diesen Hass, den ich gespürt habe. Lag es an den vielen Tabletten, die ich einnehmen muss? Ist das eine leichte Ausrede für ein Handeln, das niemals mehr reparabel ist?

Jetzt habe ich mit meiner Aussage auch noch den Philipp zum Mörder gemacht. Mein Kopf schmerzt. Ich will nicht mehr nachdenken. Nur eines ist mir bewusst. Ich gehe in kein Gefängnis, möchte um jeden Preis im Sanatorium bleiben.

Was ich wollte, war, mir das eigene Glück zurückzubringen.

Dazu war ich nicht in der Lage. Schade! Ich habe doch nur wieder die Liebe meines Mannes gesucht, seine Nähe, seine Zärtlichkeit und die Aufmerksamkeit, die ich so vermisse. Kein liebes Wort mehr hatte er für mich übrig, keine nette Geste. Für ihn wird es eine Befreiung sein, wenn ich wieder im Sanatorium liege. Die Anna war lebenslustig und unkompliziert, sagen einige Menschen. Für meinen Geschmack war sie ein Luder. Mein Ferdinand ist immer noch geschockt darüber, dass Anna von dem Manfred Luck schwanger war. Das freut mich, wirklich. Er hat wohl nicht gedacht, dass eine Frau ihn betrügen kann. Tja, mit der kleinen Anna hat er sich die Falsche in das Bett geholt. Immerhin diesen einen Triumph habe ich als Erinnerung. Obgleich, der Nachgeschmack ist fahl.

Mein Abschied vorhin war traurig. Die Kommissarin scheint eine Liebe zu sein, hat mich voller Mitgefühl angesehen, mir die Hand gereicht. »Ich hoffe, Sie finden die gesuchte Ruhe«, gab sie mir mit auf den Weg.

Der Kommissar hat es vermieden, etwas zu sagen, kann mir auch egal sein. Noch einmal blicke ich nach hinten, sitze schon in dem Bus, der mich zurück in das Sanatorium bringen wird. Ferdinand meint, ich könne dort leben, für immer, ich hoffe, er behält recht. Bevor ich in ein Gefängnis ziehe, bringe ich mich um.

Ferdinand von Tannenberg

Wie ich mich fühle, wollte meine Frau am Morgen wissen, reicht mir eine Tasse Kaffee, sie sah mich mit einem Blick an, den ich nicht mochte.

»Warum gehst du nicht wieder in das Sanatorium?«, fragte ich, ohne auf ihre Frage einzugehen. Julia drehte sich um, ich konnte förmlich spüren, dass sie beleidigt war, als sie ihr Kinn nach vorn schob, die Stirn in Falten legte. Zu lange hat die Trauer mein Leben bestimmt. Seit dem Tod meines Sohnes ist fast keine Stunde verstrichen, die ich genießen durfte.

Nur die wenigen Augenblicke, die kleinen und heimlichen Treffen mit Anna haben Licht, Sonne in mein Leben gebracht. Wie schwach ich war, dass ich mich nicht getraut habe, mich von Julia zu trennen, es war ein Fehler. Ob Anna noch am Leben wäre, wenn ich mutiger gewesen wäre?

Anna war zu Beginn richtig verknallt in mich, verliebt ist das falsche Wort. Anna war spontan, lebendig, erfrischend. Was ihr nur an mir gefallen habe, habe ich sie gefragt. Ein Lachen kam als Antwort, der anschließende Kuss tat mir gut. Ich sollte in dieser Nacht bei ihr bleiben, einmal alles abstreifen, was mir Kummer bereitet, und frei sein, so Anna. Gegen Mitternacht bin ich gegangen, habe mich aus ihrem Apartment geschlichen, heute bereue ich dieses Verhalten. Rücksicht auf Julia wollte ich nehmen. Oder wollte ich mir nicht eingestehen, dass ich auch ein Recht habe auf Glück? Auf ein paar Minuten Leichtigkeit und ein Leben mit Lachen?

Vielleicht, so überlege ich, wäre die Anna dann nicht wieder zu Manfred Luck gegangen. Die Schuld, so bin ich mir sicher, liegt in meinem Zögern. Was sollte Anna auch denken? Ich, der verheiratete Mann, der immer wieder davonschleicht in der Dunkelheit.

Julia hat so viel geweint in den letzten Monaten. Immer wenn sie im Sanatorium weilt, fühle ich mich besser, wenn auch nicht befreit. An Julias Tod habe ich gedacht, mich dann aber für meine Gedanken geschämt. Meine Mutter hat mit ihrem Handeln damals viel kaputt gemacht. Schon wieder denke ich in der Vergangenheit, das ist nicht gut.

Am Morgen, als ich in mein Büro fahren wollte, da drehte Julia sich um. »Ich habe Schuld auf mich geladen, Ferdinand«, sprudelten die Worte aus ihrem Mund. Was ich mir dann anhören musste, ist vernichtend.

»Ich habe dich und Anna gesehen. Anna war keine Frau für dich, Ferdinand. Sie war viel zu impulsiv, hat sich auch immer wieder mit dem Journalisten getroffen«, Hohn erklingt in meinen Ohren. Julia wurde laut, sehr laut.

»Anna ist nur ab und an zu Manfred Luck, weil ich mich nicht von dir getrennt habe«, leise kamen die Worte über meine Lippen. Ich suchte mir einen Stuhl, hatte das Gefühl, den Halt unter meinen Füßen zu verlieren.

In diesem Augenblick habe ich beschlossen, Anna zu folgen, bis in den Tod. Nein, hier gibt es nichts mehr, das mir Halt gibt, Kraft, um zu kämpfen, Kraft, um zu leben.

Zuvor, so habe ich in diesem Moment entschieden, werde ich Julia zurück in das Sanatorium schicken, dann alles in Ruhe regeln.

Immerhin durfte ich diese kleinen Momente der Liebe, der Hingabe, der Leichtigkeit spüren. Sicherlich gibt es nicht viele Menschen, die überhaupt dieses schöne Gefühl erleben dürfen. Lächelnd ging ich anschließend zu Julia, umarmte sie. »Pack deine Kleider, Julia. Ich informiere das Sanatorium. Es ist nur zu deinem Besten.«

Einen Kuss hauchte ich auf ihre Stirn. Julia versuchte, mich zu umarmen, doch ich löste mich von ihr. Erst wenige Stunden sind seitdem vergangen, Stunden, die alles verändert haben für mich.

Mein Blick fällt noch einmal in meinen Garten, auf den

Grabstein meiner Mutter. Verstehen kann ich nicht, was passiert ist, leider gibt es kein Zurück mehr, schade! So gerne würde ich noch einmal das Zepter in die Hand nehmen, die Karten neu mischen, dafür ist es zu spät.

Julia ist unterwegs in das Sanatorium, die Kommissarin und ihren Kollegen konnte ich abwimmeln. Ich zweifle an der Wahrheit ihrer Worte. Dafür kenne ich Julia zu lange und zu gut. Ich weiß, wann sie lügt. Sie hat mich angelogen und auch die Polizei. Tief in meinem Inneren weiß ich, dass sie den Stein gegen Anna in den Händen hielt. Was aus Philipp wird? Mir fehlt die Kraft, über ihn weiter nachzudenken.

Der Revolver in meinen Händen fühlt sich gut an, ich spüre Erleichterung. Das Ende, so habe ich einmal gelesen, mache den meisten Menschen Angst.

Bei mir ist dies nicht der Fall. Mein Ende ist für mich die Erlösung, Befreiung aus einem Korsett, das schon viel zu lange eingeengt hat.

Jil Augustin

Noch bevor Schuster neben mir steht, dringt ein Schuss an unsere Ohren. »Er hat sich umgebracht. Ferdinand von Tannenberg hat sich erschossen. Wir hätten besser aufpassen und etwas bemerken müssen«, lehne ich meinen Kopf erschöpft an die noch verschlossene Tür. Schuster zieht sein Handy hervor, ruft den Notarzt. Als die Tür sich öffnet, eilen wir an dem weinenden und schreienden Hausmädchen vorbei in die Bibliothek. Der Anblick, der sich uns bietet, ist hässlich. Ferdinand von Tannenberg hat sich in den Kopf geschossen.

Der Notarzt kann nichts mehr ausrichten, das war uns bewusst. Kraftlos setze ich mich auf die Stufen vor dem Eingang zu der Villa. »Noch kann ich nicht wirklich fassen, was passiert ist«, kommt Schuster zu mir. Ich nicke. »Der Anblick war nicht schön«, halte ich die Hände vor mein Gesicht.

»Mir geht der Philipp nicht aus dem Sinn«, raunt Schuster. »Ich muss noch einmal mit ihm reden.«

Sirenen erklingen, ich blicke zu meinem Kollegen. »Ein Unfall?«

Gemeinsam steigen wir in den Dienstwagen. Metzger ruft an, teilt uns mit, dass auf der B42 in Höhe der Anliegerstelle ein junger Mann überfahren wurde, er soll ohne auf die Autos zu achten die Straße überquert haben. Ein ankommender Kleinlaster konnte eine Kollision nicht mehr verhindern.

»Und wer ist der junge Mann? Kennen wir ihn?«, hakt Schuster nach. »Philipp«, stößt Metzger hervor. »Für ihn kam jede Hilfe zu spät.«

Ich schlage mit der flachen Hand gegen das Armaturenbrett. »Ich fasse es nicht, nein! Wie verrückt ist alles? Werden wir die Wahrheit nun nie herausfinden?«

Schuster vermeidet es, mir zu antworten. An der Stelle, wo der Unfall geschah, erinnert nur noch das Blut auf der Fahrbahn daran. Philipp ist schon abgeholt, der Kleinlaster zur Seite gefahren, mit einem Wasserschlauch wird bereits die Fahrbahn gesäubert.

Montag, 22. August

Elke

Wo lebe ich nur? Die Gerüchteküche brodelt. Wenn auch nur die Hälfte davon der Wahrheit entspricht, ist es heftig. Am Morgen begegne ich beim Bäcker Jil. Barsch will ich meine Tüte mit Brötchen nehmen und an ihr vorbei, doch sie eilt mir nach. »Warte, Elke!«, ruft sie. »Was willst du? Hast du das Ergebnis vom Test?« Sie nickt. »Du bist nicht mehr in Verdacht«, sagt sie ruhig.

»Lieben Dank, dass du mich überhaupt in Betracht gezogen hast. Wir waren einmal beste Freundinnen. Schon vergessen? Ist das deine Rache für meine kurze Verbindung mit Manfred?«

»Ich muss meine Arbeit machen, Elke. Bitte verstehe das.« Jil sieht mitgenommen aus, wie immer, wenn sie zu viel arbeitet. Ich bleibe einen Moment stehen, will dann eigentlich weitereilen, drehe mich aber um. »Jil? Ich war lange nicht mehr joggen.«

»Meine Kondition ist auch gleich null«, entgegnet mir Jil. Wir blicken uns in die Augen und lachen spontan.

»Bist du noch mit Metzger zusammen? Und, Jil, das ist jetzt nicht hinterhältig gemeint, ich schwöre«, lege ich zur Bekräftigung meine rechte Hand aufs Herz.

»Er tut mir gut. Hermann Josef ist anders als Manfred. Das ist auch gut so.«

Bevor Jil weitergeht, verabreden wir uns zum Joggen für den frühen Abend. Ich fühle mich grandios, freue mich auf Jil. Wie sehr habe ich meine Freundin vermisst. Zuvor habe ich ihr noch gesagt, dass Manfred am Abend kommen wird, zu mir, zum Reden. Sie reagierte ganz gelassen.

»Warum nicht? Du liebst ihn, Elke. Versuch dein Glück!«

Ich blicke Jil nach, bis sie hinter einer Ecke verschwindet, dann gehe ich nach Hause. Lange hat mir mein Frühstück nicht mehr so gut geschmeckt wie heute. Die Nutella auf dem Brötchen muss sein. Am Nachmittag gehe ich ja joggen. Nein, so denke ich mir, so dünn wie Anna werde ich nie werden, aber Manfred ist auch nicht zu 100 Prozent perfekt. Trotzdem ist und bleibt er mein Traummann. Das ist mir in den letzten Tagen klar geworden.

Metzger

Meine Jil kommt aufgedreht ins Büro, hat Croissants dabei. »Morgen frühstücken wir im Bett«, küsst sie mich. Später erfahre ich von ihrer Verabredung mit Elke, ich finde es gut.

»Kannst du dir einen Abend mit Elke und Manfred vorstellen? Wir vier zusammen beim Italiener?«, fragt Jil lachend und beißt in ihr Croissant. Ehrlich gesagt, das will ich mir im Augenblick nicht zumuten, behalte es aber für mich und ziehe Jil ein Stück näher. Leider kommt Schuster in diesem Moment in mein Büro.

»Ich habe nichts gesehen«, geht er geradewegs auf das letzte Croissant zu, das auf meinem Schreibtisch liegt.

»Es gibt noch eine Neuigkeit im Fall Alfons Krause«, fange

ich an, dienstlich zu werden. »Die Kontrolle im Bordell ist ergebnislos. Alle Frauen sind angemeldet, alt genug für den Beruf und bekunden, froh zu sein, ihren Job zu haben. Alfons Krause hat uns alles berichtet, Unterlagen bereitwillig ausgehändigt. Er hat uns selbst gesagt, dass für wenige Tage eine Minderjährige im Bordell gearbeitet hat. In Anbetracht der Hintergründe denke ich, er ist unschuldig«, ich hole kurz Luft, füge dann hinzu: »Seine Sekretärin hat dann alles für ihn geregelt und die junge Frau wieder nach Hause geschickt, wie er mir sagte. Ich denke, wir können ihm glauben, dass es ihm leidtat und er nicht seine Hände im Spiel hatte.«

Schuster holt hörbar Luft. »Passt mir nicht. Sie wollen das jetzt unter den Tisch wischen?« Meine Jil ist auf meiner Seite, was mich freut. Sie sagt: »Alfons Krause hat es selbst gesagt, die Unterlagen sind von Hermann Josef gesichtet, die Frau war nur zwei Wochen in dem Bordell tätig.«

»Nein, das sehe ich anders als Sie. Wir geben den Hinweis weiter an die Staatsanwaltschaft, sollen die eine Entscheidung treffen.«

Jil Augustin

Beim Anziehen meiner Turnschuhe empfinde ich seit Langem wieder Freude. Ich verlasse die Wohnung und bin dabei richtig aufgedreht, warte ungeduldig vor dem Haus, bis Elke um die Ecke biegt. Wir lachen, laufen los, sind langsamer als noch vor einem Jahr. Uns fehlt die Kondition.

»Hast du die Frau aus der Bäckerei gesehen?«, scherzt Elke. »Sie hat sich den Hals nach uns verrenkt.«

»Das ist doch das Schöne am Landleben, es gibt immer eine kleine Sensation. Wenn man nicht vor der eigenen Tür kehren möchte, geht man auf die Straße«, antworte ich ihr. Wir bleiben vor Lachen stehen. Mein Blick fällt auf ein Pärchen, das auf einer Parkbank sitzt und mir sehr bekannt vorkommt. Elke folgt meinem Blick. »Lydia und Alfons Krause«, prustet sie los, hält dann ihre Hand vor den Mund.

»Mutter? Was bedeutet das jetzt?«, sehe ich sie skeptisch an. Eigentlich kenne ich die Antwort, habe seit Tagen damit gerechnet und trotzdem versucht, die Anzeichen zu ignorieren.

»Ich werde deinen Vater verlassen, Jil, und zu Alfons ziehen.« Sie strahlt und steckt mich mit ihrer Fröhlichkeit geradezu an.

»Das Leben ist voller Überraschungen«, staune ich und ziehe an Elkes Arm. Ich laufe weiter. Nach einigen Schritten drehe ich mich noch einmal um, weil ich Elkes Stimme höre.

»Sie hat es nicht immer leicht hier im Dorf gehabt. Lydia ist eine Frau mit Temperament, immer auf der Suche nach etwas Besonderem. Die Menschen hier haben es ihr bestimmt nicht immer leicht gemacht. Und, Jil, so, wie ich deinen Vater kennenlernen konnte, war es kein angenehmes Leben für Lydia.«

Ich schaue Elke an. Das, was sie gerade über Mutter gesagt hat, stimmt. Jedes Wort ist die Wahrheit, und ich muss lernen, dass auch Mutter ein Leben führen darf, das ihr guttut.

»Komm jetzt!«, rufe ich, jogge weiter in der noch warmen Abendluft.